U0949918

FLORET
READING

小花阅读

我们只写有爱的故事

青春阅读　幸得相见

大鱼

有爱的青春陪伴者

你心上的雪化了吗

野桐 著

贵州出版集团
贵州人民出版社

野桐 | 小花阅读签约作者

白羊座，属性刚烈火热。
致力于生活中的所有反侦查活动，并且把这些用眼睛记录下的内容通过心灵的熬制奉献给大家。
希望永远善良，永远自由。

已出版：《花道之光》《刺槐》《桑枝》

作者前言｜爱与被爱，都是幸运

写这个故事很难。

里面的每一个人都有原型，那些原型有的是我生活中的，有的是在电视里看到的，他们有的平凡，有的有名气……把这些不同圈子里的人一下子揉进一个故事里，我几度招架不住，好几次在夜里崩溃，埋头进被子里痛哭，后来又一大段一大段地删掉，重新再来。

结局推翻又重来，交稿的日期延迟又延迟，我第一次觉得，有些不自量力了。

故事里柯小的原型，是我一个很喜欢的姐姐。她从小就很懂事，被家里所有的亲戚称赞夸奖，只是她跟柯小一样，因为有个弟弟，所以从来就不被父母重视。

我记得，小时候的某个晚上，我们两个睡在一张床上，她抽抽噎噎地跟我说，学校里的同学都嘲笑她，笑她永远穿着同一件衣服，说她身上臭烘烘的。

“我身上一点都不臭，每天晚上我都会把衣服换下来洗得干干净净。”

这句话，我记到现在。

高考之后，她去了外地。

我再见到她，是这个故事进行到一半的时候，我爷爷过世。

她连夜赶回来，守夜守了一整晚，还偷偷跑到旁边的小路上哭。

在她的成长记忆里，有一半是关于我爷爷奶奶的，她说，我很抱歉，现在才回来。

没有人怪她，甚至，很多人为她这些年的遭遇感到愤愤不平。

重男轻女，在我老家那边的小城镇里，很平常。

她们的成长环境各不一样，可同样的都缺失一份最宝贵的、来自父母的疼爱和关心。

那是最原始的感情和力量。

人生的经历，实在太重要了，好的坏的，一笔一画构成今天的模样。

我常常跟朋友说，那些没有被父母疼爱过的孩子，应该很心慌吧。

没有后盾，没有力量，他们早早地在内心深处否定了自己，后面的人生路，真的很难走。

所以，才有了这个故事。

希望，我能用我的一点点力量让那些孩子，获得一些勇气。

成长路上的男孩女孩，愿你永远拥有被爱的满足，也愿你永远拥有爱人的能力，不管世界如何，愿你能始终爱着自己。

目 录

目　录 ▸

第一章

NIANSHANGDEXUE HUALEMA

那个格格不入的背着吉他的长发少年

柯小人生中第一次上电视，是在中考结束后回到解巷的那个暑假。

拄着拐杖的奶奶非要去凑热闹，她一路搀扶着奶奶，走向被人群围住的院子。

那是陈双朵的家，院子前种着一棵柚子树，跟柯小差不多高。

听老人说，柚子叶驱邪避秽。

这棵树是当年陈双朵生病时种下的，没念过书的刘月香看还在襁褓中的陈双朵每晚哭个不停，以为中了邪，听了别人的建议，种下了这棵柚子树，一直长到现在。只是种了树也没用，她抱着陈双朵去医院，一查是先天性肾发育不良。

先天性，也就是说这病是从娘胎里带出来的。可是刘月香身强力壮，每天推着三轮板车绕过整座城市拾一车的废品回家，丝毫看不出身体有恙的样子。

解巷里的人都知道，陈双朵是刘月香捡回来的。在一个废品堆积站外，皱巴血糊的婴儿连脐带都没有剪，包着一床富贵花的新棉被，哭得撕心裂肺。

院子很小，十平方米的占地面积一眼瞧得干净，捡回来的塑料瓶子本来堆在空院里，现在被人踩在脚底下，瘪平的身躯发出无声的抗议，淹没在一阵讨论声中。

隔着人墙，柯小看见陈双朵坐在小堂屋里，旁边站着两鬓有了白丝的刘月香，黑色的宽大衣裳罩着干瘪的身子，但是能清晰地看见下垂的胸型。刘月香右手不自然地搭在陈双朵的肩上，左手藏在背后，正对着镜头笑，僵硬得像个木头人。

摄像机架在三角支架上，左右转动捕捉着母女俩的表情。

比起刘月香的一脸哀恸，陈双朵反倒自然些，她在镜头前捋顺了翘在半空中的刘海，咧嘴笑着的时候，刚好露出八颗小白牙。

穿着黑色包臀职业装的女记者问了她好几个问题，刘月香都帮她答了。

女记者一边细细听着，一边微微点头。

所有问题和答案连贯起来，就是一个拾荒女人捡回一个带病女婴，并把积蓄都用在了给孩子治病上，现在没了钱，孩子本来去年就该升高中，但现在只能休学在家的故事。

陈双朵的腰板挺得直直的，双手搭在膝盖上。趁镜头不在她身上的空隙，她扫视了一眼院子里的人。

女记者心生同情，伸出手拍拍陈双朵的肩，刹那间能感觉到陈双朵的躲避，可是小女孩迅速隐藏，抬头看着她，笑得人畜无害。

女记者问："小双朵在家会不会无聊？"

"不会。"

"那你在家一般都做什么呢？"

“看书，做数学题啊。”

刘月香轻轻扯了她一下，示意她不要说了。

十几岁的孩子想得没有大人复杂，随口的一句话在别人的耳朵里，就成了“患病少女求知若渴，希望重回校园”的意思。

女记者继续问她：“遇到不会的题怎么办呢？”

“圈起来，等小小回来她会教我。”

“小小是你好朋友吗？”

被突然点名的柯小心里咯噔一下，然后她看见陈双朵盯着她的那双眼睛，像几颗孤独的星星，即使一个人在黑夜里，也努力地想要发出光。

陈双朵伸手指着她惊喜地说：“小小，你回来啦！”

采访结束之后，天已经黑了下来。

解巷修建于明末清初的时候，几百年的文化固定在这条巷中，巷子全长一千七百米，一头一尾各自连接着胡同。泥灰色的巷墙上长了不少青苔，从缝隙中探出来，遇上下雨的时候，被雨水一冲刷，颜色亮人。

巷子里保留着点灯笼的习惯，橘黄色的灯笼亮了一路。柯小回头，看见两个影子重叠在墙上。

奶奶家离陈双朵家不远，磕磕绊绊的青石板路一直延伸，各家院子里栽种的树伸出枝丫，走过第七棵树，就是奶奶家。

独座的院子，百年的桂树枝丫盖过院顶，树叶攀附在房檐。门前放着两座半人高的石狮子，嘴里含珠，完全一副有钱人家的姿态。

小时候听姑姑说，奶奶也算得上大家闺秀出身，后来又添了个弟弟，家里宠着爱着，长成个任性公子哥儿，出入的都是风月场所，玩的都是一掷千金的游戏，家产便慢慢败光。

这座院子，是奶奶的父亲不忍，说什么也要留给女儿的嫁妆。

一个中考，折磨得柯小身子骨又缩了一半。奶奶捏着她的肩膀，摇摇头：“怎么这么瘦了，学校吃不吃得饱呀？”

柯小把书包里的衣服收拾进衣柜：“我每天都吃好多呢！只是一到考试的时候就心烦，吃不下。不过现在好啦，我又可以吃好多好多东西啦。”

说着，她张开双臂圈住奶奶，小脑袋埋在奶奶颈间蹭了蹭。

奶奶的身上有股味道，细说不出来，就是觉得好闻。

奶奶的手拍在她的背上：“好好好，你想吃什么奶奶都给你做。”

准备睡了后，柯小端着铁盆走出院子，跟着灯笼里的烛火往巷子里走。

盆里装着她的洗漱用品，还有奶奶年轻时候的衣服，被奶奶改一改，给她当作夏天的睡衣穿。

陈双朵家还亮着灯，柯小站在院子外，踮脚往里望了望。还没敢敲门，刘月香就推门走了出来。

“小小啊，还没睡啊？”

柯小往后退了一步，低头不说话。

刘月香的手背在后面，塑料摩擦的声音很轻，但是巷子里寂静，听得清清楚楚。

柯小刻意别过头不看她，刘月香的眼睛在地上四处看着，然后说：“朵朵在洗澡，要不你先进去吧？”

每次放假回来的那个晚上，柯小都会来留宿。

柯小应了一声，逃跑似的进了院子。

刘月香本来还想说些什么，但却被关在了门后。

洗澡的地方在房子与院墙的小空间里，用牛皮帘子遮着，从房檐吊下来的灯泡在半空中发出点点的光亮。

陈双朵不确定地问："是小小吗？"

柯小打了水，一边洗脸一边应她。

房间里只有一张床和一个柜子，其他的地方放着刘月香捡回来、捯饬捯饬还能用的小物件。等陈双朵洗好出来，柯小正匍匐跪在床上，手里画来画去，卷面上已经添了三分之一的红色笔迹。

"你这次考试怎么样？"陈双朵的声音糯糯小小的。

以前，柯小老听不见她说话，次数多了，她也不怎么多说了。等柯小注意到这一点时，陈双朵就常常只用面部表情来表达自己的想法。

白天的采访，是难得几次听见陈双朵说那么多话的时候。

柯小支着头，见她出来反而有些犯懒了，叠好试卷躺在床上："反正就是留在这里，考好考差又没什么区别。"

陈双朵拍拍她，自己也躺上床。

"有区别的。"

柯小低头想了想："没什么区别啊。"

"好的从一开始就是好的，就算变糟糕了，曾经也是好的。可是坏的呢，你都不知道什么时候才会变好。"

柯小扭头看她："朵朵，你想不想上学？"

陈双朵翻身从床底下拿出蒲扇，夜里虽凉爽了不少，可是空气里依然有燥热因子在跳动着。

柯小的眼皮沉了沉，受不住困意闭上了眼睛。

奇怪的是，她还能清楚地听见院子里塑料水瓶被风吹动的声音，还有陈双朵翻了好几个身响起过好几次的叹息声。

陈双朵说："小小，其实我好羡慕你啊。"

夜里的时候，柯小醒过来，陈双朵的呼吸慢而深，混浊的声响让柯小再也睡不着，柯小的手在床上摸索着，刚好碰着陈双朵侧卧面向着她的背。

她伸手轻轻拍着：“朵朵，我也很羡慕你的。”

第二天早上回家，奶奶戴着老花眼镜正坐在院子里改衣服。

奶奶年轻的时候一双巧手做的纸样花色那是数一数二的，不少人慕名上门找她做衣裳，碰上人多排不出时间，有些人甚至不惜在这里住上个把月等着。

奶奶的黑色布鞋上绣着红粉色的牡丹花，两侧各点一朵，精致小巧，脚踩在踏板上慢慢晃动着。奶奶的两只脚大小不一样，左脚只有四寸，比三寸金莲多一寸，叫作“银莲”。裹脚那年，奶奶只有五岁，左脚刚刚裹上，街上就有人高声奔走相告，旧制度过去了，另一只脚也得救了。

见她回来，奶奶说：“锅里热着鸡蛋，快去吃。”

柯小从井里打了水，洗了头才进房间。再出来时，湿漉漉的头发披散在颈间，两口吃完一个鸡蛋，她坐在奶奶旁边帮着给衣服打剪口。

新闻的放送时间在早上八点，是地方台的一档纪实类采访。

一大早的，隔壁家的于二婶就吆喝着相邻的亲友等在电视机前。于二婶抱着刚刚出生五个月的小儿子，喂奶的空当跟旁边差不多年纪的女人说：“哎，不知道有没有用。”

嗑着瓜子的女人回她：“不是说了嘛，电视上播的新闻很多人看。真希望小双朵命好，能碰上好心人。”

其他人纷纷点头附和。

解巷里的人你来我往都是看着彼此长大的，谁家孩子长得好懂礼貌大家都喜欢，调皮捣蛋的也都想着年纪小，当自己家孩子说两句就过去了。

巷子里大小院子分了不少，可是这相互帮衬过的感情一天一天累积起来，密不可分。

奶奶喜欢听新闻，可是手里活儿停不了，眼睛老是往隔壁家的院子里瞟。

起着干皮的唇动了动，奶奶哑着嗓子说："小小，去帮奶奶听新闻，回来给奶奶讲讲。"

剪口打到一半，发尾还有些湿，柯小穿着短袖短裤，踩着人字拖鞋走过去。院门上成片的枝叶刚好挡住强烈的太阳光，只有透过枝叶而下的斑驳光影。

"小小又变漂亮了，"于二婶见她，撇了撇嘴，"就是太瘦了。"

柯小做着鬼脸，逗着小婴儿，两个人咯吱咯吱地笑。

"二婶，晓露呢？"

于二婶说："不晓得野哪儿去了，多半去她舅舅家了。哎，你吃饭了没？锅里还有汤圆，你喜欢的芝麻馅儿，要吃自己盛啊。"

柯小坐在长凳上，旁边桌上有新鲜的草莓，她往兜里揣两个，给奶奶和朵朵吃。

"好嘞！"

地方台的纪实新闻刚巧在这个时候开始播放。

刘月香是个寡妇，丈夫去世那年她才二十三四岁，别人都劝她再嫁，她不肯，只说她信命没了就是没了，在那间破旧院子里一住就是五年。那几年里，她白天在工厂里做流水线，晚上就去废品堆积站捡些东西回来卖，陈双朵就是在一个春天的夜里捡回来的。

那个小小的孩子给了刘月香的心一个重击，她想，肯定是老天爷不忍心看她一个人，所以给她送来一个孩子。后来孩子查出病，别人又劝她把孩子送走，她还是不肯，说这是老天爷送来的就不能送走。为了给孩子治病，她连工厂里晚上的班也接了下来，连轴地工作和奔走让她心神不宁，一天晚上出了岔子，左手的手指从掌心开始被机器割了去。工厂不仅没赔什么钱，还欺负她是个女人，把她给辞退了。

本来就不宽裕的日子一下子变得拮据，大家能帮忙的都来帮忙，可是孩子治病的钱不是谁都能拿出来的。养好了手，刘月香推着板车满城市跑，在马路边上的垃圾桶里翻翻捡捡，后来托人找了份环卫工的工作，勉勉强强地过了十几年。

就在前几天，刘月香支付完医院的治疗费用之后，家里已经没有闲钱了，但却赶上陈双朵的生日，刘月香连着几年跟孩子许诺过会给她一个生日惊喜，今年不能再失约了。刘月香在蛋糕店门口站了好久，咬咬牙，跑进蛋糕店，什么也不敢多看，抱着橱窗里的蛋糕就往外跑。

正在打包三层生日蛋糕的收银员眼疾手快，边喊边追了出去。一群人围了上来，把刘月香堵在中间，有人不由分说地就动了手，刘月香护着蛋糕求饶。等收银员跑上来一看，她怀里抱着的不过是个模型蛋糕而已。

一解释，收银员嘴上虽然骂骂咧咧，但是转身就走了，不再追究。

有行人把整个过程拍摄了下来，发到网上，有人声讨，也有人怜悯，发展到最后，就是柯小回家看见的电视采访那一幕。

新闻播出去没两天，反响不错。十平方米的院子里堆了好多纸箱子，拆开来，都是好心人送来的十几岁姑娘的新衣服。

刘月香蹲在垒成山高的纸盒子前，用锋利的剪刀划破胶带，一只手整理着衣服，左手背在身后，动作有些笨拙。

在她的眼里，这些东西太美好了。

她的双手是在大街上捡过垃圾的，站在水龙头下反反复复洗了十来次才安下心来，可是丑陋的左手，怎样都碰不得这些花色好看的料子。

拆到最后，她腰疼得直接一屁股坐在了地上。

柯小刚到院子前时，就看见灰尘在院子里旋起，而刘月香吃了一嘴灰咳个不停。

两人就这样看着，谁也没说话，打破这种尴尬局面的是于二婶。

抱着孩子的女人尽管眼里温柔，但还是压不住大嗓门，还没到门边就在喊："刘姐姐！来啦来啦！小双朵有救啦！"

隔壁院子的人走出来："戈家媳妇你在嚷嚷啥，出啥事儿了？"

于二婶指着巷子的那一头："来人了！说要资助咱们双朵治病，刘姐姐你快去看看。"

刘月香愣了两秒，然后朝着于二婶指的方向跑去。柯小抻长了脖子看她，见她又回转过身来，缩到门后去。

刘月香伸手抓着柯小，看柯小脸上害怕，她又把左手背在背后。

"小小，你帮我看着朵朵啊，我等下就回来，我马上就回来！"说完，她就跑远了。

于二婶笑着跟柯小说："小小，去跟朵朵说，让她收拾收拾。"

柯小走进屋，可是根本没看见陈双朵的影子。解巷是条直巷，刘月香家在巷尾，现在去了巷头接人。柯小左右看了看，转弯去了胡同找陈双朵。

胡同外是条火车线，在柯小出生的前一年正式废弃，又在陈双朵被捡回的那一年审批建楼，只是后来因为公款侵吞再也没了动静。

废旧火车轨道上草比人高，往南的方向堆积了好多的排水管，垒成半人高。

柯小绕过排水管想歇一歇，坐下的时候听见浅浅的呼吸声。她循声找过去，看见个男生。

男生背靠在排水管上，头发很长，扎成小辫立在半空中，手指修长地点在吉他谱上，能清晰地看见新长出的指甲。

柯小本来想换个地方，可是转身的时候发出声音惊动了男生。

“谁？”

过了变声期的声音听来特别厚重，有种让人舒服的沉稳感。

柯小急忙摆手：“对……对不起，我不是故意的。”

男生脸上的愠色不退，柯小连着说了好些抱歉的话，甚至有了哭腔。

男生转头不看她，拿起旁边的吉他：“我又不会吃了你。”

柯小吓得不敢说话，硬挤了两滴眼泪出来。

每次姑姑跟姑父吵架，只要一哭，姑父准不再说气话了，抱着姑姑安慰着。

姑姑说：“眼泪就是女人的武器啊。”

那就哭给他看吧。

可是男生对她不诚恳的眼泪也没有表现出一丝的愧疚，起身走近她，眼里满是不耐烦。

“哭什么？”

柯小摇摇头不说话。

“还哭？”

她点头。

男生一只手插兜看着她，额前的斜边刘海被风吹起，露出被遮住的眼睛。柯小抬头看时，正好对上他的眼睛。

抽噎了两个回合，柯小脚酸得毫无顾忌地坐在地上。

“哭不哭了？”男生再次问她。

柯小摇头："不……不哭了……"

男生没耐心听她讲完，转身先走了。

柯小看着他的背影，心里暗暗揣测刚刚到底是哪里惹得他不舒服，让他面露凶色的。

她低头正想着，视线范围里出现一双白色的三叶草新款。

她抬头，还是刚刚的男生，他皱眉问她："解巷怎么走？"

柯小从来没有跟男生单独相处过，就连自己的亲弟弟也不例外。像现在这样跟男生并肩而走的画面，在她迄今为止的十七年里，是头一次。

男生一路哼着歌，柯小听了好一会儿，才听出来是一首去年被人发布在网上的一位诗人歌手的歌。只可惜那位诗人歌手在两年前死在了租的地下室里，住校回家的儿子发现他时，尸体已经开始腐化。

柯小跟男生保持着距离，只是那把木头吉他的琴头时不时撞上她的皮肤，她再往旁边躲，就要贴墙而走了。

男生低头睥睨着她，紧了紧背带。

走到陈双朵家门口，她指了指："这里就是解巷了，你一直往前走，看见户三层楼的大院子就是巷头。"

男生一眼望去，只看见树荫和青石板路。他走了两步，回头问柯小："怎么没有电视上看着好看了？"

柯小心里咚咚跳着，男生的话，听着就是二月时分的雨，滴答滴答，声音撩人心弦。下一秒，她埋头钻进了院子。

门没关，她转身的时候撞上出门的于二婶。

"哎哟，小小，你脸怎么这么红啊，快进去。"于二婶弯腰靠近柯小耳边，"这老天爷可不肯一直瞧我们朵朵命不好的样子，这下终于发慈悲了！"说着扭着腰就出去了。

柯小等她消失在大门后才伸出头往小堂屋里看了看，屋里难得地在白天开着灯。

她看见陈双朵低着头坐在那里，手背上的针眼清晰可见，桌上还摆着她平常吃的药。刘月香坐在床边，手拍着她的背跟坐在她们对面的男人说着话，旁边还站着住在对面的刘结巴。

“哎呀，怎么还站在这儿啊，进去呀！”于二婶一巴掌拍在柯小的屁股上，一把将她拉进了小堂屋里。

柯小本来红着的脸现在更羞得不敢抬头。

于二婶走近男人：“成先生，尝尝自家种的冰糖柚，可甜了。”说着把剥好的柚子塞给男人。

男人礼貌接过，分给床上的陈双朵之后，回身问站在原地的柯小：“你要吃吗？”

没人答话。

于二婶呵呵笑着：“成先生别介意啊，我们小小怕生。”

成录说：“没关系。”又说，“叫我成录就好了。”

柯小偷偷看他。白色衬衣的袖口挽到肘间，青筋微微凸起，右手侧边的皮肤上还蘸着些颜料。低眼垂眸的瞬间，窗外的光打在他的身上，削如劲骨的脊背上有细绒绒的毛屑飞舞着。

他像是从天上而来，又沾染一身混沌烟火，可是依然俯视众生。

刘月香磕磕巴巴地说：“成先生太客气了，我都不知道怎么感谢你啊。”说着起身就要跪下。

成录一把抓住她：“你不用这样的。大家各取所需，不要觉得谁欠谁。”

房间里的人倒是被他这番话吓住了。

刘月香一家生活困难，陈双朵还生着病，哪里谈得上还能帮得上他的说法。

于二婶眼骨碌一转，扯了扯刘结巴，小声说：“听说他还有个跟朵朵差不多大的侄子。”

刘结巴瞪了她一眼：“你……你瞎说什么呢！成先生不……不是那种人！”

柯小站在旁边听得一清二楚，更加往于二婶身后缩了缩。

成录听见了，反倒笑笑：“大家别多想，原因就不多说了。双朵是好孩子，我尽力帮她而已。”

于二婶摆摆手：“开个玩笑而已，别当真啊。成先生晚上去我们家吃饭吧，大家邻里邻居的，别客气啊。”

成录推辞：“客气倒不会，就是我们家明朗不知道去哪儿了，我得先回去一趟，就不打扰了。”说着就出了小堂屋。

几位大人跟着他出门。

陈双朵拍了拍床：“小小，你来。”

柯小翻身上床：“那个人是谁啊？”

“资助人。”

“什么？”

陈双朵拉住她的手，眼睛里的泪水汹涌而出：“小小，我可以上学了。”

成录搬来解巷的消息一下子传开了。

没人知道他从哪里来，为什么如此慷慨解囊，只知道跟他一起搬来的还有个背着吉他的长发少年，就住在巷头于家的后面。

那个周末，是解巷放电影的日子。

解巷最中心的位置，原本是个戏台子，叫作“惑空楼”。

清朝时候建立至今，不少的名角儿在这里唱过戏，后来戏班子渐渐淡出视线，大家就把这里改成电影放送台，拉了块影幕，闲暇的时候巷子里的男女老少就坐一块儿看看老片子。

柯小去的时候，电影正开始。

大家你来我往地分着自己从家里带出来的茶食，于二婶抓了一把瓜子给柯小："看见朵朵了吗？"

柯小往巷尾看了一眼："我去叫她。"

于二婶往她兜里又塞了把瓜子："小小真乖。"

柯小嗑了一颗，奶油味的，腻人。她全塞兜里，准备带给陈双朵。

一路往前走，身后是热情招呼的声音，路边灯笼里的蜡烛烧得正旺，像是特意为了庆祝什么，仔细一看，每个灯笼里都立着两根蜡烛。

没几步路，就到了陈双朵家。正要敲门的时候，一阵脚步声从柯小背后经过。

背着吉他的长发少年，停在相隔不远的地方看着她。

推门的手没有下力，她问："你又找不着路了吗？"

男生把吉他从背上取下来抱在胸前："等你。"

"啊？"

"你们今晚不是要去看电影吗，我等你一起。"

柯小觉得有些奇怪，素不相识的人平白无故地跟她说这话，让人摸不着头脑。

"快一点。"男生催促她。

陈双朵出来的时候，好像并不意外男生的存在，甚至跟男生打着招呼："明朗。"

男生点点头，转身先走。

柯小拉着陈双朵："谁啊？"

"成录的外甥，洛明朗。"

柯小看了一眼男生的背影，高瘦的身材走在巷子里，分不清是因为灯笼里的烛火，还是因为他身上若有似无的光，让这条路通明到底。

几条长凳搭成几行排列有序的座位，柯小和陈双朵坐在最后一排，她从兜里掏出瓜子的时候掉了几颗出来，陈双朵捡起来吹了一下就直接嗑。

“开学的那天你要等我，我好久没出过巷子了，都不知道该怎么走了。”

柯小侧头看着陈双朵，在她手里挑挑拣拣的：“好啊。”想起什么，又说，“听说从学校回来的路上有好多小吃，我带你去。”

陈双朵摇了摇头：“好可惜，医生说我要注意饮食，有些东西不能多吃。”

病理上的事柯小听不懂，但是她知道，陈双朵的病又加重了。

她捧起陈双朵的一束头发，编成三股辫，从自己头上取下头绳：“没关系，我帮你把你那一份也吃掉。”

她们声音很小，淹没在大人的说话声中。柯小心里挺难过的，抬头的时候看见成录走了过来。

成录穿着白色的立领 T 恤、黑白色板鞋，很平常的装扮，但是让人觉得好看。

于二婶一手抱着小儿子，一手去拉成录：“怎么现在才来啊，吃过饭没有？”

成录跟大人们坐在一起，左右看了看：“刚做完事，吃了饭才来的。”

电影里正好放着男女缠绵的画面，几个大人回头看着柯小、陈双朵两人。陈双朵伸出两只手挡在两人的面前，故意露了条缝儿。

陈双朵凑近柯小耳朵边：“我十六了。”

柯小闷闷地笑：“我十七了。”

两个人像偷了腥的小猫，悄悄地力证自己已经到了知晓男女之事的年龄。

笑闹结束在于二婶叫陈双朵的声音里，柯小循声也看了过去，发现手里调着琴弦的洛明朗正看着她们的方向，她避开他的目光，跟在陈双朵的后面往前排的位置走。

这次她能明显感觉到他灼热的目光，她敏感地回头瞪了洛明朗一眼，但很巧的是，他逮住时间先收回了目光。

于二婶牵着陈双朵跟成录说着话。没有刘月香在身边的时候，于二婶就好像成了陈双朵的另一个监护人。

也不奇怪，以前刘月香出门上班的时候，都是于二婶帮忙照顾着陈双朵。

用奶奶的话来说："于家那姑娘啊心好，当初嫁来的时候她家里人还担心她受委屈，举家都搬了来。可是心好的人家，才没人舍得让她受委屈。"

对了，巷头那户大院子，就是于二婶的娘家人。

当年只有十八岁的于姑娘，不顾家里的反对嫁给了一个穷小子，带着厚重的嫁妆住进这条巷子里。没一年，她就给穷小子生了个闺女儿，娘家人见劝不住，又放心不下，就在巷头买下了一户院子，也住了下来。

柯小坐在圈子外，听着大人们聊琐碎。看着陈双朵的时候，她突生奇怪的想法，脸色苍白的女孩儿就像个提线木偶一样被推至画布前，摆弄出各种讨人喜欢的模样，可是真正的观众只有一个，那就是成录。

说到成录，柯小心里有些荡漾。

他搬来解巷的一个月里，她其实很少见到他，但是坐在院子里的奶奶总念叨着：

"不知道成先生吃饭了没有？"

“小小，你去问问，没吃的话让成先生来我们家。”

她站在院子里望过去，能隐隐看见成录站在二楼窗户边的样子——戴着金丝边框的眼镜，手里拿着画笔，单单只是站在那里，就觉得赏心悦目。

她看得傻傻的：“奶奶，成录为什么搬来这里啊？”

奶奶抬了抬老花眼镜：“要叫先生。”又说，“听说是个有名的画家，住惯了灯红酒绿的地方，来这里吸吸灵气。”

柯小笑：“那叫找灵感。”

“好，总之是个有大学问的人。”

“那他为什么要资助朵朵治病上学啊？”柯小抬手挡住阳光，想看清楚一些。

“不瞎问，快去成先生家问问。”

柯小走出院子，又走了回来。

奶奶抬头看她。

她把晾衣绳上的衣服取下来：“朵朵去了。”

站在柜子前，她发现自己没有一件亮色的衣服，来来去去，换洗的就那么三套衣服。

在学校的时候怕别人看出来，她总是换搭着穿，可是同寝室的女生还是看出了猫腻，问她：“柯小，你就不能叫你妈给你多买两件衣裳吗？”

她没说话，也不知道怎么说。她总不能开口告诉她们，仅有的这几件衣服，其实都是奶奶自己亲手做给她的。

十几岁大的女孩子，羞耻心是比物理题还要难攻克的东西。

而此时此刻看着衣服边角已经散开的线头，柯小发愁的是，她没有一件新衣裳可以穿上，让她自信地站在一个她觉得很帅气的男人面前。

“小小，回家了。”陈双朵拍着她的肩膀。

回过神的时候，柯小才看见影幕上的电影已经报幕了，放送台前只有她们两个人。她站起身，跟在陈双朵的后面，一步踩着一步。

陈双朵扯住她，艰难地开口：“今晚我妈在家。”

柯小停下脚步，看着青石板上排队路过的一队蚂蚁。

“那我回去了啊。”

“小小。”

柯小转过头，接过陈双朵递给她的头绳。三股辫散开来，看起来乱糟糟的。

柯小本来想帮陈双朵理顺头发，但想想还是算了。

“我真走了啊。”

她把头绳缠在左手食指上，觉得疼，但是无关紧要。

“你在怕什么？”

“什么？”

柯小听见陈双朵重重吸了口气，问她：“你怕我妈，是因为她的手吗？”

那从掌心少掉一半的手，愈合的皮肤丑陋得不敢让人多看一眼。

柯小摇头：“不是啊。”

陈双朵站在原地，背后的烛光若隐若现，她穿着一条红色的连衣裙，眼睛直勾勾地看着柯小，有些瘆人。

“那你为什么总是躲着她？”

柯小想了想，其实也不知道。

回去的路上，柯小给这个问题设想了很多种答案，可是都觉得不对。

刘月香并没有伤害过她，也从来没有对她说过一句重话，甚至在她住校不在家的时候，也多多少少帮忙照顾过奶奶。

她应该心生感激的，再怎样，也要有一点点感激。

可是不知道为什么，同巷子里的其他人比起来，她跟刘月香就是亲近不起来，甚至有些抗拒刘月香。

很奇怪，但是她找不到原因。

透过各家生长交错在一起的枝叶，小小可以看见一轮残月挂在天上。

她哼着洛明朗哼过的那首歌，跟着烛火一路往前。

到自家院子前，她弯腰把鞋面上的灰擦了擦。

“跑调了。”一个声音在背后响起。

“嗯？”

是洛明朗，他还是背着吉他，从对面那家院子里走出来，手里提着一袋新鲜的柑橘。

柯小双手放在背后，头埋得像个等着挨训的学生。

洛明朗从袋子里拿出一个橘子：“甜的，你要不要？”

柯小慢慢伸出手去接，在碰到橘子的时候没想到洛明朗反手收了回去。

“不给。”

柯小皱眉，见他利落地剥开橘皮，把橘子喂进自己嘴里。他接着问她：“想吃吗？”

柯小鼓起两腮：“你又不是诚心给我。”

洛明朗伸出一只手戳她的脸：“你是水泡鱼吗，眼睛都快撑没了。”

柯小吓得往后躲，手磕在门上，疼得惊呼了一声。

洛明朗拉过她：“小心些，我又不吃了你。”

靠近了些，柯小发现他的头发比她短不了多少。这次放暑假回家，奶奶给她把头发剪到过肩的位置，扎起来是小小的一簇，而洛明朗的头发扎起来，跟她差不多。

“又不是女孩子，扎什么辫子啊！”

洛明朗松开她："谁说只有女生能留长发？"

柯小反驳他："我奶奶啊！"

洛明朗剥开一个橘子给她："迂腐，旧思想。"

"不对，是传统。"

"嘁。"洛明朗嗤之以鼻。

柯小觉得这个人有些无理取闹，想要跟他理论一番。可惜身高不占优势，她上了一层台阶，努力地踮起脚。

"这是古往今来一代一代传承下来的，有根有据，不能违背。"

洛明朗伸手压住她的头顶，让她的脚跟回落地面。

他笑得痞气："不能违背那就打破，新世纪新主张，把你的老思想装进巷子里，上把锁，别丢人现眼了。"

柯小拍掉他的手，还想说什么，却被洛明朗捂住了嘴。

"别说了，吵死了。"说完，他转身就走。

柯小扎起被他揉乱的头发，看着模糊不清的背影，觉得无理取闹已经不能形容他，简直是不可理喻。

第二章

NIXINSHANGDEXUE HUALEMA

我期盼他看向我，多一眼，比别人多一眼就好

没有垒成山高的作业的暑假里，柯小撒开命地玩。

她整天躺在院子里的藤椅上，数着落在桂树上的小鸟。有时帮奶奶送改好的衣裳，路过成录家时，她就躲在树下偷偷看窗边的动静，见有人出来，便麻溜儿地跑开。

姑姑来过两次，给她带来高中的预习题。她翻过两页，就丢在了一边，然后卷进衣服里，全数带给了陈双朵。

有了成录的资助，陈双朵从以前半个月才能吊一次水变成一周一次，脸色渐渐变好，手背上的针眼也渐渐变多。

比起柯小，陈双朵对这些预习题简直爱不释手，每天坐在院子里一遍一遍地算，草稿纸写得满满当当，没有空白。

柯小蹲坐在垒成半人高的空水瓶子前，一个一个把瓶盖拧开扔进塑料袋里，然后轻轻一踩，刚刚还饱满的瓶子就瘦了身材。

陈双朵在草稿纸上画了好一会儿，突然想到什么：“小亮是不是也

要升高中了？”

柯小应声：“对啊，怎么了？”

“回解巷吗？”

柯小腿有些软，停下来看她。

“应该不会吧。他在解巷待的时间又不长，也不愿意回来吧。”

说这话的时候，她眼睛微微眯着，有什么东西吹进她的眼睛里，发涩地疼。

陈双朵点点头，又问她：“你没事老往成录那里跑什么，每次躲在树下看，想看就敲门找他啊。”

柯小没料到她说得如此直白，可是已经这么直接了，也不用扭扭捏捏的。

“我跟他又没什么关系，直接上门多奇怪啊。”

陈双朵不同意：“这条巷子里谁家在意这些客客气气的礼数，推门就进去，你见谁含糊过的？”

柯小觉得在理。生活了十几年的地方，人情味最浓，像锅老鸭汤，越熬越香。

柯小讷讷地说：“可是，成录还是不一样。”

“哪里不一样？也是吃饭睡觉的人，说不定晚上入眠的时候也会想哪家的姑娘。”

柯小脸有些红，觉得陈双朵越来越没皮没脸的了。

一张纸写完，陈双朵仔细叠起来，收进资料夹层里。

“听说前街胡同晚上有书展，去不去？”

每年开学前，隔壁胡同的书店都会处理堆积久了的书籍，后来和别地儿的书店老板一合计，弄了个小型的书展，其实就是清仓大甩卖。可是内容一应俱全，很多小女生都会去看一看。

柯小把瓶盖装袋子里系好：“去啊，不过我得先回家一趟。”

离开学还有一周的时间，却大有紧张的氛围了。每家每户都在商量着是不是该给孩子报个补习班，万一学校里跟不上，还有个保底的办法。这办法在巷子里传开了来，以于二婶家大女儿开始，大家互相串门时，都会问一句："给你们家孩子报一个吗？"

柯小回家时，就见于二婶走出院子，脸上挂着笑。看见她，于二婶笑得更开怀："小小回来了，咱们这条巷子里愁谁都不愁你，脑子好又体贴人，可把你奶奶乐坏了。"

柯小咧开嘴冲她笑，像只刚吃饱的小兔子，傻愣愣的。

于二婶拍拍她的肩："进去吧，奶奶在收拾东西，搭把手。"

柯小跑进院子里，刚好一片桂叶掉落在她的肩头。毫无重量的树叶而已，却让她险些站不稳脚。

"姐。"

柯小站在原地，进也不是，退也不是。

直到奶奶走出屋子，跟她说："你爸说那边不好升学，让小亮回来念书。"

柯小埋头不说话，脚尖在地上画着圈儿，眼睛死死盯着地面，觉得有些不妙，抬起头才没让眼泪掉下来。

奶奶拉着柯亮进了屋子，所有的东西都收拾妥帖了，就是房间，让人有些为难。

不大的屋子里只有两个小卧室，当初为了让柯小好好学习，奶奶把另外一间收拾出来给她住。现在柯亮回来，奶奶反而不知道怎么开口让一个大姑娘还跟她这个老婆子挤一间屋子了。

房间里就一张书桌，上面摆满了柯小的小东西。现在放着柯亮的辅导书，一下子没了空间。

柯小从床底下翻出一个小铁盆，把自己所有的东西一股脑全装了进去，然后头也不回地说："我住哪里都可以的。"

一直到她出门前，奶奶都有意无意地靠近她想要跟她说些什么，可是她都自然地回避过去。

"奶奶，我很晚才回来，记得帮我留门啊。"

然后，她一气呵成地跑出院子。

等她双脚踩在青石板上时，胸腔里有东西涌上喉口，她的脚步很快，一路跌跌撞撞，走到胡同拐弯的位置。

确定四下没人，她才哭了出来。她不敢发出声音，小小地抽泣着，又怕别人听见，捂住嘴蹲在墙角。

就十分钟的样子，她站起身，揉了揉酸涩的眼睛，觉得自己有些矫情了。

过去十几年，这画面重复了不下百次。在柯亮面前，她只能让步。就算是最疼她的奶奶在他们姐弟二人面前，能做到的最大程度，也只是一碗水端平。

她想要的东西太多了。可是她要的都很简单，一点点的偏爱，就足够了。

可是这个家里，没人能给她。

陈双朵喜欢看书，喜欢到不能容忍一张纸上有一点点的褶皱。手指点在纸面上的时候特别轻，她来来回回翻了好几页，书店老板见她无意买，一把抢了回来。

柯小看出她有些不开心，掏了掏口袋，帮她把书买了下来。

陈双朵急了："你别乱花钱，我没那么喜欢的。"

可是陈双朵小心地抱在怀里，看不出不喜欢。

柯小接着翻了翻旁边的书堆，选不中想看的，便说："那是给我买的，你要是想看了，来拿就是了。"

陈双朵为难着，翻开的书页里还带着油墨的清香，爱不释手。她说："那我会借很长一段时间的。"

柯小走去旁边的书架子："就放你那里呗，我又不爱看。"

柯小还是没决定好买什么书，只是回头的时候刚好看见陈双朵沉醉的模样，心里莫名地安稳。

从小跟她一起长大的陈双朵，是唯一一个让她觉得她可以平等地、毫无顾忌地相处的人，可能这就是她想要的东西。不用逃避着去计较多和少、有和没有，这种感觉真好。

她有陈双朵，真好。

走出书店的时候，陈双朵问她："小小，是不是柯亮回来了？"

"你怎么知道？"她有些惊讶。

陈双朵指着她的眼睛："一看就是哭过了，除了他，还有谁能让你哭？"

陈双朵说得一本正经的，让柯小错以为她说的都是对的。

从小到大，柯小仅有的几次撒泼哭闹、胡搅蛮缠，都是因为柯亮。她甚至能清晰地记得每一次她去爸爸面前诉苦说妈妈怎么疼爱柯亮的时候，爸爸拉着她说："你是姐姐，让让弟弟怎么了？"

她从不觉得这是让不让的问题，而是他们的眼睛里，永远只会看到柯亮。冷了、饿了、瘦了，所有的好东西都会双手送到柯亮的面前。而她呢？就算眼泪巴巴地看着，还会被凶一句："弟弟有的你也要跟着要吗？怎么不体贴体贴我们呢？"

她听过很多类似于"女儿是父母的贴心小棉袄"的话，也极力告诉自己就该这样。然而，她说服了自己很久，却依然想不到应该从哪个方面去顺从他们的说法。

毕竟，她什么也没有从他们身上得到过。

“小小，今晚去我家睡吗？”

陈双朵伸出一只手圈住她的胳膊。两人身高相差不了多少，从远处看起来就像两束生长在一起的蒲公英，白色的绒毛让人想要亲近，却没有人能懂她们的担惊受怕。

柯小犹豫着没有开口，她偷偷瞄了一眼陈双朵，却被逮个正着。可是陈双朵看起来没有想象中的生气，她只是平淡地说：“我妈不在家。”

她觉得有些对不起陈双朵，想要开口解释什么，却陈双朵先制止了。

“洛明朗。”

柯小顺着她的目光看过去，前面一群人挤在一起说着什么，但是被音响全部湮没了。

陈双朵拉着她往人群里走，挤过两三个疯狂的女孩儿，洛明朗就在人群中。

他抱着吉他，脚下踩着音响，面前立着话筒。好笑的是，他面前的地上用粉笔写着几个字——不是乞丐，不要钱。

刚刚被挤开的疯狂女孩儿再次杀了回来，气势汹汹的架势让柯小不由得往后缩了缩。陈双朵站在原地不动，把她拉了回来：“怕什么？”

柯小没说话，只是把眼睛放在了洛明朗的身上。

“哎，听说他也升高中。”陈双朵凑近她的耳边。

柯小觉得奇怪，在音响的背景下毫不顾忌地问：“他不是已经成年了吗，怎么才上高中？”

音响刚好关闭，她的话被在场的所有人听得一清二楚。疯狂女孩儿鄙夷地看了她一眼，故意把她往旁边撞了撞。

陈双朵也被波及往旁边跌了一下，一脸的不开心溢于脸上。

柯小伸手环着她的肩："回去吧。"

柯小回家的时候，房间里还亮着灯，那个昨天还属于她的房间。

她站在院子里收下晾在竹竿上的睡衣，看见粉红色的内衣时，脸一下子红得发烫。她麻利地取下来放进盆里，身后响起声音："姐。"

她回头，柯亮穿着短袖短裤站在门前看着她。

她抬头："怎么了？"

柯亮比她高一个头，脸比过年的时候圆了一圈儿，剪了个寸头，看着像只小刺猬。

"我跟爸爸商量过，他说户口挂不上，只能让我转回来。"

"你跟我说这些干吗？"柯小与他对视着。

"我不是不想回来，但是一想到要打扰到你，我觉得、觉得挺对不起你的。"柯亮解释着。

柯小静静听着，她没有权利让他闭嘴不准说话。

柯亮还在说着，但是她的脑海里只有两个字——打扰。

他们血浓于水，却隔阂到要小心谨慎地去照顾对方的所有想法和生活。

"姐，我会申请住校，要不你还是搬回你原来的房间吧。"柯亮的声音很轻，但是传到柯小的心里很重。

她曾经单纯地以为是因为柯亮的出生才让她失去了疼爱，所以她不像其他姐姐对待弟弟一样嘴上吵着闹着，但是心里还是宠溺着。可是不是，她能不能被爸妈疼爱着，跟柯亮毫无关系。

"犯什么浑，回家了还跑外面住像什么样子？好好在家住着。"说完，她就走出了院子。

去陈双朵家的路上，柯小不巧地碰上了成录，和跟在他身后的洛明朗。

她本来想躲，可是一条直巷子，根本没有藏身的地方。她故作轻松地迎面而去，走到成录身边时叫他："成先生。"

成录一路跟洛明朗说着什么，本来没看见她，这一声把他给叫了回来。

"柯小，这么晚了去哪儿？"他说话的时候总带着笑，让人一下子醉进他右脸颊的酒窝里。

柯小没有料到他会接话，全身僵硬得不知道该怎么办。

她回答得磕磕巴巴："去……去朵朵家。"

她手里还抱着换洗的衣裳，成录没多问，说："去吧。"

她"嗯"一声，又听见他说："夜里风大，以后多穿件衣服。"

她低头看了看自己身上，只有一件细窄吊带衣裳。

她不敢说话，怕心里的怒放劈开了嗓子，让他察觉出什么。

经过洛明朗的时候，她被伸出的一只脚绊了一下。她慌乱地站直身子后，成录有些怒意的声音在背后响起："洛明朗，你幼不幼稚。"

她摆摆手："没事，是我不小心。"

成录却并不包庇洛明朗的行为："洛明朗！"声音提高了一个度，很明显生气了。

洛明朗看了柯小一眼，然后凑近她面前："走路怎么这么不小心呢？摔伤了多让人心疼啊？"

他说话很轻，故意不让成录听见。

柯小咬着唇不敢看他，可是感觉他说得特别刻意。

她撇头看了看成录。

她缩着脑袋看上去很害怕的样子，让成录不禁对洛明朗有些火了："洛明朗，是不是个男人了？"

洛明朗直起身子，嬉笑着说："这个你又不能体会，问了干吗？"

这下成录直接走了过来，揪着洛明朗的衣服就把他拖走了。

柯小深呼吸了两口气，觉得成录男人味十足。

开学那天，于二婶特意送来了两碗鸡汤，熬了一晚上，香得让人流口水。

柯小出门前，于二婶拉着她，往她兜里偷偷塞了三个小红包，说讨个吉利。

柯小推辞着不要，于二婶拍掉她往回塞的手："你跟小亮、朵朵一人一个，没多少钱，回来的路上去吃个零食，开开心心的。"说着直接打开她背后的书包放了进去。

"小崽子该哭了，我先回去了啊，记得叫朵朵把鸡汤喝了。"

柯亮站在院子前，客气地跟于二婶道谢，然后问她："走吗？"

柯小手里提着保温盒："你先走，我去找朵朵。"

柯亮握着背带的手紧了紧，转身走了。

路过成录家时，她站在树下看了好一会儿。每天这个时候他都应该站在二楼的窗子前，有时候看书，有时候速写，安静的样子让人体会到什么叫作岁月静好。

门突然被打开来，听见洛明朗的声音，她慌乱地跑开，没看到二楼探出的身子正看着她跌跌撞撞的背影。

学校离解巷只有二十来分钟的路程，走出胡同，再经过一条小吃街，就是学校的大门。

报到的学生很多，排成长龙等在教学楼前。办好手续之后，柯小和陈双朵去公示栏前看班级分布，那里人更多。

两人站在人群外，环视着校园里的环境。道路两旁种着成排的落羽杉，尽头是图书馆，左右两边是不同年级的教学楼，高一年级的楼栋只有三层，前面是办公楼，学生们正聚集在这里。

柯小坐在台阶上，无聊地看着来来往往的新生和对面楼栋探出头的学长学姐。新长出的头发搭在颈间，热得她撩拨了好几次。

陈双朵递给她头绳，坐在她的旁边。

“真想跟你分在一个班。”

“我也是，不知道还要等到多久。”她探头看了看只增不减的人群。

“小小，有新朋友了也不能忘了我。”陈双朵帮她把头发扎起来。

“瞎说什么呢，你是我最好的朋友啊。”柯小感觉到黏人的汗液从头皮滴落下来。

陈双朵静静地帮她把头发扎好，然后抱着她的胳膊靠在她的肩上。

柯亮从人群里挤出来时，只一眼就找到了她们。

“姐，你在高一七班，三楼。”

柯小从书包里掏出纸巾递给他：“看见朵朵的了吗？”

“朵……陈双朵在十三班，二楼。”

闭着眼睛的陈双朵微微点头：“谢谢。”

柯小拍了拍她：“走吧，还要去班上报到。”

两人站起身往教学楼走，陈双朵拉她：“你不问问小亮？”

柯小愣了愣，然后转身问柯亮：“你呢？”

单肩挎着书包的男生本来垂着头，听见声音，高兴地回她：“我在一楼，二十四班，文科班。”

柯小眼睛沉了沉。

“站那儿干吗，还不去教室。”

柯亮小跑追上她们，伸手挠着后脑勺，笑得傻气。

中午的放学铃声响过之后，柯小下楼去找陈双朵。中午只有一个小时的休息时间，吃过饭之后还要回班上等着老师统计报到。

柯小去的时候，陈双朵正伏在桌子上睡觉，柯小轻轻叩了叩桌面。

“去不去食堂吃饭？听说今天新生报到，饭菜免费。”

陈双朵醒了醒神，教室里只有她们两个人，视野变得空旷。

“不想吃饭。”

陈双朵的饮食有严格的控制，尤其是水分的摄入。

柯小想了想：“吃面包吗，我去小卖部买？”

外面天气热，陈双朵用笔盖把头发夹起来：“我跟你一起去。”

教学楼里人很少，现在大多挤在食堂里。因为新生报到，食堂里人满为患，两人经过食堂的时候，有些瞠目结舌。

“人也太多了吧，吃饭跟上战场一样，全凭武力。”

陈双朵笑着：“市重点，谁不是挤破脑袋想往里面挤啊。再加上走关系的，人能少吗？”

小卖部里人也多，两人站在门外等了好一会儿才挤进去。买了简单的面包，对付一下。

“你还记得于康乐吗，巷头那家的，公子哥儿。”

陈双朵咬下一口面包：“二婶的侄子？”

“对。早上听二婶说前两天从国外回来了，也念咱们学校。”

“不是在国外待得好好的嘛，汉堡吃腻了啊？”

柯小撕开第二个面包：“不知道，就是回来了。”

两个男生追逐着跑过，嬉笑的声音把陈双朵的话淹没。

“你说什么？”柯小凑近她。

“没什么。对了，你见着洛明朗了吗？”

柯小摇摇头：“没有，怎么了？”

陈双朵把包装袋扔进垃圾桶里：“他跟你一个班，小亮说的。”

柯小觉得奇怪，他们两人后来怎么碰上面的。

柯小回到教室以后，班主任已经坐在了讲台上，正就着水吃着面包。

没一会儿，教室里已经坐得满满当当。

班主任是个三十出头的男人，穿着白色衬衣西装长裤，看着墙壁上的时针指向一点整，拍了拍桌子。

“先点名，点到的人举手。”

柯小坐在靠窗最后一排，旁边的位置空着，听着前面女生说话的声音，微微有了困意。

“柯小。”

“在！”她忘了只要举手示意就好，慌乱站起身的时候带动了课桌，发出刺耳的声音。

班主任看了她一眼：“坐下，不要睡觉。”

她有些窘，在前排女生的笑声中坐了下来，身子直直的，但是闭上了眼睛。

在一声惊呼中，她又睁开了眼睛。

讲台上，站着的不止班主任，还有背着吉他的洛明朗，一脸不爽地听着数落：“男生留什么长发，还有，让你来上课不是来开演唱会，你的书包呢？”

柯小在威严的声音中努力睁大了眼睛，害怕一个不留神，枪火就对准了她。

洛明朗腰挺得直直的："没带。"

班主任把点名册卷起，皮鞋踩在地板上的声音很响。柯小注意着他的动作，眉头皱了皱。

"你以为你这是在什么地方？收起你那副小混混的模样，洛明朗，你只是个超龄学生。"班主任用点名册指着位置上的学生，"你看看这些比你年纪小的都懂得守时，你呢，有时间观念吗？"

洛明朗并不理他，站在黑板前像是一尊石像。

台上的训斥没有停下的意思，台下也在窃窃私语。

女生们看向洛明朗的眼睛里有光，纷纷带着崇拜。

柯小收回目光，操场上高二的学生在上体育课，排球练习，男女分队之后各占一方。年轻的身影肆意跑动着，柯小有些跃跃欲试。

"最后一排的女生，听见我说的话没有！"

前面的女生撞了撞她的桌子，她一脸茫然："什么？"

班主任黑着脸："开学第一天，你们倒是让我很惊喜啊。"

柯小对反话格外敏感，埋着头不敢看人。

"收拾东西，跟第一排的同学换位置。"

柯小站在原地不动，前排的女生小声提醒她："老师说让你跟第一排的男生换一下位置，不能男女同桌。"

柯小看了看，只有她旁边的位置是空的，只有洛明朗还没有座位。

反应过来之后，她急急忙忙从抽屉里拿出书包往前排走，但动作太大，整个人重心不稳摔在了地上。

教室里爆发出哄堂的笑声，柯小觉得这一天真糟糕。

头顶传来一声嘲笑："柯小，你今天早上喝鸡汤喝傻了吗？"

开学第一天没有晚自习，柯小把新发的课本收进抽屉里，等着班主任说放学的那一刻。

别的班已经下课了，走廊里吵吵闹闹的。柯小看了一眼教室门口，陈双朵已经等在那里了。

她做着口型说“等一下”。陈双朵不慌不忙，从书包里掏出一本书，靠着墙静静看着。

“我再提醒一下，男生不准留长发，女生不准戴饰品，”皮鞋的声音很响，“听见没有！洛明朗，说你呢！”

柯小回头，洛明朗正调着琴弦，明目张胆的样子真的很欠揍。

放学之后，柯小拉着陈双朵去学校外面的小吃街，一路逛下来，各色小吃不少。

“你没有什么想吃的吗？”

陈双朵摇摇头，擦掉柯小嘴边的油渍：“你要帮我多吃一些啊。”

两人沿着小吃街往家走，路过一家唱片店，陈双朵拉着她，往里看，是洛明朗和柯亮，身后还跟着个男生。

柯小有些讶异地问：“是于康乐吗？是他吧？”

陈双朵把头发披散下来：“是。”

“他们三个怎么凑一块儿去了？”

陈双朵拉着她：“进去看看。”

唱片店里放着抒情慢歌，货架上整齐摆放着各色封面的专辑。洛明朗站在摇滚唱片的货架前细心挑选着，柯亮和于康乐四处看着，兴趣并不大。

“小亮。”陈双朵喊道。

柯亮探出头，扯着于康乐的衣服。

柯小的手里还拿着一份狼牙土豆，样子有些狼狈。

柯亮掏出柯小给她的纸巾，没有嫌隙地帮她把嘴擦干净。

于康乐站在一边，脸上笑开了花，一手挠着头，说："双朵，好久没见了。"

一条巷子里长大的孩子，都是从穿着开裆裤就结下的交情，即使几年不见，感情也不见变得微弱。

只是柯小对于康乐却有些陌生了。她记得，于康乐其实不大爱跟他们一起玩，小时候玩家家酒的游戏，于康乐总是冷眼旁观的那一个，站在他们的圈子外面，有些时候不耐烦了，甚至会对她大声嚷嚷几句。

很久不见面的几个人，站在货架前深深浅浅地说了几句。柯小听着他们的说话声，安静地用竹签插着裹了香油的土豆。

一只手伸了过来，柯小还没做出反应，整个碗就从她手上消失不见。

"洛明朗，你害不害臊！"

吉他被他夹在双腿中间，左边腋窝里还夹着张专辑，洛明朗把碗里的土豆一扫而光，咂咂嘴："我在帮你减轻负担，女孩子吃那么多容易发胖。"

柯小瞪大了眼睛看他："关你什么事！"

"好习惯从小培养，我在帮你改正。"

她发出咬牙切齿的声音："不劳你费心！"

于康乐拿起吉他："买好了？"

洛明朗点点头："店员动作太慢了，走，吃饭去？"

于康乐凑过来问她俩："有没有这个荣幸邀请两位漂亮女生共进晚餐？"

陈双朵扯着柯小，哄了好一阵儿，柯小才同意。

"我跟你说，我是看在你的面子上才去的，才不想跟他们两个讨厌鬼吃饭。"柯小嘟嘟囔囔着。

"好好好，知道了，我的小煤气罐。"

吃饭的地方在胡同外的夜食街，这个点儿人还不多，五个人炒了几份小菜，边吃边聊。

话题一直在于康乐的身上。

有钱人家的小孩儿，小学毕业之后就去了国外接受西方教育，洋墨水喝多了，反而更加想念故乡。陌生的环境里，他才体会到什么叫“外国的月亮没故乡圆”。

柯小想，这个冷冰冰的男生，在外面的世界应该受了很多委屈吧。

他以前是这条巷子里最津津乐道的话题，出身好，皮相也逗人喜欢。

在柯小的小小世界里，他就是“天之骄子”的不二人选。

可是就在十一二岁的年纪里，他被丢去一个完全陌生、语言不通的环境里，难以想象他的委屈是怎样在黑夜里滋生蔓延，让他有了逃避的想法。

因为放学后吃了些小吃，柯小很容易就饱了。她坐在位置上看着说话的几人，隔壁摊位的烧烤味道被风吹了过来，她在层层的烟雾中，仿佛看到了还只有几岁时的自己。

那时候，柯小是巷子里最闹腾的孩子，总被大人们拎着教训得狗血淋头，因为她总带着身体不好的陈双朵四处瞎晃。有一次，她爬上树摘果子，掉下来摔伤了手，刘结巴把她抱去医院，一路对她说教。

“树那么高，就你胆子野敢往上爬。还带着小双朵，要是她出了什么事儿，我看你拿什么交代。”

她哭得撕心裂肺：“我疼，好疼啊。”

刘结巴吓唬她：“该，你再往上爬一些，人就没了，看你还敢不敢。”

“不敢了不敢了。”她记得双朵当时也吓哭了，“双朵呢？刘叔，她怎么样啊？”

刘结巴见她的手渗出血来，蒙住她的眼睛：“回家了。你还知道担心她，给你多吓一吓，也得没半条命。”

她抽抽噎噎，突然发现了一件不得了的事——

“刘叔，你不结巴了。”

“别、别说话。”

柯小手摔骨折了，打了层厚厚的石膏。奶奶不准她再出去瞎玩，她每天就坐在院子前听于二婶教训女儿。于康乐来看她时，带了奶油蛋糕，她吃得满嘴奶油：“好吃，谢谢于康乐。”

于康乐恶狠狠地看她：“吃了我的蛋糕以后就不准带双朵爬树了。”

她点点头：“好。”

“也不准再害双朵哭了。”

“好。”

那时候柯小不明白，为什么朵朵好几天都不来看她，为什么每次于康乐来看她时总是对她冷言冷语。

第二天上学，洛明朗没有按照校规把长头发剪短，结果一整天都被罚站在教室门外，哪天剪了头发哪天才能进教室。

下课后，柯小把老师交代的资料送去办公室，回来时看见洛明朗正贴着墙睡觉。

来来往往的人对他指指点点，可是这些对他毫无影响，他像是给自己安装了一面屏障，隔绝掉了外面世界的所有声音。那个小小的世界里只有他自己一个人。

放学后，她拉住洛明朗：“你头发怎么办，不上课了啊？”

“不上就不上呗，反正又考不上大学。”洛明朗痞痞地回答。

“成录知道吗，你花的可都是他的钱啊。”

洛明朗掰开她揪着吉他背带的手指："他又不缺钱，愿意花就花，生不带来死不带去的。"

柯小朝地呸了三声："莫怪莫怪。"

洛明朗好笑地看她："水泡鱼，封建迷信要不得，你懂不懂？"

柯小觉得自己简直是对头弹琴："蛮牛。"

洛明朗不理她。

她觉得成录特可怜："帮着别人养孩子人家还不领情。"

她的声音很小，可是洛明朗还是听见了。

他松开拿着吉他的手，双手撑墙把柯小围困在里面。

"你觉不觉得你有些多管闲事了？"

鼻息喷在柯小的脸上，尽管他脸上没有表情，但是柯小知道他生气了。

她的背紧紧贴在墙面上，冰凉的感觉透过薄薄的衣料刺激着她的皮肤。

她声音里充满恐惧："洛明朗，你松开。"

她整个人都在用力地挣扎，可是洛明朗没有放过她的意思。

他死死地盯着她，眼睛里毫无波澜。可就是这样的眼神，让柯小怕得紧紧咬着下嘴唇，不敢再发出一点点让他不高兴的声音了。

"明朗，走了。"

打破僵局的声音来自于康乐，他站在楼梯拐角的地方，逆着光，只能看清灯光下微微翘起的绒发。

柯小从来没有如此感激过于康乐，即使在她的记忆里，他不止这一次帮忙。

那种被胁迫被压制的感觉，让她能感觉到窒息的危险。

来自洛明朗身上的危险，她第一次真真正正地感受到了。

洛明朗走后，她蹲在走廊上大口喘着气，脑子里蒙蒙的，什么都不知道了。

“小小，怎么了？”

陈双朵蹲在她面前，摇晃着她的身体。

她的手攀在陈双朵的肩上，使出了全力也没能让自己站起来，她更加害怕了。

她哭着说：“朵朵，怎么办，我站不起来。”

“慢慢来，缓一缓，深呼吸。”

她摇头：“不行，我害怕。”

“你在怕什么？”陈双朵绕到她身后，手穿过她的腋窝想要把她抱起来，可是没用。

“朵……朵朵，你等一等，我的腿没有知觉，你不要动我。”

柯小的身体摇摇欲坠，下一秒，扑倒在了地上。

那天晚上，柯小睡在奶奶旁边。老年人的呼吸特别混浊，像是沙尘暴席卷荒漠前的暗示，每一声都带着令人不安的战栗。

她坐起身子，看着窗户外的月亮，第一次失眠。

穿上衣服，她走出院子。

寂静的路上有微微的风声，连树枝都不能晃动的微小，她却能清楚地感受到。

她没有目的地走在巷子里，一抬头，就是成录家。

她的身体微微颤动，害怕的感觉再次从脚底生长出来。

她想离开这里，但是二楼亮着灯的窗户被人打开。她看见成录，手里端着冒着热气的杯子。他应该不会喝茶，像他这样的人，最喜欢喝的是咖啡。

她站在树荫里，缠绕的树枝将她的身体遮挡住。她觉得自己像一颗茧，只是见过成录一眼，就妄想自己缫出千米长的蚕丝，将他一起包裹起来。

愚蠢的妄想让她有些冲动，她有些抑制不住地想要大声告诉他：“成录，你看看我，多一眼，比别人多一眼就好。”

陈双朵曾经问她：“小小，成录为什么特别呢？”

在某个夜里，属于两个小女孩儿的悄悄话，一字一句都像蛊惑人心的精灵。

“不知道，就是想看着，一直看着。”

“看着有什么用啊，你得抓紧他，拿绳子捆着，这样他就不能跑了。”

柯小打她：“哪有这样的，那是囚禁啊！”

“爱本来就是囚禁啊，一个愿打一个愿挨，只是非要美其名曰什么朝朝暮暮、天长地久。”

“朵朵，我不知道该怎么跟你形容他。但是每次我看见他的时候啊，我就想变成一粒沙，被风吹进他的衣兜里，跟着他去往任何地方。”

陈双朵翻身看着她：“为什么是他？”

柯小不知道，就是某一天，突然认定了是他。

风起了劲儿，成录关紧了窗户回了屋。柯小双手交叉揉搓着胳膊，能感觉到生出来的鸡皮疙瘩。

“你在这里干什么？”没有情绪的声音在背后响起。

柯小吓得一个哆嗦，转过身，看见洛明朗正盯着她。

“没……没干什么，出来走走。”她垂下胳膊甩在半空中，佯装路过的样子。

洛明朗单肩靠在墙壁上，给她时间尽情表演。

“看够了？”

“嗯……你瞎说什么！”

不打自招的模样让洛明朗心情大好，他脱下外套递给她："你身上是野猪皮吗，以为自己真耐寒啊？"

秋季里的空气带着湿气，仿佛沾上皮肤的瞬间就能化成水。

柯小不可思议地看着他，觉得有些莫名其妙。

明明几个小时前他们两个人还针锋相对，现下的反差大得让柯小觉得仿佛是假象。

洛明朗见她不接，直接扔给了她。

她扒拉下头上的外套，听见他说："下次别让我看见你躲在这里偷窥。"

"我没……没偷窥！"柯小反驳着。

洛明朗抬眼看了看二楼的窗户，意思再明显不过。

柯小觉得难为情，摊开外套蒙在脸上就跑开了。

迎着风，她能闻见衣服上淡淡的洗衣液味道，风清白兰，雅致伊人。

一路慌张地跑回院子，她感觉到心跳在无限加速，就要跳出嗓子眼儿。

她跑到自来水管前，拧开水龙头，洗了个冷水脸。

少女的心事被人撞见，多多少少让她觉得羞耻。她觉得裸露在空气里的每一寸皮肤都在发烫，而且温度还在持续升高，她内心灼热，闭眼把整个头放低在水龙头下。

这个晚上，对她来说本就是个不能入眠的夜，现在因为洛明朗，更加惴惴不安。

第三章

在我心里，他是英雄

高中的课程比初中紧密很多，短短的十分钟下课时间，疲惫得让人在浅浅的睡眠中也能做一个荒诞的梦。

梦里，柯小光着脚走在青石板路上，脚底出乎意料的柔软。她欢跑在巷子里，路过陈双朵家时，闻见涩涩的柚子香味。院子里的空瓶被风吹落在地上，她猫着腰躲在门后，看见陈双朵在演算着数学题，草稿纸被陈双朵翻得作响，稍稍用力就会被撕碎。她在门外喊，陈双朵笑着看她。然后，她看见陈双朵的身子渐渐变得透明，最后消失不见，她伸手去抓，什么都抓不到。

上午第三堂课铃响，同桌把柯小摇醒。

语文老师是个斯文儒雅的中年男人，姓何。每天早自习的晨读都要求同学按学号上讲台朗读一篇自己最喜欢的文章，当然，这不是柯小定义他儒雅的原因。而是开学第一堂语文课上，他在朗诵巴金先生的《小狗包弟》时，被人捏细的嗓音里还有哭腔。

洛明朗说："感性人说感性话，斯文儒雅娘娘腔。"

在此之前，洛明朗好像得了某种特权，每天风雨无阻地被罚站在走廊外。直到那堂语文课前被教导主任狠狠训斥以后给放回了教室，可没过一个小时，又因为公然在课堂上嘲笑老师，被拎了出去，被罚以后每节语文课都站在门口听课。

从浅眠中醒来的柯小脑袋里空空的，她看着被书写了一半的黑板，一个字也认不出。

她的位置挨着讲台，老何看她手里拿笔写着什么，敲了敲讲台："柯小，念一遍。"

柯小站起身，脸上被书垫出的红色印记清晰可见。她咳嗽了一声，开口慢吞吞地说不出一个字。

老何手点在黑板上，问她："睡清醒了吗？"

不怒自威的声音让教室里安静得出奇，然后是"嘭"的一声，门口的身影跌倒在地上，随后又立即起身，他对着讲台上的人喊："清醒了！"

哄堂的笑声里，老何让柯小坐下，看着拍打身上灰尘的男生，眼神淡淡的，说："洛明朗，下课后去办公室一趟。"

柯小缩着头，不敢看讲台上的人。她的双手窘迫地抓紧裤子，眼睛里的余光看见教室门口的人正看着她。

一直到中午下课，洛明朗也没有从办公室回来，于康乐来的时候教室里只有柯小一个人，他身后还跟着陈双朵。

"怎么就你一个人，明朗呢？"

柯小站在黑板前，今天是她值日，负责把下午的课表书写在黑板的右下角。

她握着白色粉笔的手停顿了下，说："在办公室呢。"

于康乐绕到她旁边的座位上，问她：“先去吃饭吗，小亮先去占位置了。”

陈双朵坐在她的座位上，昂着头看她。

感觉到背后的两道目光一直紧紧追随在她的身上，她下笔快了些，字写得歪歪扭扭的。

“去，等我把这个写完。”

教室外的走廊里有低低说话的声音，在抱怨上午的物理实验很难。

柯小拍掉手上的灰，转头说：“走吧。”

陈双朵合上她的书，挽着她的胳膊走在于康乐的后面，偷偷问她：“是不是洛明朗又犯错了？”

柯小摇摇头：“没有。”

老何本来刁难的是她，是洛明朗帮她阻挡了后面的为难。

在她的心里，洛明朗没有犯错，甚至像个英雄。

食堂里用餐的大多都是住校生和住校的教师，少数的走读生因为离家远中午都不回家。

柯小几人中午也不回家，在食堂吃完饭后就回教室午休，有些时候也会在教学楼后面的树林里坐一中午打发时间。

洛明朗的午餐还没有解决，于康乐提着打包盒和柯亮回了教学楼。柯小跟着陈双朵一路晃到了教师宿舍后面的绿草地。阳光正好，两人坐在地上，垂落的发丝被风吹起。

一条小溪将草地和教师宿舍分隔开来，柯小忽然听见中气十足的一道声音，抬头看过去，是隔壁班的数学老师站在玻璃窗户前教训自家孩子。

“小小。”

“嗯？”

柯小回头看躺在草地上的陈双朵，阴影下的陈双朵皮肤白得出奇，她阖着眼，像个香甜睡梦里说梦话的人。

“上午下课的时候柯亮来找我了。”

柯小回过头：“找你干什么？”

陈双朵睁开眼睛，抬手挡着刺眼的阳光：“他说他从你的房间里搬出来了，让你晚上回家睡。”

开学后的好几个晚上，柯小趁着奶奶睡着之后偷偷跑去陈双朵家，又在天微微亮的时候跑回去。倒不是因为奶奶的呼噜声吵得她睡不着，而是因为这样她就可以在成录家外站上好一会儿，等着他房间的灯熄灭了才能安安稳稳地睡觉。

她像个隐藏在黑暗里的小偷一样，想要偷走成录的一点点时间，这个时间里只有她跟成录两个人，听见风声，看见树叶摆动，然后紧抓着这些画面缝合进她的人生里。

可她没想到的是，她的偷偷摸摸被柯亮看在眼里。

柯小躺在陈双朵旁边：“他怎么不自己来跟我说。”

陈双朵不看她，一只手钻进柯小的掌心里：“我觉得他自己可能觉得挺对不起你的，大概是因为你们从小不住在一起的关系，你妈又偏袒他，他心里拿不准你对他什么想法。”

陈双朵叹口气，问她：“小小，你恨不恨他，怪他抢走了你跟爸爸妈妈在一起的时间？”

有人从她们面前的小道经过，目不斜视地很快走过。走路时发出的轻微声音踩在柯小的心口上，她张了张口，话到嘴边却没说出来。

——我没有恨过他，我就是想要得到一些公平而已。

这是很久以后柯小站在陈双朵家门前给出的回答。

那时候距离阳光耀眼的这一天已经过去了很久，久到时过境迁，物是人非。

晚上回家的路上，柯亮时时向陈双朵投来目光，小心的、谨慎的余光还是被柯小捕捉到。

柯小有些不自在，理了理书包肩带，步子在不自觉中放慢了很多。

“小小，我到家了。”

陈双朵轻轻扯她，跟她说话的时候看着等在原地的柯亮。

柯小松开她，往前面走。

三个男生排成一排，都回头看着柯小。在巷子灯笼的朦胧映照里，柯小抬起头，跟陈双朵说再见。

奶奶的房间里还亮着灯，柯小站在台阶下，把白天晾干的衣服收了起来。

在柯亮进屋的时候，她叫住他：“那你睡在哪儿？”

一只脚跨进屋里的柯亮又把脚收了回来，指了指被桂叶掩住的窗户：“阁楼，早上出门的时候已经收拾好了。”

柯小把衣服叠好抱在胸前，难怪早上回来的时候，院子里的灰尘到处都是。

“晚上下楼的时候小心点儿，奶奶说楼梯的木头坏了，周末的时候叫刘叔来修修。”

她走进房间，奶奶正戴着老花眼镜缝衣服。那是她前两天换下的 T 恤，领口的地方破了个洞，奶奶用花针给她补一补，就看不出来曾经有破损过。

柯亮站在门边没动，看着她打开门又关上，转身走进他之前睡的屋子。

“你听见没有？”柯小打开灯，脸上有些难堪的红色。

柯亮点点头："好。"

换回来的房间窗户通着院子，柯小只要坐在床尾，就能透过枝叶看见成录家二楼亮着的灯光。她的头靠在窗沿上，看见成录正在跟洛明朗说着什么，洛明朗挠挠头，咧着嘴正笑着。

一直到成录的房间熄了灯，柯小才躺下身子睡在床上。竹条编成的凉席有些硌人，她翻了翻身，面向着灰白色的墙，手指在干裂的墙壁上扣动着，有细细的白色粉末掉落下来，她吹开，手蒙在眼睛上，嗤嗤地笑。

睡到半夜的时候，她听见阁楼上有轻轻的脚步声，手摸在凉席上，声音浅浅的："朵朵，侧着睡。"

第二天早上出门的时候，于康乐被于二婶拉着说话，洛明朗靠墙等着他，手指不安分地在墙壁上跳动着。

柯小站在院子外，于二婶问她："小小，是不是在等小亮啊？"

柯小点点头，挪到洛明朗的身边，脚尖轻轻踢他："昨天谢谢你。"

她的声音很小，洛明朗没听清，一脸狐疑地看她。

她僵着身子看于二婶，发现她并没有看他们这边。她重复着："昨天谢谢你。"

洛明朗故作惊讶地看她："谢什么，我是睡糊涂了摔地上的，没想帮你。"

柯小努努嘴："反正谢谢你。"

突然落在头顶的一只手让柯小吓得差点儿叫出声，她侧头看着洛明朗笑得一脸无害的样子，把他的手拨开。

"别动手动脚的。"

洛明朗双手插兜："小丫头还害羞。"

柯小不服："不是害羞！"

“那你脸红什么？”洛明朗凑近她。

她感觉到他的呼吸就落在她的皮肤上。

她别过头，刚好看见升起的太阳，指着那金黄：“天热。”

柯小转身背对着洛明朗，手压在左心口上调整呼吸。空气里流窜着小小的电流声，她的耳根在慢慢变红。

“走啦！”于康乐叫他们。

她转身的时候，眼角的余光瞥见成录正探出头看着他们，她加快脚步，领先三个男生先到了陈双朵家。

中午吃饭的时候，只有柯小和陈双朵两个人。

排着长队的打饭窗口前，人挤人挤得厉害。柯小望了望排在前面的长龙，问陈双朵：“你要不要先找个地方等我，我在这里排着。”

陈双朵看着渐渐被占领的餐桌，点点头从队伍里走了出去。

正是用餐高峰期，陈双朵在食堂里转了一圈，才看见两个空位。旁边已经坐了四个女生，正相互分享着饭菜。

陈双朵从口袋里掏出英语单词本，休学一年的时间让她已经忘记了好些单词，平常的课程也很重，她只能抽时间背一背。

旁边的女生分享结束之后，从上午的化学抽测聊到了下午的英语听写。

虽然开学的时候已经确定了文理班，但这只是根据中考的成绩随意分配，真正的分科要等这学期末。在此之前，已经有意向的同学却被连续不断的抽查测验折磨得几近崩溃。

“你们听说了吗，七班的老师说了，除了文理科班之外，下学期还会增加两个艺术班，高考文化分占得很少。”坐在陈双朵旁边的女生说。

“历年学校不是只有一个艺术班嘛，今年怎么有两个啊？”

“是啊，你从哪里听来的，消息准不准啊？”

坐在对面的两个女生好奇地问。

陈双朵第二遍巩固记忆，单词本翻回了第一页。

旁边的女生说：“前两天中午我不是去办公室拿座位表嘛，当时七班的何老师正给他们班洛明朗训话，说‘不要以为学校放低了门槛多增加艺体生名额你就可以为所欲为了’，后面的话我没听清就走了，不过这一句我肯定听得清清楚楚的。”

“洛明朗？就是那个头发很长的男生吗，他很酷啊。”对面的女生说。

旁边的女生附和着：“是啊，之前他还在二十三班门口给齐璐弹吉他呢。齐璐，他是不是想追你啊？”

一直没说话的齐璐看着对面八卦的女生，说了句：“无聊。”

陈双朵身子微微往后，眼角的余光打量着本来在安静吃饭的齐璐，齐耳的短发别在耳后，穿着圆领的运动衬衫，吃饭细嚼慢咽，一副岁月静好的样子。

“双朵，咱还是出去吃吧，没什么菜了。”柯小走到陈双朵身后，轻轻拍了拍她的肩膀。

陈双朵点点头，收好单词本跟在柯小身后。

回头的时候，听见对面的女生说：“他肯定是喜欢你啊，不然怎么会给你弹吉他啊？”

周六晚上没有晚自习，放学之后，柯小拉着陈双朵去学校附近的书店买书。

物理课的老师在柯小的作业本后面留了斗大的几个字——中学的基础知识你都忘干净了吗？

好在她坐在第一排，抬手就能拿到作业本不被别人看见。整个暑假里她只顾着疯玩，套用的公式真的已经忘得一干二净了。

柯小在书架前徘徊了好久，左看右看确定没有认识的人才从各色的书堆里挑出一本《初中物理知识大全》，书只有手掌大，她护在胸口，找到在艺术区的陈双朵。

“找到了？”陈双朵抽出一本《素描的诀窍》。

柯小点点头，从陈双朵手里拿过书：“你要学素描啊？”

陈双朵转身又拿了一本：“随便看看。”

柯小蹲在地上，手指点过一本本书，“咯嗒”的声音很好听，她把书分开距离，再轻轻撞击回去。

“柯小你幼不幼稚？”突然的一声在身旁响起。

柯小原地站起，四处寻找着声音来源。陈双朵拍拍她，示意她看书架的另一边。

书和书的细缝中，一双眼睛正看着她。柯小又蹲下去，把书拨开：“洛明朗你无不无聊？”

洛明朗肩膀上一边背着吉他一边背着书包，白色的帆布鞋被他踩着脚跟，走起路来慢吞吞的。

他靠在书架上，上下扫视着柯小，伸手从她手里抽出书：“初中物理？呵，我在念初中班吗？”

柯小踮脚去抢，可是没他高，够都够不着。

“还我。”柯小掐他。

洛明朗拎起书的一角，在她面前晃了晃：“承不承认自己是笨蛋？”

柯小更气：“你才是笨蛋！”

“不是笨蛋还买这个？”

柯小背过身，不管洛明朗怎么逗她都不理。

陈双朵叹气：“还给她吧，不然等会儿她会抓花你的脸。”

洛明朗把书丢给陈双朵，回到书架前继续翻找。

“你没跟柯亮他们一起吗？”陈双朵透过缝隙问他。

洛明朗扯了扯嘴角：“他们逛女生商场，我跟着去干吗？”

柯小听了不得了：“谁？柯亮？买女生衣服？”

陈双朵拉回她：“你急什么？”

柯小急了：“他要是敢早恋我打断他的腿。”

声音很大，书店的老板侧过头看他们，陈双朵朝她做了个噤声的动作。

洛明朗摇摇头，啧啧道：“好心没好报。”

说完，他就结账走人了。

星期天没课，柯小站在院子里背课文，周一要测验文言文。她坐第一排，要是没考好，老何又得请她去办公室喝茶。

奶奶的缝纫机放在台阶上，她一只脚踩在踏板上，刺啦刺啦作响。一有声儿，她就背不进去，没声儿，她就老想往成录家窗户看。

刘结巴来的时候扛着一袋米，每个月来一次，放下就走。

出院子门的时候，他回头问柯小：“你不去成先生家看看？他那里来了好多人，都是来买画的。”

柯小以前在电视上看过档新闻，一个小有名气的画家每年举办一次画展，来的都是有钱人，花钱消遣，一幅画最差也能卖出五位数。当时柯小就想，那些花花绿绿的颜色看着值不了多少钱，可是等涂涂画画之后，都是金子。

她站在成录家的门外，伸头往里看，这次光明正大地，直接走了进去。

十来个人在院子里和屋里站着，手里拿着茶杯来来回回走，评头论足。成录和一个年轻女人坐在屋子里，低头说着什么，然后笑了。

就一眼，柯小知道了什么叫“郎才女貌”。

“小小啊，怎么就你一个人，朵朵没过来吗？”于二婶手里提着热水壶，大红色的，艳气。

柯小摇摇头：“没有。”

于二婶扯着她：“那你小心点儿啊，别把这些画给碰坏了。”

柯小在院子里绕了一圈，九幅画前都站着人，点头看了看，又走去下一幅画前。柯小跟在一个穿着中山服的老年人身后，看不懂，但是装作很内行的样子。

“小姑娘，你也来买画吗？”老人笑着问她。

她摆手：“就是来看看，不买不买。”

老人背着一只手，看着屋里的成录说：“这小子算是有出息了，不跟小时候似的皮了。”

柯小挨着他，踮着一只脚往二楼瞧：“爷爷你认识成先生啊？”

“先生？”老人诧异。

“我们这儿都管他叫成先生。奶奶说，有学问的人都是圣人，得尊敬着。”年纪小小的，一句话复述过来也能听出旧时候的味道。

老人走进里屋，客厅里还放着几幅，构图大胆，色彩鲜艳。跟外面的几幅风格相差太大，但是老人却看得更加起劲儿。

柯小站在楼梯前，往上看了看。成录跟刚刚那个女人上去好久了，不知道在做什么。她没来过成录家，老老实实地待着不敢动，眼睛里透着巴巴的渴望。

老人叫她：“姑娘，你来。”

柯小走过去，老人正蹲在一幅画前。

那是一幅漆画，除了油漆之外，整幅画还由蛋壳、石片构成。那是一个长发女人，站在高高的山坡之上，踮着脚，去抓太阳。太阳的阴影之后，是个背着吉他的男人，低头唱着歌。

“喜欢这个吗？”

柯小猫着腰，若隐若现的情绪像找着了出口，借着这个机会汹涌而出：“喜欢。”

老人咧嘴笑着，眼角的纹络像藏在地底下的千年树根，层层相叠，似想起了往事：“当年他才跟你差不多高，小毛孩子一个，整天跟我使脾气，画纸丢得满画室都是。”

也许是因为触景伤情了，他伸手摸着那幅画的木纹。

“自从她走了，他倒是收了性子，就是有些时候看着吧，觉得看不透他了。”

柯小抿了抿嘴，喉咙里干涩。

老人拍了拍膝盖上的灰。

于二婶看见他，声音立刻响起：“是元老师吧？成先生一早跟我说了您会来，招呼不周招呼不周啊。”

柯小跟在于二婶的身后，迷糊的眼睛里还没弄明白眼前的人是谁，然后听见楼梯上传来声音，她一回头，就看见成录。

站在楼梯拐角的男人穿着黑色的立领长袖T恤，外面套着件蓝白色条纹的衬衣，V字领的设计将他完美的颈线暴露在外，柯小看得目不转睛。

“老师，您来了。”成录伸出手，跟老人寒暄着。

于二婶扯了扯柯小：“小小，去帮我把康乐叫过来。”

柯小点点头，快步走出院子，生怕被人发现她羞红的脸。

于康乐家住在解巷巷头，从狭窄的巷子走出去，是片刚刚开发完的黄土地，正在搭设着地基，往左拐是条胡同，走出头，就是这座城市最大的购物中心。

柯小站在于康乐家的院子外，涂着红色油漆的铁门上两边各装饰着金色的虎口门把，她按响门铃，等在大门外。

靠近大门的地方种着棵五米高的枇杷树，每年初夏的时候树枝上就开始挂果子，金灿灿的一片，看着诱人。小的时候，柯小经常爬到树上偷摘果子，她知道于康乐就站在三楼的阳台上看着她，也不叫住她，直到她把一整棵树的果子全部摘光，跟陈双朵两个人吃完。

直到她当年从树上摔下来前，这棵树上所有的枇杷都是属于她跟陈双朵的。

于康乐祖上是做粮油生意的，从民国初期的时候自家开厂，整个镇子上的粮油生意全部被他家垄断，到现在已经快有百年的历史了。前年年初的时候，于康乐他爸于金宝为了扩大市场，跟人一合计二话不说就把公司上市，股票一夜之间高了百分之十。

柯小当然不懂这中间钱生钱的关系，只知道于康乐家是名副其实的有钱人。

来开门的是于二婶的大女儿，戈晓露，今年念初二，一到周末的时候就回来于家陪外公外婆。

“姐姐，你来找康乐哥吗？”

柯小点点头，还没开口，戈晓露就冲二楼的房间喊于康乐。

二楼的窗户打开，于康乐探出头：“怎么了？”

戈晓露指了指院子外的柯小：“柯小找你，你快下来。”

柯小看见二楼的窗户关上又打开，洛明朗揉着头发站在窗户边看她，然后回头，跟于康乐一起出了院子。

柯小先跑回了成录家，于二婶把一颗洗好的草莓喂进她嘴里：“辛苦小小了。”

柯小吧唧着嘴，问：“二婶，刚刚那个爷爷是成先生什么人啊？”

于二婶站在自来水管前，沥掉果盘里的水：“元老师啊，成先生的老师，跟成先生家是世交。”

柯小又拿了一颗草莓：“关门弟子吗？”

于二婶笑：“不是的。元老师有很多学生，不过看样子，元老师最疼他，你看，今天办个小画展，人从大老远的地方过来，可不疼惜嘛。”

柯小擦了擦嘴，眼睛巴巴地看着于二婶手里洗得干净的草莓，还想吃。

于二婶笑她：“小馋猫，厨房里还留了些，你拿去跟朵朵一起吃。”

柯小想了想：“学画画费钱吗？”

“可不费钱嘛。画笔颜料什么的，一出手就是好几百几千的，不过要是画得好了，也值钱。”

柯小跟在她身后：“那素描呢？”

于二婶把果盘放在桌子上：“那我就不清楚了，你得问问成先生。”又说，“小小，想学画画啊？”

柯小抿着嘴，偷偷计算着开销。

“小小？”于二婶推了推她。

柯小回过神：“没，就是问问。二婶，我去找朵朵啦。”说着就跑开了。

陈双朵家开着门，本来放着三轮板车的地方空着。柯小踮踮脚，看见陈双朵坐在堂屋里，手里描描画画着什么。

她静悄悄地走进去，打开水龙头的声音轻轻的，把一颗颗草莓洗干净，装进碗里。

“你怎么来了？”陈双朵靠在门栏上，手背上有清晰可见的笔墨。

“二婶那里拿了些草莓，给你吃。”她说。

走到陈双朵面前时，柯小想喂她一颗。

陈双朵摇摇头："上午喝了一杯水，不吃。"

柯小喂进自己嘴里："那可惜了。我放这里，想吃的时候再吃。"

陈双朵坐回位置上，桌面上放着练习册，是下学期的课程。

柯小翻了翻："你这么早就预习啊？"

她连现在的课程都学得一塌糊涂，想想陈双朵真是拼命。

"怕跟不上啊。小小，你去成录家看了吗？"陈双朵把书合上。

"嗯，来了好多人。你说他的钱是不是都是靠卖画得来的啊，那得卖多少钱啊！"柯小觉得不可思议。

陈双朵听见成录家传来的声音，能想象到一定很热闹。

"不知道，上学的钱和生活费就不是小数目，更不要说医疗费了。"

柯小拉过她的手，她的手背上还有大大小小的针眼，有些瘆人。

"所以你一定要治好病，这样以后才能赚钱还他。"

这样也是种安慰吧，柯小想。

陈双朵不说话，从桌子下摸出一个柚子，皮还是青色的，应该没熟透，做柚子茶最好。

"眼前多多少少也要报恩是不是？"

柯小搭手帮她把柚子皮剥开，拿锅熬好糖汁，切好的柚子皮和柚子肉依次放进滚开的糖汁里小火慢熬。

两人蹲在火炉前，加着柴火。火光映在脸上，在深秋里让人暖洋洋的。

晚上吃饭的时候，听奶奶说成录的老师收了于康乐做弟子，于康乐以后周末就去市郊，去元老师的住址学画。

柯小盛好饭："学费贵吗？"

奶奶给缝纫机盖上布，秋天夜里起风容易进石子。她颤颤巍巍地坐上饭桌："贵也得学，于家就指着他出息，还是他姑姑拜托成先生说的情。"

柯亮搭好筷子："听说一年的学费要好几万。"

柯小听了，吓了一跳，轻呼太贵了。

奶奶把鱼汤往姐弟俩面前放："贵是贵，学好了也值。听你二婶说，今天一幅画卖出去三十万，现场成交，还不说别的。"

柯小搅动着手指，脚下轻轻踩着，她变化着脸色，看起来有些无措。

柯亮点点桌子："姐，你想啥呢？"

那天晚上，柯小翻来覆去地睡不着，后来索性坐起身，透过窗户看见成录家还亮着灯。那时候已经夜里两点了，二楼的灯光透出来，和巷子里的烛火交缠在一起，看起来像个披纱露肩的姑娘，迷人无比。

她躺下身，暗暗做了个无比大胆的决定。

迷糊中，她听见有人打开房间的门，带着凉意走了进来。她翻个身，沉沉睡了过去。

醒来的时候，柯小看见放在枕头旁边的衣服，用没裁的棉布包裹好。里面是一件墨绿色的长款风衣，白色的双排扣点缀在上面，肩膀处还有好看的徽章图案，利落的剪裁偏男性风，可是越看越好看。

以前生日的时候，奶奶都是自己手工做些小东西给她，手绢、衣裳都有。一来样式特别，二来也省钱，她喜欢是喜欢，可是年年如此，心里难免会有些失落。

今年的生日礼物是当季流行的新款，她捧在手里蹭了蹭，喜欢得不得了。

打开门，奶奶正摆着碗筷，招呼她过去，塞给她两个鸡蛋。

"今天你生日，多吃点。"

鸡蛋还是热的，她揣进衣兜里，在奶奶脸上亲了一口：“谢谢奶奶。”

奶奶推开她：“快去洗脸，我去叫小亮。”

转身的时候，奶奶拉住她，递给她一个粉红色的小荷包，上面绣着一簇蜀葵，白色的花瓣栩栩如生。

“我们小小又长大一岁了，要做个平安快乐的女孩儿啊。”

凌晨六点的空气里还有些潮湿，院子里的桂叶已经泛了黄，掉落在石砌的洗衣池里，沾着水，静静躺在那里，缓缓漂动。

柯小踮起脚看了看成录家的窗户，亮着灯，应该是醒了。

柯亮下楼时，柯小已经背着书包走出了院子。奶奶就着腌菜喝粥，跟他说：“晚上早些回来，我多做些好吃的。”

柯亮点点头，柯小拉开门。

“跑慢些，别摔着了。”奶奶拿拐杖敲着地。

柯小回头：“知道了。”

迎着风，柯小不喘气地跑到成录家门口。她拉了拉衣襟，把跑散的马尾重新扎好，从书包的底部摸出一片红色。

那是一本存折，里面是她这些年的压岁钱和奖学金，零零碎碎加起来，有四位数。本来她是想存着，等过些时候，就可以跟电视里的高中毕业生一样去毕业旅行。

不过现在看来，有更大的用处。

她站直了身子，下了好久的决心才敲响了成录家的门。

这好像，是她第一次，如此大胆地来找成录。

拉开的门后是洛明朗，他的眼睛微微眯着，还没有睡醒的样子。

看见柯小，洛明朗一下子来了精神：“找我干吗？”

柯小扭扭捏捏了半天，才吐出几个字：“我……我找成先生。”

洛明朗不动声色地看她。一路跑来，她的脸上有微微的潮红，额前的碎发翘在半空中，还有点点的细汗。

他侧过头，冲楼上喊："成录，有人找。"

窗户拉开，成录探出头，看见柯小，笑得礼貌克制："等一下。"看着洛明朗松松垮垮的衣服说，"你还不去换衣服。"

洛明朗耸耸肩："进来吧。"然后进了房间洗漱。

柯小站在一楼的厅堂里，墙壁上挂着几幅油彩，靠近楼梯的桌子上随意摆放着几张乐谱，上面有红色的标记符号。她盯着楼梯，看见一双咖啡色的脱鞋正一步步走下来。

"柯小，找我有事？"成录手里还拿着画笔，上面沾着绿色的颜料。

柯小背过手："是不是打扰到你了？"

成录看着自己手里的画笔，放在一旁的桌子上："没有，正准备吃饭。"

他走进厨房，盛了碗热汤给柯小："尝尝。"

柯小接过时碰到他的指间，很凉。

想了想，她开口："我有事想拜托你。"

成录把桌上的乐谱一张一张叠起，轻轻"嗯"了一声。

"就是……就是你可不可以教朵朵画画，不知道会不会太麻烦你……"她抬头，"我会帮她交学费的，你能不能……"

"能。"成录点点头。

答应得太快，柯小有些愣神，一口汤送进嘴里，烫得厉害。

成录扯了两张纸递给她："慢点儿喝。"

"真的吗？真的可以吗？"柯小不确定地问。

成录靠在桌边上，双手撑在桌案上："当然，反正我每天就是画画，没什么好麻烦的。"

太阳升起来，透过树枝把金黄色的光打在成录的身上，他站在那里，犹如山水间的一棵树，高大挺拔，周边有鸟飞过，溪水从他身边淌过千年，他依然挺立在那里，并将永远在那里。

柯小把存折放在桌面上，站起身：“那说好了，你不忙的时候我再叫她，行不行？”

红色的纸面上印有成排的金色字样，成录走过来拿在手里，翻了翻，放回在桌上：“但是我有个要求。”

柯小抬头看他：“你说，我肯定答应。”

成录语气温柔：“学费就算了，这钱你拿回去，留着自己用。”

柯小觉得不好，可是成录说什么也不要，甚至以此“威胁”她：“那我就不教了。”

她悻悻地收回存折，汤喝得见底。

洛明朗站在门口问她：“走不走？”

她站起身，跟在洛明朗的后面。

出院子的时候，成录问她：“柯小，你要不要一起学？”

“啊？”柯小回头。

成录笑：“画画，你要不要一起？”

他像世间清凉的风，一笑，叫柯小的身体荡漾而起飞旋在空中。

她点点头：“好。”

洛明朗还等在门外，她经过时，洛明朗拉住她。

“怎……怎么了？”

洛明朗没说话，指了指手腕上的表，她一看，六点二十七分。

柯小轻轻念出声，又问：“怎么了？”

“距离凌晨已经过去了快七个小时，没什么好送的，那我就唱七遍了。”洛明朗往前走着，步伐很慢。

柯小跟在他身后：“什么？”

“祝你生日快乐……祝你生日快乐……”声音清清淡淡的，和着风，叫人融化在里面。

柯小低着头，手紧紧拽着书包带，捏得发皱。

一直到陈双朵家门口，第七遍生日快乐歌终于完美落幕。

洛明朗站在拐角的地方，面向着她，在深秋的清晨里，笑得温暖和煦：“柯小，生日快乐。”

晚上放学之后，陈双朵拉着柯小去学校后面的花园，昏黄的灯光下只有她们两个人。

陈双朵在书包里掏啊掏，掏出一块红布，小小的一块包在一起，打开来，是条项链。红绳上吊着一颗晶莹剔透的绿松石，底部还有个小小的平安结。

这是当年刘月香给陈双朵求来的，保她平安。

“生日礼物。”

柯小觉得手心发烫，包好递还给陈双朵：“我不能要，这是给你求好运的。”

陈双朵没有接，撇过头：“我的好运现在来了啊。”她声音细细的，“现在给你，祝你一切心想事成。”

柯小还是不要，可是陈双朵打死不收回，最后两人僵持不下，闷声都不说话。

铃声再响，住校生下了晚自习，陈双朵站起身，伸手拉她。

“小小，我没有什么能给你的，这是我唯一能给你的东西，你收下。”

柯小埋着头，陈双朵叹了口气，蹲在她面前：“小小……小小……”

她抓着柯小的胳膊轻轻地摇，有一滴晶莹掉落在她的手背上，她继续哄着：“生日不可以哭哦，会倒霉的。”

柯小伸手擦了擦眼睛："坏丫头。"

陈双朵笑："好，我是坏丫头。"

柯小抬起头，眼睛里还有一汪水，她说："那今年我的生日愿望你必须答应我。"

"好，我保证。"陈双朵竖起手指，信誓旦旦。

下了晚自习的住校生如同放出鸟笼的囚鸟，自由奔走在小卖部和食堂中间，声音吵吵闹闹的，经过窄窄的溪水传了过来。

柯小拉着她坐下，肯定地问她："你想学画画是不是？"

陈双朵愣了一下，没点头也没摇头，等着她说下去。

"早上我去找了成录，他说我们可以去他那里学。"她顿了顿，"朵朵，我们一起去好不好？"

陈双朵闭上眼，柯小的话好像一直在她耳边轰炸着，她觉得羞耻又沉重。

她不敢再麻烦成录，那个从天而降带给她新生活的人跟她其实相隔很近，她一直远远地感谢着他，生怕惊扰生怕打破他们之间陌生却既定的资助人与被资助人的关系。她有羞耻心，知道不能得一还想二，所以她从来不敢奢想。

可是，她想学画画，遵从内心的呼唤，无比渴望。

她问："不会打扰到他吗？"

柯小肯定："不会，我问过他了。朵朵，好不好嘛。"

嘴角轻轻扯动，陈双朵说："好。"

那一天，是阴历十五，圆月的周身隐隐有层光圈，在黑色的天幕里，一目了然。

柯小以为，那是个好兆头。

可是有人说：月晕而风，础润而雨。

回家之后，屋子里黑着灯，柯小打开门，烛光刹起，木桌上摆着一个小小圆圆的生日蛋糕，奶奶和柯亮坐在桌子边，笑着看她。

吹过蜡烛之后，奶奶招呼她接电话，她接起，是妈妈的声音。

“喂？”

那边很吵，柯小握紧了话筒，心里怦怦直跳，这是她这些年第一次在生日的时候接到爸爸妈妈的电话。

妈妈是北方人，声音很粗很亮，她在电话里喊：“柯小，听不听得见？”

柯小点点头，才发现对面根本看不见，她应了一声。

那边沉默了好几秒，像是难为情，吞吞吐吐了半天：“那个……生日快乐。长大了就要听话，不要吵着奶奶，奶奶身体不好，你多留心些，能帮着做的家务事儿就帮着做一些，不要让她做衣服了，又挣不了几个钱，身子才是最重要的。柯亮你也要多照看着，我们家就指望他出人头地了……”

后面说了些什么，柯小已经听不清了。

从她接起电话的那一刻开始，她本来有小小的期待的，哪怕一点点的关心就可以让人很高兴了，可是紧跟在那句生日快乐之后，好像什么都没有了。

她心里被人放进了一把大锤，一下一下砸得闷响，连呼吸都有些困难了。

“你听见我说话没，柯小，你听见没？”那边声音骤然大了起来。

她吸了吸鼻子：“什么？”

那边的声音很急：“让柯亮接电话。”

她麻木地点点头：“哦，好。”

叫来柯亮，她站在原地不动。

电话里的声音依然洪亮，尽管柯亮刻意捂住了听筒，可柯小还是能听见妈妈亲昵地叫柯亮，问他吃得饱不饱、睡得好不好、住得习不习惯。那些温暖的话听在她的耳朵里冰冰凉凉的。

她想，好不公平啊。

今天，明明是她的生日啊。

第四章

NIXIANGDENUE HUALEMA

我想要很多很多的爱，成为一个永远被爱着的人

每个周日的下午，柯小和陈双朵都准时坐在成录家二楼的画室里。

柯小发现，成录有个小小的习惯，他喜欢在握笔前吃颗糖，她偷偷看过，是种薄荷糖，味道很清凉。

后来有一天，她忍不住问，成录明显地愣了一下，说："以前习惯抽烟，后来戒了，可是总觉得嘴里少了什么东西，后来就变成吃糖。"

糖是洛明朗给他换的，装在一个小小的铁盒子里，满满当当的，好像永远都吃不完。

到期末前，她们已经从美术基础练习到了素描单体。画废的纸大概有上百张，可是成录丝毫不介意，一直耐心地讲解点到线的勾勒。

期末考试前的一个月，班主任给每个同学都发了文理分科表，要求在考试前家长签字后交上去。

那张纸被柯小夹在画本里，名字是写上了，可是到底学文还是学理，她没想好。

陈双朵侧过头，看见她拿着那张纸踌躇不定，提醒她："明天就得交了。"

柯小点点头："是啊，可是我根本没想好。"

陈双朵手里勾勒着线条："喜欢什么就念什么。"她问，"小小，你以后想做什么？"

柯小双手挂在画架上，撇过头看陈双朵："想做好多事啊，去环游世界，去看红色的蒲公英，听说，因为跟薰衣草共生，只有法国的普罗旺斯才有。"

陈双朵握着画笔的手停顿了下，黑色的印迹点在纸面上，她拿橡皮擦掉。

"很美好啊。那你，想成为什么样的人呢？"

柯小埋着头，闭上眼睛想了想，好像没有很伟大的目标。她将深深浅浅的希望圈在一起，说："想得到很多很多的爱，成为一个永远被爱着的人。"

"你呢？"她问陈双朵。

"我啊，我想做一个健健康康，能够活到一百岁的人。"

睁开的眼睛又闭上，柯小害怕泪水汹涌而来。

两个简单却需要努力奔跑才能实现的愿望，两个十七岁的女孩儿，突然觉得真的要实现，好难。

期末考试结束之后，于康乐就要每天去市郊学画，每天凌晨六点半的首班车上只有他跟司机两个人，一直到下午五点结束讲课，背着画板坐最高峰的公交车回家。

说起这个事的时候，于二婶一脸自豪，扯着小儿子的围兜，说："我们康乐从小就听话，不像晓露，说不得骂不得，愁人。"

奶奶顶着针，脚上不敢用力，回头劝着："孩子嘛，就是要闹。哪像我们那个时候，天天被关在院子里，想出去看一看玩一玩都不行，现在的孩子就是要朝气一点儿。”

于二婶喋喋不休着：“朝气是好，也要有个限度是不是？前两天，跑去她外公家，把她外公最喜欢的那幅画给泼了，气得我，唉。要是像小小就好了，天天去成先生家学画画，讨人喜欢。”

奶奶把衣料翻面：“也有不省心的时候。这不，她妈让她学理，非不，昨天晚上还在打电话教训她。”

于二婶听了不乐意：“这时候想着管孩子了？当年把孩子抱来的时候一身乌紫，连她人都看不见，孩子哭得停不下来，把我急得啊。大娘，我们小小命不好，真的。”说着，扯开衣襟擦了擦眼角。

奶奶听着停下手里的活儿，一双混浊的眼睛望着木头架子上晾的衣服，破破旧旧补了好几次，可是即便她手艺再好，旧的就是旧的。她声音哽咽：“是，我们小小啊，连她妈的一口奶水也没喝上就被她爸抱给我。那时候才出生三天，我正收拾着东西去医院，听见门响，我那儿子就抱着床小棉被走进来。我一看，泪珠子就止不住。”

于二婶哄着小儿子睡觉，在院子里来回走着。

那年她刚嫁过来，没事的时候就四处串门。一敲门，就看见被抱在怀里的柯小哭，她回娘家问自家嫂子借了口奶水，这下才没把孩子哭出什么毛病来。

两人说着话，没注意站在门口刚回来的柯亮。

柯亮背靠着墙，像听了不得了的事，不，是天塌下来的事，压得他心口喘不过气，呼哧呼哧地吐着气。

柯亮刚跟洛明朗从音像店回来，路过洛明朗家时，还特意往楼上看了看，窗户里传出此起彼伏的笑声，他听得出有一阵是柯小的。他本来还想，柯小现在应该很高兴吧。

可是，现在再高兴，也不能泯灭掉从前的不快乐啊。

他转身走开，一步一步踩着青石板，低着头，又走回了洛明朗家。

院子里传来关门声，他站定，静静等着。

柯小出来的时候，就看见柯亮像棵老松般站在院子大门外，双手紧握成拳，抿着嘴角看她。

“你在这里干什么？”柯小把披散的头发扎起。

“刚好路过，听见声音在想是不是你出来了。”柯亮松开手，背在背后，怕她看见手心里的汗。

陈双朵看了他一眼就走开了。

柯小从兜里掏出一颗薄荷糖扔给他：“回家。”

柯亮跟在她身后，想问问她那件衣服合不合身，还没开口，就听见柯小问他：“你学文还是学理？”

柯亮剥开糖，喂进嘴里，太凉了：“学理，开学重新分班。”

柯小点点头，记得他之前是在文科班。

她又问：“是你自己选的吗？”

柯亮没弄明白，一双眼睛茫茫然地看着她。

“我是说，你想念什么就念什么，别听别人的。”柯小解释着。

柯亮点点头，他听见昨晚妈妈打来的电话里对她的呵斥。

“没，我自己想学，那些历史我背不来。”柯亮把糖衣揣进衣兜里。

柯小注意到他的小动作，从他衣兜里把糖衣拿出来扔在地上。

“黏糊糊的，你放衣服里做什么？”她说话的时候皱着眉，想着到时候洗衣服又得浪费皂角粉。

柯亮低下身想去捡，风一吹，往后刮了一段距离，他直起身走过去，抓在手心里。

“等会儿扔。”

柯小不管他，走到门口的时候听见里面的声音：“二婶在里面？”

柯亮点点头。

柯小望了望，低声跟他说：“我去找朵朵，晚点儿再回来。”

柯亮听得出她语气里的故意。

这条巷子里，谁跟谁都亲，当然，这肯定是件好事儿，不是说“远亲不如近邻”嘛，解巷里的每家每户都把这条俗语发挥得淋漓尽致。可是，总会有个你承受不了的点，譬如——柯小实在受不了于二婶因为她的身世而对她时时展露的关心。

有些东西，一多就显得刻意，反而让人觉得生疏。

柯亮看着柯小渐渐模糊的背景，手心里的糖衣上还残留着糖渍，和汗水混在一起，果然黏糊糊的。

他张开手，有些满足地笑了。

解巷其实没那么长，从柯小家到陈双朵家，只要经过七棵大树就能到。可是就是那么偏偏的，她总能遇见洛明朗。

背着吉他的少年脸上是藏不住的桀骜，头发依然留长。对了，期中的时候班主任为了良好的班风班貌，在对洛明朗劝说以及训斥数次无果之后，亲自带着剪刀来教室请洛明朗到办公室坐一坐。

听说那天，洛明朗“血洗”了高一教师办公室，能扔的都扔了，能砸的都砸了。

为此，成录被请去了学校。

不只是班主任，连语文老师老何也加入了控诉大会，添油加醋地描述了洛明朗的种种恶行，整个办公室里十来个老师轮番对成录进行了轰炸，以如此如此开头，又以这般这般结束。成录看着茶杯里打着旋儿的茶叶，静静听着，不反驳不辩解，等老师们说得口干舌燥之后，脸上还是挂着笑，礼貌有加。

他站起身，向各位老师一一鞠躬，语气谦卑但是让听者再开不了口。

他说：“我们家明朗从小就不让人碰他的头发，之前就是因为这事儿打了人留了级，我劝过也打过，孩子说他身上的东西都是他过世的妈妈留给他的，割不掉也舍不得。”

老何是个感性的人，听到此也倒戈相劝。

以此，事情总算结束。

柯小想装作没看见他径直走开，虽说是同班同学，可是一个学期下来两人在学校说过的话不超过二十句。柯小觉得，如此浅薄的情谊应该继续保持下去。

所以，当她坦然经过洛明朗，并且成功用背影跟洛明朗说再见的时候，完全没想到洛明朗并不想让这份情谊只停留在浅薄的层面上。

他伸手扯着柯小的马尾，柯小只觉得头皮发麻，真疼。

“你有病啊！”声音很响，连柯小都暗叹于自己至少还是有那么一点东西遗传了她妈妈，好比她的嗓门。

洛明朗抬高了下巴看她，所以从柯小的视线看过去，她只能看见洛明朗的鼻孔。

柯小眯着眼，她想起小时候看过一部神话电视剧，里面的男女配角，一个是力大无比的大妖怪，一个是下凡寻爱的七仙女，七仙女送给大妖怪一个牛鼻环，还说“这真适合你，你戴着真好看”。现在想想，七仙女可能不蠢，早知道了大妖怪就是牛魔王。

柯小摇摇头，死扛着继续冲洛明朗瞪大了眼睛。她也想给洛明朗鼻子上套个鼻环，相称他蛮牛的身份。

洛明朗伸手戳她的脑袋：“在想什么奇奇怪怪的东西？”

柯小打开他的手：“你能不能不要动手动脚的！”

洛明朗不管不顾，继续戳着柯小气鼓鼓的脸：“水泡鱼，你的脸越来越肿了。”

肿？柯小想。

肿！柯小想明白了。

他在暗示她胖了。

柯小低头左右看了看自己的身子。对于一个十七岁的女生来说，不好看就算了，要是还胖，那只能是没救了。

洛明朗被她的反应逗得直笑，然后打开吉他包，说：“哥弹首曲子给你听。”

风吹起来，把树枝吹得晃晃荡荡，叶子掉在柯小的脑袋上，她伸手扒拉掉，转身就走。

洛明朗不依不饶：“哎，跑什么，哥不轻易弹曲子给人听。”

柯小翻了个白眼。

这学期他在学校闹腾的事儿可不少。听班上的女生说，他经常下课的时候抱着吉他去其他班给长得好看的女生弹吉他唱情歌，整个高一教学楼，他差不多给跑了个遍。

就这样，柯小在去陈双朵的短短路上白白浪费了半个钟头，最后天色暗了下来，她只能双手插兜回家。

但是，那首曲子真的好听。

过年的前一天，柯和平跟田美合终于从沿海的一座小镇打工归来，手里提着大包小包的东西，囊括特产、奶奶的衣服、柯亮的衣服……派发到最后，柯和平指着桌上唯一一个没有打开的包装袋说：“小小，看喜不喜欢。”

柯小拆开来，一层塑料垫，再拆，还是一层塑料袋，本来就不大的一包东西拆了又拆，终于见着实体了，一支印着不知道什么花瓣的钢笔，连个墨水瓶都没有。

田美合坐在院子里吃端午节时候包的粽子，一边吧唧着嘴一边说：“你没事儿就多练练字，字写得丑没人喜欢。”

柯小握着钢笔回了房间，她从书柜里抱出一摞字帖，翻一翻，里面连空白页都被她写得整整齐齐的，标准的行楷。她给钢笔灌了墨，贴着纸的时候才发现笔尖是钝的，一个字也写不出来。她从笔筒里拿了一支笔，下笔利落——凄凄惨惨戚戚，说的就是她啊。

她想，字写得好看其实也不招人喜欢。

那天晚上，柯小跟田美合睡一个屋。听着楼上两个男人挤在一起床板发出的咯吱声，田美合抱怨着：“怎么能让小亮睡那么小的地方，你当姐姐的怎么不知道体谅他一下啊？”

柯小翻个身，窗外的光透进来照在棉被上，她伸脚蹬了蹬。田美合一巴掌拍在她背上：“睡觉就老实睡。”

柯小捏着棉被的一角，心里真委屈啊！

大年三十的晚上，田美合手里拿着两个红包，发完之后，柯小就出门找陈双朵去了。

出了院子，柯亮叫住她：“姐，去不去康乐家放烟花，十炮的。”

柯小一边跑一边喊：“去，我先去找朵朵。”

一路上除了红灯笼，每家每户的树上还挂了彩灯，红红绿绿的，好看得紧，除了陈双朵家。

刘月香坐在院子里摘鸡毛，柯小站在门口，轻轻说了声“新年快乐”就跑进了屋。

刘月香听声儿一看，人已经滚在陈双朵的床上。她掉转方向，背对着柯小，左手拿着奄奄一息的母鸡，动作没刚刚那么利索。

两人到于康乐家时，柯亮和洛明朗都在。戈晓露已经点燃了仙女棒在半空中挥舞着，女孩子娇气，不敢碰大件儿的，见着她俩，一人发了两支仙女棒。

“小小姐，朵朵姐，我们去那边玩。”戈晓露扯着柯小往亭子里走，回过头喊，“哥，你等会儿再放，哎呀，你等会儿嘛！”

于康乐跟没听见似的，放在院子正中的烟花被点燃，窜到半空中炸出好几种颜色。戈晓露的叫声甚至比炸开的烟花还大，震得柯小耳朵发疼。

陈双朵扯了扯柯小的衣角，跟她说：“新年快乐。”

其他院子里的烟花同时被点燃，整条巷子被天空中的火花照得通明，有人欢呼，有人高喊，更小的小孩儿绕着解巷跑了一圈又一圈。

柯小站在亭子外，看见洛明朗蹲在地上窸窸窣窣地倒腾着什么，她走过去，是红色的孔明灯。

她拿脚踢了踢地上的人：“哎。”

洛明朗看都不看她：“做什么？”

她觉得不好意思：“可不可以给我一个？”

于康乐丢着响炮从他们身边跑过，疯得没个正形儿，他扯着戈晓露的棉衣抢她手里的仙女棒，苦苦哀求着：“好妹妹，给哥一个，明天给你买一箱。”回头冲柯亮喊，“站着干啥，过来帮忙啊！”

洛明朗指着嬉闹的那边，说：“去那边凑热闹去。”

柯小站在原地不动，最后蹲下身，看着洛明朗装蜡、点火。风很大，点了好几次都点不燃，柯小圈起手，把风挡在外面。

火苗随风摆动，好几次映在柯小的皮肤上，她揪着眉看着洛明朗的动作，希望他快一些，再快一些。

等火终于点燃，于康乐手里的仙女棒已经燃光了。几人向他们走来，一人拿着一角，风一来就撒手。

零点的倒计时响起。

“3……2……1……”

“新年快乐！”

“新年快乐！”

“新年快乐！”

缓缓往上的孔明灯像一颗启明星，指着哪里，光就在哪里。

柯小歪着头，靠在陈双朵的肩上，柯亮拉着她，洛明朗和于康乐就站在身后。

以后的好多年再回头想一想，那一天，好像是解巷里的孩子最快乐的一天，也是他们，唯一没有隔阂，彼此毫无顾忌站在一起的一天。

新的一年，平安如意。

新的一年，磕磕绊绊。

新年过去没几天，就是开学的时间。

柯小她爸妈坐当晚的火车去打工的城市，用过期的报纸裹着腊货，一层又一层，但还是有油脂渗出来。

柯小坐在院子里洗衣服，田美合在屋里喊：“没看见我这儿手忙脚乱的嘛，不知道过来帮帮忙啊！”

这一声在院子里炸起，柯小擦擦手，还没走进屋子，就见柯亮不知道从哪里找来完好的包装袋。

田美合撇着嘴跟收拾行李的柯和平抱怨：“你看，女儿也不贴心，还是我宝贝儿子最听话。”

柯亮叫她：“妈。”

柯小瞥了一眼柯亮，见没她什么事，又转身回了院子。

田美合把编织袋打开，里面还有一床崭新的棉被，翻了翻说道：“哎呀，说了这个就不要带了，到时候又用不上，多麻烦啊。”

柯和平盖上行李箱：“那不然怎么办，妈特意去买的棉花。”

田美合把棉被抱出来，喊着：“小亮，去楼上把灯开开。”

柯亮没动，柯和平拱了拱他：“你妈叫你呢。”

田美合站在梯子前，倒没柯亮想象中的生气，但是转念一想，如果现在换作柯小，就不一样了。

这屋顶，可能就被掀翻了。

柯亮慢吞吞地走上楼梯，陈年的木头发出沉闷的声响，一脚踩着，叫人心里不踏实。

田美合把柯亮床上的棉被翻掉，铺上新的，说：“要是没钱了你就给我打电话，当初我就不同意你回来，回来就受委屈。”

柯亮把床脚靠墙挪了挪，声音冷冰冰的：“我能受啥委屈啊。”

收拾好以后，田美合掏出一沓钱给他：“这些钱你好好收着。”

柯亮问她：“我姐的呢？”

田美合见他不收，折好放进他口袋里：“你姐她有钱，前天晚上我还看见她柜子里有件新衣服。”

柯亮又掏出来：“那是我给她买的。”

“你给她买的？她给你买啥了，你傻不傻啊。”田美合的眼珠子翻得快上天，心里想着生个儿子怎么这么傻。

柯亮想起小的时候，亲戚来串门，家里的香蕉不够分，田美合把属于柯小的那部分偷偷塞给他，说：“别叫你姐看见了。”

那一刻的时间重复相加叠起，甚至变本加厉，演变成今天这样。那些来自田美合刻意的偏袒好像一副屏障，把他和柯小隔得越来越远。

被换下来的旧棉被被扔进了柯小的房间，柯和平在临走前，从兜里掏了两颗大白兔给柯小："你妈说天冷，特意给你多加了床棉被，你要注意身体啊。"

柯亮就站在柯小的身前，听了这话，不敢回头看柯小。

等他们走了，柯小坐在洗衣池边，两条腿在半空中晃啊晃。她听见奶奶在二婶家看电视看得入迷笑得乐呵呵的声音。

柯亮打着水，柯小问："我生日的那件衣服是你买的？"她刚刚在楼梯边上偷听到的。

柯亮抬头望天，因为被发现，心里有些窃喜。

"喜不喜欢，小乐被我都折磨疯了，我们在商场里逛到打烊才出来。"

是挺喜欢的。

可是她嘴上倔强："以后别乱花钱。"

新学期开始，学校将文理分科后的分班情况张贴在公告栏上。

那天下午各自报到之后，就要去新的班级。柯小从三楼搬到了一楼，在经历了半学期的理科残酷压迫之后，她如愿分进了文科班，柯亮和于康乐在她之前的理科班。陈双朵原班不动，学校分科之后，她的班级变动成了理科班，而洛明朗，在二楼的艺体班。

虽然新班级不像之前的理科班有明令上的男女不可同桌，但是柯小的新同桌依然是个女生，看着挺高冷的一个人，其实特话痨。

柯小把新发的课本递给她时，发现她的手指特别纤长好看，不自觉地轻轻念出声："一双十指玉纤纤，不是风流物不拈。"

女生停下抄课程表的动作："你是不是在夸我？"

柯小还发现，她的声音也好听，像刚出生的百灵鸟儿，婉转悠扬，似水如歌。

女生轻轻撞了撞她："我叫齐璐，你叫什么？"

“柯小。”

齐璐从文具盒里取出一根皮筋儿扎起头发，自来熟地问她：“之前是理科班的？哪个班啊？”

前排的男生递过来一张纸，是报到确认表。

柯小签上名后递给齐璐：“七班。”

齐璐点点头，眼珠子一转，又问：“那你认识洛明朗吗？好像也是七班的。”

柯小并不意外从一个在今天之前素未谋面的女生嘴里听到洛明朗的名字，因为，他曾经背着吉他从校园里经过时，迷倒了学校里的很多女生。

当然，这话是柯亮说的。

不只是洛明朗，还有于康乐，家世好、样貌好、品行好的“三好”学生。两人并肩而行，就是一幅吸引众人的山水画，山是洛明朗，他高大俊朗，水是于康乐，他潋滟潋滟。

虽然柯小听来是嗤之以鼻，并且强烈地要求把洛明朗踢出山水画中，以免破坏了整体美感。而她的坚持现在又被浇了一盆冷水，这盆冷水来自她的新同桌，齐璐。

后来的一整节晚自习里，同学们挨个儿上台自我介绍，不管是之前本班还是新分来的同学，无一例外。新的班主任是个胖胖的中年女人，穿着粉红色并且绣着枚红色蝴蝶结的羽绒服，站在台上的时候像只吃多了把翅膀给撑没了的天鹅，所以后来的两年半时间里，大家都偷偷叫她——粉天鹅。

齐璐把新发的课本立在书桌上，头藏在课本后面：“你不用理她，到顺序的时候上去就是了，她就是想打发时间把今晚混过去。”

柯小点头听着，可是不敢太明目张胆，拿着笔在空白纸上写着等会儿该说什么。

齐璐扯她："他有女朋友吗？"

柯小惊讶于齐璐的大胆，摇了摇头。

台上的同学介绍得很快，再有两个，就到柯小了。

齐璐还想跟柯小问些什么，柯小低着头说："其实我跟他不太熟。"

齐璐点点头，好像已经得到了满意答案，不再跟柯小说话，她扯出一张纸，在上面涂涂画画。

柯小在不经意间瞥见齐璐画的是洛明朗。

齐璐之前就在本班，朋友很多，男生女生都有，跟她玩得最好的，就是坐在教室第一排的两个女生。她们坐第一排倒不是因为成绩好，而是因为太糟糕还爱说话，粉天鹅要时时刻刻盯着她们两个。

所以一到下课的时候，两个人就像从监牢里刑满释放的自由人，奔向了齐璐。

因为老何的熏陶，柯小在课间的几分钟里，也舍弃不了阅读。虽然，那些书的封面上，是紧紧相依的一男一女，但是对于这个年纪的女孩儿来说，那些懵懵懂懂却又牵连不断的感情，总是让人向往又望而却步。

齐璐在跟两个女生的说话间，把柯小手里的书翻回了封面，撇了撇嘴，说："这些都是假的，哪里有爱到死的两个人啊？"

柯小脸红，桌子旁两个女生的笑声像耳光一样呼哧拍在她的脸上，她的手紧紧抠着纸面："我……我就是随便看看。"

齐璐缩回手，为了刚刚的鲁莽，向柯小提出邀请："去吃东西吗，好饿。"

墙壁上的时针指向晚上十点，柯小摸了摸肚子，是有点饿。

齐璐拉她："走吧。"

小卖部里人不少，柯小好不容易挤进去买了两个面包，还没等开口再要两瓶水时，就已经被挤了出去。

齐璐跟两个女生站在外面等她，见她手里的两个面包，齐璐旁边的孔黛黛问她：“柯小，你很饿吗？”

柯小一只手背向后背：“我……我帮朋友买的。”

孔黛黛扯了扯一脸八卦的林一，笑得特别暧昧。

齐璐搭着她们两人的肩：“你们太八婆了，走了。”

从小卖部回教学楼只需要经过一片空地再转个角儿，两分钟的路而已，碰巧，迎面而来的都是柯小的熟人。

当时柯小跟在齐璐三人的后面，她撕开一个面包正啃着，心里正痛恨着刚刚把她挤出柜台的女生，让她现在连一口水都喝不上，噎得人说不出话。

突然，孔黛黛扯着林一一副兴奋的样子，然后齐璐停住脚步，柯小正好撞了上去，可是齐璐毫无反应。

柯小揉着额头，从齐璐和孔黛黛两人的缝隙中看过去，迎面而来的，就是洛明朗、陈双朵几个人。

陈双朵走在前面跟于康乐说着话，洛明朗和柯亮跟在他们身后。

而让三个女生反常的那个人，一只手插着兜，一只手正从陈双朵的手上接过乐谱，说说笑笑着。

柯小终于知道让孔黛黛和林一亢奋不已的原因，因为从她们的方向看过去，陈双朵就像古时候的大家闺秀，三个男生仿佛就是大小姐出游时的护花使者。

孔黛黛撇着嘴，扯齐璐：“哎，洛明朗之前不是还特意来教室门口给你弹吉他，怎么一个暑假就跟别的女生走一块儿了啊？”

柯小听了，心想他俩才不是这种关系。

于康乐已经看见柯小，叫了她一声。

林一有些兴奋："柯小，叫你呢。"

齐璐和孔黛黛也向柯小投来目光。

陈双朵绕过齐璐，从柯小的手里拿过还没拆的面包："刚才去你教室找你，你没在。"

柯小解释："我跟同学出来买吃的，还想给你带来着。"

洛明朗把她手里的面包拿走，把她咬过的面包掉个头，没皮没脸地就吃掉一大口："小没良心的，我们惦记着你，你自己倒先丰衣足食了。"

柯小"石化"在原地，光是他开口的那几个字就足以让孔黛黛和林一也怀疑她跟洛明朗的关系了，而且她已经感受到了来自齐璐探究的目光。

她伸手去抢面包："你还我。"

洛明朗又咬掉一口，像个无赖一样把面包递给她："还你，小气。"

陈双朵把自己手里的面包扯开一半，拿给洛明朗："你别逗她了。"

于康乐加入声讨："是啊，就没见你哪次正正经经跟柯小说过话。"

柯小的脑子里简直跟炸开了锅一样，现在恨不得找条地缝钻进去。她不敢去看齐璐，甚至在想，完蛋了，齐璐肯定觉得她是个骗子。

明明前几天还说自己跟洛明朗一点儿也不熟。

洛明朗站直了身子看着柯小，她实在太矮了，然后一巴掌拍在她的脑袋上。

"洛明朗。"

"洛明朗。"

重叠的两个声音，分别来自柯亮和齐璐。

柯小其实很生气，换作平常，她早已经揭竿起义跟洛明朗正面相对，可是现在她不敢，因为齐璐就站在她旁边正看着她。那个第一天就问她洛明朗有没有女朋友的女生，如果不是因为喜欢，谁会这么八卦地向一个陌生女生说出这样的询问？

洛明朗看着齐璐，他撑了撑腰，抬手打着招呼：“齐璐？好巧啊，怎么在这儿碰上了？”

他说得云淡风轻，可是在齐璐的心里早已经翻江倒海。齐璐冲他笑着，笑得花枝招展、风情无限，使出了浑身的力气。

她说：“好巧。”

那一天以后，柯小本来以为齐璐会在她俩的课桌上画一条泾渭分明的三八线，并且肯定会理直气壮地剥削她的领土占为己有，以此来惩罚她说过的谎话。

可出乎她意料的是，齐璐平淡地回了教室，平淡地上课，中途还问她借了一支笔，并且她上课开小差被老师点名回答问题的时候，偷偷告诉她答案。

所以，柯小觉得自己太龌龊了。

先是谎报了军情，后又以小人之心度君子之腹。于是在经过两天三夜的反省和自我检讨之后，柯小将洛明朗的事情全部告诉了齐璐，因为她觉得，比起洛明朗，她更愿意跟齐璐做朋友。

齐璐在听完柯小的全部陈述之后，只问了一个问题：“你的朋友，就是那个陈双朵，洛明朗喜欢她吗？”

柯小摇摇头：“不喜欢。”

柯小觉得齐璐心胸是真的很宽厚，从头到尾没有多提一句关于她说谎的事，同样让她觉得奇怪的是，齐璐怎么会问这个。

那个时候柯小还不知道，在高一乃至高三的男生心里，陈双朵已是个不同寻常的存在。

陈双朵漂亮，光是举手投足之间就已经足够让人魂牵梦萦，而她清清冷冷的性子，像极了金庸笔下那个一身白衣深居在古墓里的女子，虽有病容，依然不可方物。

一直到“五一”放假前，柯小和陈双朵依然在每个星期天的下午在成录的画室里练习画画，直到晚自习前才离开。

那个时候，她们已经从素描单体练习到了素描几何体，一张纸画下来，差不多要三四个小时。有时候柯小偷懒，躲在窗户边看成录在院子里修剪盆栽，她猫着身子，只露出一双眼睛，小心翼翼的，怕被人看见。

陈双朵横笔在半空中，不咸不淡地说着：“你要是真喜欢他，就跟他说，藏着掖着的，真让人着急。”

对于十七岁的柯小来说，“喜欢”这样的字眼，太沉重了，可是她总觉得，她对成录，不只是喜欢而已。

柯小坐回位置上，心里烦闷，线画不直，重新来过好几次，本来白净的纸上被她用橡皮擦擦得脏兮兮的。

陈双朵打掉她的手，拿到自己的画架上补了几条线。

柯小问她：“朵朵，你有喜欢的人吗？”

问题来得太突然，陈双朵手里的笔在纸上拉出好长一条线。

她说：“没有。”

柯小泄气，她常常在课间听着孔黛黛和林一为齐璐出谋划策，怎样才能吸引洛明朗的注意，怎样才能接近洛明朗却又显得矜持不刻意。

两位军师铆足了力气，齐璐听着却不为所动，说：“女生太主动了，男生就不会觉得你可贵了。”

柯小想，齐璐说得对啊。

那天的作业让成录很满意，他甚至夸奖了柯小的进步，陈双朵轻轻扯了扯柯小的衣角，看见她笑得合不拢的嘴。

可惜，下一秒就瘪了下去。

成录说：“‘五一’后我要回家乡一趟，这中间可能没办法上课，你们能自己练习吗？”

陈双朵点点头，然后叫了一声柯小。

柯小从失落中抬起头，看见的就是成录的笑容，他还是戴着金丝框的眼镜，镜片后的眼睛里藏着黑夜里的星星，一笑，就灿烂得好像有万丈光芒。

在那样的笑容里，柯小没办法说出一个不字。

她合上眼睛，好像做了一个重大的决定，让他走，尽管她不愿意。

后来柯小才知道，成录的家乡在地图的最南边，那里靠海，沙滩上还有急浪冲上来的海螺，放在耳边的时候，能听见来自大海另一头的声音。而成录回去，是为了安葬自己的姐姐和姐夫，就是洛明朗的父母。

这些，都是在医院的楼道里，柯亮告诉她的。她看着病房里的洛明朗和于康乐，两个人的身上都缠着绷带，脸上挂着彩，样子明明滑稽好笑，可是柯小却笑不出来。

她想，洛明朗的自由，是生来就有的。

那是在成录走后的那个星期，在学校后门的巷子里，发生了一场恶意斗殴事件。

那天中午放学，柯小跟齐璐在后门的小卖部里吃着零食等还在测试的陈双朵，当时林一还特地去正门的烧烤店里买了烤串回来，她火急火燎地跑回来，说：“我们等会儿从小路走吧，正门口停了三辆面包车，上面的人都提着西瓜刀呢，吓死我了。”

柯小听了，觉得特别新鲜。初中的时候她念的是封闭式学校，一个月只放一次假，平常时候都不准学生外出，像这样的打架现场，她是第一次碰见。

柯小挑挑拣拣从一堆烧烤里抽了一串土豆，问："我们不去看看吗，我人生第一次看见打架。"

好奇心促使她的胆子变得莫名地强大起来，齐璐却努努嘴，说："装腔作势而已，没人会真打起来，都是看谁带的人多、谁的样子最狠而已，吓一吓对方。"

孔黛黛点点头："是啊，没意思。"

柯小恍然大悟，哦，打架都靠吼啊。

正当她准备接受这样平淡的结果时，从正门那边传来厚重的跑步声，中间带有骂骂咧咧的气愤之声，转眼的工夫，就从她们面前跑过三个人，紧随其后的，是七八个手举着西瓜刀、面部狰狞的混混。

尘土飞扬在空中，不少女生被吓得花枝乱颤，惊叫连连。

而柯小索性哭出了声儿，她丢掉烤串，连书包都不要了，跟着跑在西瓜刀混混后面。

孔黛黛被她吓了一跳，捡起她的书包："柯小你去哪儿？"然后看见齐璐也跟在柯小后面追了过去。

那天，柯小跑得脚都要废了，她一边跑，一边擦眼泪，可是每次都擦不着，她想，可能是因为她跑得太快风给吹的。

可是事实证明，她跑得不够快，不然，她也能把洛明朗和于康乐给救下来。

那条巷子是通往学校后面的山上的，半坡的地方有个亭子，她顺着楼梯往上爬，这下不敢哭了，她看见了血。

她躲在树丛里，粗着嗓子喊："警察来了！警察来了！"

几个混混吓蒙了，刀也不要就跑了。

柯小从树丛里钻出来，脚软得直接跪在了地上，除了她，地上还躺着洛明朗和于康乐，柯亮也被打得脸上一片瘀青。

她哭着喊："你们怎么样啊！你们别死啊！你们不要吓我啊！"

后来在医院里，柯小哭得更狠，她看着医生给洛明朗和于康乐包扎、打石膏的时候，她特别不放心地问："医生，他们的脚会好的吧？这可不能断啊……要是……要是断了，我怎么跟他舅舅交代啊！"

医生见她哭得凄凄惨惨，安慰她："没事没事，住两天院就好了，小姑娘别担心。"

柯小哼哧着点头，连打了好几个嗝儿。

旁边的小护士见她这样，捂着嘴笑她。她听见了，自己转身出了病房躲在楼道里埋头痛哭。

她想，她会哭，是因为大家住在一条巷子里的，多多少少也是有感情的，况且，她看见洛明朗替柯亮挡了一刀，不然，躺在地上的就是她弟弟了。

哭着哭着，柯小觉得，才没有那么多的狗屁原因，她哭，只是因为她的朋友受伤了住院了，仅此而已。

柯亮找到她的时候，柯小蹲在地上起不来。柯亮拉她，她摇摇头，最后他也蹲下，抱着她："姐，对不起。"

柯小的头埋在他的肩膀上，没好气："对不起什么？"

柯亮叹了一口气，声音轻轻的："不该让你担心，不该害你难过。"

柯小抽着气，鼻子里哭出鼻涕泡，全碎在了柯亮的衣服上。她推开柯亮，恶狠狠地盯着他，最后还是气不过，一巴掌甩在他脸上："你为什么不学好！还跟人打架！你在干什么啊柯亮！要不是洛明朗，今天就是你躺在医院里！我怎么跟奶奶说，我怎么跟爸妈交代呀！"

那一巴掌，刚好甩在柯亮青紫的脸上，他埋着头，任由柯小扯着他的衣服将他来回晃动。

最后，柯小没了力气，人瘫坐在地上。

她喃喃地问："怎么办？家里怎么说？学校怎么办？柯亮，你们为什么打架啊？"

柯亮没有说话，他自始至终都埋着头，柯小不知道，他也有想要守护的东西，关于一个女生，关于他的朋友，而这些，都不能说。

柯小站起身，她觉得，她是姐姐，所以现在只能想办法解决，而不是再去责怪谁，已经发生了的事情，没有办法回头，只能尽最大的可能去挽救。

她说："他们现在这样怎么办？家里瞒不过去，学校当时那么多人看见了，肯定也会追究。"

柯亮抬着头，说："学校那边不会追究的，当时是他们一伙人冲下来，我们没有跟他们发生冲突。家里……家里就说康乐在明朗家住，反正离得近，不会起疑心的。"

柯小反驳他："再过两天成录就回来了，到时候怎么说？"

柯亮拍着胸脯保证："不会的，成先生至少还要一个月才能回来，到时候他们的伤都养得差不多了，没问题的。"

这一下，柯小更接受不了。

一个月？整整三十天，不能偷偷地在窗户边偷看，不能光明正大地坐在成录的画室里，她觉得，这同样让她很难过。

她抵着墙，问："怎么去那么久啊？"

柯亮没有听出来她语气里的失落，解释着："成先生这次回去，是为了明朗爸妈合葬的事儿，听说光是手续就要等上好久，没那么快回来的。"

"他爸妈不在了？"

柯亮想，现在不是说这个事儿的时候，再一想，两人总是不对头，至少有一方，要妥协一点儿，所以他把洛明朗的事全给柯小说了。

“其实，明朗他爸以前也是小有名气的……”

柯亮说的以前，不过是五年前。那时候，洛明朗他爸洛旬是个小有名气的诗人歌手，创作的歌曲也被不少人传唱过。听说，大部分的歌都是为了他最爱的女人写的，那个女人，就是洛明朗的妈妈，成录的姐姐，成衫。

成衫从小身体就不好，先天性心脏病，每天就躺在病床上，除了窗户外的风景，她根本不知道外面的世界是怎样的。每一天，她睁开眼就是白色，闭上眼就是黑色，好像在她的世界里，只有这两种颜色在相互交替着，所以她无比地向往另外的颜色。后来，等待了三年的心脏终于来了，她可以真正地去看外面的世界。洛旬，就是她见过的最耀眼的颜色，所以她不顾一切地跟着他，结婚，生下洛明朗，她爱这个男人，爱他的所有。

可是，她的生命却早早结束了。那一年，洛明朗只有十四岁，追求自由的爸爸一心扑进他的创作里，一夜里写了四首曲子，可惜没有人赏识，他在酒吧里做歌手，声音低沉喑哑，热情奔放的年轻人将他赶出酒吧，他醉倒在街上，是成录把他送回家的。

后来，成录托关系把洛明朗送进一所住宿学校，洛旬从此更加自由，他整天窝在房间里写歌，在天桥下唱歌。后来，他碰见一个音乐制作人，答应他出唱片，可就在样本唱片录制完后的一周，唱片公司因为经营不善倒闭。

诗人的梦想被丢进风里，洛旬整夜流连在各个酒吧，欠了一屁股的债，最后拿样本唱片抵了酒钱，只落了一个作词人的名衔。

他这一生只爱过一个女人，在那间破旧漏水的地下室里，直到生命的最后一刻，他依然在为他的爱人创作情歌，尽管她再也不能听见。

一直到洛明朗放假回家，伏在桌案上的男人身体已经发臭，开始腐烂。

他终于，能去见心爱的人，再为她唱一首歌。

从那个时候起，柯小开始有一点点理解洛明朗了。

生来就是自由的灵魂，是没有人能够将它更改替换的。

回病房的时候，陈双朵和齐璐各自坐在于康乐和洛明朗的床边。

齐璐回头看她的时候，发现她的眼睛肿肿的，关切地问："柯小，你眼睛怎么了？"

洛明朗艰难地扭过头，开着玩笑："该不会是因为担心我所以哭得这么厉害吧？"

没有预料到的是，柯小没有跟他抬杠顶嘴，她的目光在他和于康乐之间来回流转，里面的关心好像下一秒就会跟着眼泪一起出来。

洛明朗闭上眼睛不看她，他心里涩涩的，苦得让他想放声大叫，可是他根本不能动弹。

陈双朵拉着柯小坐下，一间小小的病房里，六个十六七岁的男生女生，心里突然开始各自藏有秘密，不能被人挖开，也不想找人倾诉。

从这一天开始，他们之间的纠葛，像藤蔓一样生长，彼此缠绕，彼此交错。

第五章

NIXINSHANGDENLE HUALEMA

被一个男生问喜欢另一个男人什么，想想就觉得奇怪

那天晚上，柯小拉着陈双朵去于二婶家。院子大门开着，戈晓露正被罚站在院子里，头发被人抓得像鸡窝，见她俩进来，大声嚷嚷着：“妈，小小姐和朵朵姐来啦！”

于二婶抱着小儿子走出来，说：“你俩怎么来了？找二婶有啥事儿啊？”

柯小脚点着地，正想着怎么开口，陈双朵已经绕过她，说：“二婶，我同学生病了，他家就他叔叔一个人，照顾不来，能不能请你帮我熬些鸡汤啊，我给你钱。”

她说得诚恳又可怜，顿时让于二婶泛起母爱，手一挥，生气地说：“哪能要你的钱啊，二婶给你做就是了，明天早上来拿吧。”

陈双朵和柯小面面相觑，于二婶见她俩发愁的样子，问：“现在就要啊，这都多晚了。”

柯小咬咬牙：“二婶，我同学今天还没吃东西……”

“好好好，你们先回去，我做好了拿到小小家，成了吧？”

于二婶哄着小儿子，见院子里不见戈晓露的踪影，冲屋里喊：“戈晓露，你给我回来站着！”

屋子里的戈晓露“噔噔”跑上楼，撒娇道：“哎呀，妈，你就饶过我吧，我下次再也不敢打架了，就算打，我也把我哥叫上。”

陈双朵和柯小手扯着手，身子发抖。

于二婶气不过：“我警告你，你别给我去招惹小乐，不然我打断你的狗腿！”

戈晓露不服气地说：“我这要是狗腿，那你是什么了？我哥又是什么了？”

柯小觉得如临战场，心里“咚咚”打鼓，她跟于二婶连说过几声谢谢，扯着陈双朵就走了。

两人跑出院子的时候，灯笼下一看，额头上都已经冒出细汗。

于二婶送来汤的时候，已经夜里快十点了。奶奶房间里的灯还亮着，柯小拉着柯亮偷偷跑出院子，到医院的时候，陈双朵正守着两个“嗷嗷待哺”的病人。

齐璐已经回家了，陈双朵坐在窗户边削苹果，见他俩进来，把椅子掉个头。

柯亮坐在两张病床中间，左右看了两眼：“你们谁比较饿？”

洛明朗闭着眼不说话。

柯亮打开保温壶，给于康乐先盛了一碗鸡汤：“你先来。”

柯小和陈双朵并肩站着，双手无处安放，她看着柯亮像个小媳妇儿一样贴心地伺候着于康乐喝汤。

房间里的光恰好温柔，那画面里的人，看起来真的彼此相爱一样。

小的时候，柯亮总会在暑假里回解巷住上一个月的时间，巷子里的孩子跟他们同龄的很少，所以只要玩在一起一个下午，就坚固了他们以后好多年依然只深不浅的感情。

男孩子皮，两个人卷起裤脚就去胡同外的河里摸螃蟹，骑着单车去城市郊外的山上，一直疯到晚上才回家。柯小坐在院子里，听着奶奶数落柯亮弄脏的衣服，男孩子头埋在水龙头下，冲一冲，权当洗了个头。

于二婶提着洗干净的苹果进来，笑着劝："小孩子嘛，心里都野，要不是小亮，我们家康乐天天不出门，迟早变成个傻子。"

柯亮在阳光下擦干头发，昂着脸说："我喜欢跟小乐玩。"

于康乐最后也没有变成傻子，小学一毕业就被他爸送去了大海的另一边。海归精英一类人中，他算是从小培养的了。

而柯亮，打那以后再没有回来过解巷。柯小想，是因为她和陈双朵都不带他玩，说得明白点儿，柯亮知道她不喜欢他。

一口汤，柯亮晾温了些才喂进于康乐嘴里，洛明朗动了动身子，眼睛巴巴地看着柯亮："我饿了。"

柯亮放下碗，又拿了个干净的碗，怕洛明朗饿晕了过去，动作急，柜子上的花瓶差点儿打落了下来。

柯小撇头看了眼陈双朵，见她无动于衷，叹了口气，走过去："我来吧。"

保温壶上还腾着热气，柯小坐在病床上，油亮的鸡汤诱人，她咽了咽口水，将勺子喂到洛明朗嘴边。

床上的人毫无动静，柯小忍着脾气："快喝，手酸。"

洛明朗抬着眼皮看她，天花板上的光亮在他的瞳孔里隐隐发亮，她往前坐了一些，靠近他，终于喂进他嘴里。

那天晚上，柯亮留在医院里，两个男病号，生理上的突发情况女孩子没办法。

柯小站在病房门口，确认妥当之后，跟柯亮交代着："要是哪里不对劲，你就叫护士，别听他们的，硬扛可扛不过去。对了，医药费谁给的？"

陈双朵看着走廊里的显示灯："洛明朗身上有卡。"

柯小点点头，又放心不下，走进病房里，左看看右理理，像个操碎心的保姆一样，嘴里碎碎念着。

于康乐侧着身，跟她开玩笑："柯小，以前没发现你还有贤妻良母的资质。"

柯小红着脸："你胡说什么！"

于康乐努努嘴："那里。"

柯小看过去，洛明朗已经睡着了，翻身的时候把被子踢下床，柯小一把捞起，小心地给他盖上。

于康乐来了劲儿："你看，你多像个操心丈夫的小媳妇儿。"

"你别乱说，烦不烦？"

柯小赌气，头也不回地走出病房。

柯亮一巴掌拍在于康乐的脑袋上："你怎么也爱乱开玩笑了？"

于康乐把头缩进被子里，眼睛的余光捕捉到一丝动静，轻轻地笑着。

他看见，洛明朗本来一张熟睡的脸上，有浅浅的笑意。

这次的斗殴事件影响很恶劣，教导主任亲自去医院对洛明朗和于康乐进行了一番思想教导，最后还是给了一人一个处分。

穿着西装的教导主任坐在两张病床中间，苦口婆心地教导两个病号如何好好做人，说到最后口干舌燥，下楼买水的工夫，给两人提回来一篮新鲜水果。

"虽然校方在调查之后知道不是你们两个蓄意滋事，但是你们要引以为戒，好好学习，好好做人。"

于康乐点点头，虚心听着。他一直是好学生的模样，在学校是老师的心头肉，在家里是父母的掌上宝。

在柯小的心里，她总觉得于康乐是不属于这条巷子的。

从百年前就沉淀下来的古色，经过年月的打磨，越来越浓，压在人身上的总有腐朽的味道。

可是于康乐不一样，他是永远向上生长的植物，只要有光，就能借着藤蔓一直浩浩荡荡地生长下去。

教导主任手里削着苹果，动作很快，一分为二，分别递给两个人。

在杏坛里待了几十年的人，爱惜孩子，更不用说不过才十七八岁的小人儿，秉持着教书育人的信念，他对谁都一视同仁。

“甜不甜？”教导主任又拿起一个苹果，头也不抬地问。

余光里像是看见了两人点头，他又接着削了两个，切好放在果盘里。

站起身，坐皱的西装被他扯得平整：“好好养伤，不跟家里人交代一声，老麻烦人家小姑娘你俩臊不臊。”

教导主任走出病房关上门的时候，洛明朗听见声音又在外面响起，听不清说的什么，但是语气严厉。

柯小进来的时候，眼睛里蒙蒙的，多半是被训了。

好多年以后，洛明朗回去学校，头发已经半白的教导主任对他依然没好气，手里敲着桌子数落他。后来，他走出办公室，苍老的声音叫住他，从抽屉里拿出一张照片，什么话也没有说。

那时候的洛明朗剪短了头发，还是背着吉他，心想，教导主任还是跟当年在病房里一样，刀子嘴豆腐心。

在医院里住了三周的时间，每天中午柯小数着秒针等下课铃响，从食堂里打好饭赶去医院。齐璐陪柯小去过几次，帮洛明朗打水。柯亮每天晚上等着奶奶房间的灯熄了之后才偷偷跑去医院。陈双朵的班级为了“冲锋班”的头衔一直紧抓着休息时间，柯小想，她也是个病人，就没敢让她来医院。

出院那天，柯小整理着两人的生活用品，陈双朵结完医药费回来后，帮着她把卫生间里的毛巾收拾进书包里。

柯亮掀开被子，在床上摸了好久，问：“康乐的学习机呢？”

柯小专心应付着眼前，头也没回：“被子下面，你好好找找。”

然后就是细细碎碎的一阵声音。

“还是没有，上面全是复习资料。”柯亮泄气。

这几天来来回回跑得气一下子上来了，柯小把手里的东西一扔，瞪着柯亮：“找个东西都这么麻烦，你脑子里面装的啥啊？”

声音一大，房间里就只剩下呼吸的声音。

柯亮垂头丧气地耷拉着脑袋，陈双朵扯柯小，摇摇头，对柯亮说：“柜子下面，你找找，他之前都放那儿。”

柯亮拉开柜子，一看，真在。

柯小卷起衬衣收进书包里，觉得自己发火有些莫名其妙，抿着嘴不说话。

陈双朵的手时不时地碰着她，她好几次想问“你怎么知道东西在那儿的”。

成录回来的那天，是期末考的第一天，上午语文，下午文综。

柯小提前出的考场。那时候人还不多，她站在陈双朵考场的走廊外复习着第二天的英语，数学对她来说是没多大希望，死记硬背了几个公式，应该能勉强应付过去。

夏天的风吹在背上，汗津津的衣衫和皮肤接触在一起特别不舒服，她伸手扯了扯，面对着操场。

楼梯那里传来一阵熙熙攘攘的声音，柯小侧过头，看见洛明朗被簇拥在一群人的中间向这边走过来。

她把复习资料卷在手心里，认出他身边的都是艺术班的人，大多数是女生，爱美又不敢太张扬，脸上都化着淡妆。

挨着洛明朗最近的女生不同，黑色的眼线拉得老长。柯小认得她，上午语文考试在同一个考场，坐在她旁边的位置，开考前正拿黑色中性笔往眼角那儿下狠手。

一群人浩浩荡荡地往她这边靠近，她撇头看着操场上运球的男生，装作没看见他们的样子。

等声音从背后走过，她长吁一口气，继续翻着手里的资料。

突然，衣服的后颈被人一抓，她吓得惊叫一声。

教室里的老师站在门口，大声呵斥她。

她心里揪紧，回过头看见笑得一脸无辜的洛明朗，还有旁边对她冷眼相加的眼线女生。

被训过之后，她不敢大声说话，狠狠瞪了洛明朗两眼之后，她再次转向操场背对着他。

一只手肘轻轻抵了抵她的肩，她甩过，往旁边走了两步，然后又被抵了抵。

她压低着声音："你干吗！"

见她终于有了反应，洛明朗凑到她面前，埋着头，样子痞里痞气的："晚上一起吃饭，学校后面的小吃街。"

柯小扭头："不去。"

一只手在她脸上戳了戳："怎么这么爱生气，记得叫上陈双朵。"

他走开的时候，还特潇洒地插着兜，要是再戴副墨镜，就是十足十的社会老大了。

柯小心里暗暗想着，一声蹬地的声响把她拉了回来。眼线女生盯着她，样子凶狠狠的，校服下的红色吊带春色满园。女生哑着声音说："识趣点儿！"然后快速跟上洛明朗。

那个晚上，柯小没有去学校后街。考试结束之后，她回了趟家，帮奶奶送衣服去隔了三条街的裁缝店里，回来的时候，碰见拖着行李箱的成录。

成录一路风尘仆仆，下巴长出了青色的胡楂，头发有些凌乱，眼睑青乌。她看着怪心疼的。

她加快脚步走到成录的面前，吞吞吐吐了半天，喊他："成先生。"

成录本来低着头，看见她，礼貌地笑着："小小啊，这么早就回来了？"

"今天期末考试，放得早。"

成录点点头，声音轻飘飘地问她："看见我们家明朗了吗？这些日子没出什么事儿吧？"

柯小眼皮跳得厉害，就怕他问这句话，这还没跟他多说两句话，这个炸弹就向她扔了过来。

她低着头，摇了摇。过了一会还没听见声音，她抬头一看，成录微眯着眼睛靠在墙上，她伸手一碰，他整个人就跌坐在了地上。

于二婶在厨房里熬着粥，手里拿着银汤匙搅动着，转头看着发呆的柯小，叫她："小小，你上楼看看成先生醒了没。"

她轻手轻脚地爬上楼，还没到房间门口，就听见细细的咳嗽声。她叫了一声成先生，进去的时候成录正站在窗户边，手里还拿着炭笔。

"二婶给你熬了粥，你下去喝还是我帮你拿上来？"

成录侧着身子看她，眼睛里没有色彩，抿嘴想了下："还是麻烦你帮我拿上来吧，腿还有些软。"

听他这么说，柯小的眼睛盯着他的腿，看起来确实有些吃力。

“你再躺会儿吧，还发着烧呢。”

成录手里转着笔，他的手指特别长，又白净。

之前上课的时候，她就总爱盯着他的手看。

“没事，就是有点儿累。”

柯小“唔”了一声，转身下楼的时候，成录叫她：“我记得我刚刚在楼下……”

“是刘叔把你背上来的。”她抢答着。

成录笑了：“幸好，我刚还在想，可不能麻烦你一个女孩儿背着我上楼。”

他像是在开玩笑，可是听在柯小心里却痒痒的，少女的想象里，错把这句话当成了体贴。

她踮着脚，轻快地跑下楼。

从成录家出来的时候，已经是月挂枝头了。

柯小站在院子外，看着二楼亮着灯的窗户。刚刚出来前，成录已经回床上休息了，现在，他可能在看画稿，再过一会儿，就该熄灯了。

不出她所料，一刻钟的样子，灯就灭了。她的脚踩在青石板上，觉得身体轻飘飘的，下一刻，就能腾空而起。

旋转着身子往前，烛火明明灭灭，心里被填得满满的，身子轻轻一晃，能听见清水荡漾的声音。

她想，成录回来，暑假的时候就可以继续学画了。

到家门口的时候，几道影子晃悠在红色灯笼下，是洛明朗、于康乐、柯亮三人。

于康乐手里提着打包盒，递给她：“你的土豆。”

柯小羞着脸，本来就是她放了鸽子，他们还惦记着她。她走下台阶，接过来，还热着。

“朵朵回去了吗？”她捻起一块放进嘴里。

柯亮点点头：“我给家里打电话，奶奶说你送完衣服就出门了，我们等你半天，你跑哪儿去了？”

抬头的时候，柯小看见站在于康乐身后的洛明朗臭着一张脸，没有扎头绳的头发披下来，已经过肩了。

“回来的时候碰见成先生了，他发烧了，我照顾着呢。”

她说得理所当然，眼睛一直看着洛明朗，心里暗自讨伐他：你看，那是你的亲舅舅哎。

洛明朗抬头看灭了灯的窗户，就一眼，垂下头，不说一句话。

于康乐觉得有些意外：“这么快就回来了，我以为还得待上一段时间呢。”

柯小白了他一眼：“当初说好只走一个月的，你算算时间，这都快两个月了，怎么快了？”

本来柯小就天天算着日子盼着成录快些回来，现在回来了，听了这话，给她气的。

于康乐做了个鬼脸，也安安静静地待着。

巷子里这下只剩风声和咀嚼声，突然想到什么，柯小问柯亮：“无缘无故的，今天干吗一起吃饭啊？”说着，她又往嘴里塞了块土豆，还沾着辣椒粉，别提多好吃了。

柯亮想开口，但是被身后的人扯了一下。

柯小看见了洛明朗的小动作，没好气：“你扯他干吗呀！”

她看起来正义凛然，护弟心切，其实只是想找个人发火而已。

洛明朗垂眼看了柯小好一会儿，然后搭着于康乐的肩头也不回地走了，经过柯小的时候，故意撞了她一下。

一块土豆掉在地上，柯小心疼得很，狠狠瞪了洛明朗一眼，小声骂了句脏话。

推门的时候，柯亮挥开院顶上垂下来的树枝，犹豫着说："姐，今天是明朗的生日。"

柯小顿了一下："哦。"

见她反应不大，柯亮又说："见你没来，他一直在等你，菜都热了两次……"

后来柯小才明白，心在另一个人身上的时候，是看不见别人的。

她吃完最后一块土豆，嘴边还沾着辣椒，回头说："莫名其妙。"

那个晚上，柯小翻来覆去地睡不着，她担心着明天的数学考试，担心着成录的发烧有没有好一点儿。还有块地方，像被人拿着鸡毛撣子一直挠，可是她就是没想明白是为了什么。

她掀开被子，穿上鞋，借着烛火走到陈双朵家，手一推，院子的木门就被打开了来，轻轻关上，从厨房的门走进去，摸黑爬上陈双朵的床，一路畅通无阻。

当年，陈双朵的病情反复无常，刘月香留着心，害怕手忙脚乱耽误去医院的时间，打那以后就再也没有给门上过锁。后来，陈双朵把这个小秘密告诉柯小，柯小一脸担忧地问："那要是有小偷什么的进来怎么办？"

她还记得那天陈双朵穿着奶奶改的花布裙子，头发遮着半张脸，笑了笑，说："你看这屋子院子里，都是捡来的废品，谁会惦记啊？"

察觉到床陷下去一半，陈双朵迷糊着声音问："你怎么过来了？"

柯小咬着牙小心挪了挪身子："是不是吵着你了？"

"没，本来就没睡着。"

“你怎么还不睡啊？”

声音隔了好一会儿才响起：“在想明天的考试。”

“你担心什么呀，我才在想数学我得怎么办。”

陈双朵动了动，想翻身，柯小支着胳膊，一只手托着她的背，乌亮的眼睛在黑色的夜里像光。柯小眨了眨，手轻轻拍在陈双朵的背上。

“小小。”

“怎么了？”柯小睁开眼。

她看见陈双朵呆滞的眼睛和没有表情的脸，嘴里生硬地说：“我特别讨厌一个女生。”

柯小挨着她：“谁啊？”

陈双朵没有回答她，枕在脑袋下的胳膊动了动，抽出来，拉着柯小的手。

“她带着目的跟一个她不喜欢的有钱男生在一起了，瞒着所有人不让别人知道，可是她明明有喜欢的人，而且那个人跟男生是从小玩到大的好朋友。”

柯小忍不住插嘴：“这也太奇怪了吧。”

陈双朵顿了顿：“我觉得她很坏，当两个人遇到危险的时候，她甚至希望男生能帮那个人抵挡过去，她真的很让人讨厌。”她的呼吸急促混浊，愤愤不平。

柯小握着她的手，把她拉进怀里。

“朵朵，这种人会有报应的。”

很奇怪，每当人们觉得无能为力不能反抗的时候，总是希冀于上天，给予奖励，施以惩戒。以此来安慰自己，那些不足以用现有的能力改变的事情，冥冥之中总会有个结果。

陈双朵抬头：“会吗？”

柯小坚定地回答："肯定会的，所以你的讨厌会让她得到惩罚的。"

怀里的人点点头，声音孱弱："这一生，她都不会好过的。"

二十五岁的柯小，站在解巷巷尾看见那间小小的院子变成一地泥砖的时候，想起十七岁夜里说过的这句话，泪水汩汩而下，淌过她的心口，烧得她喊不出声音来。

如果，你问镜头前二十五岁的柯小，她对她最好的朋友说过最残忍的一句话是什么，那就是那个夜里她斩钉截铁，如同魔鬼咒语的那一句——这种人会有报应的。

期末考试结束以后，于康乐依然每天去市郊元老师的画室学画。元老师是大家，在艺术界里声望很高，逢人就说于康乐很有天赋，再学习两年，肯定会超过成录的水平。

对此，除了柯小，谁都深信不疑。

成录从家乡回来以后，比以前更少出门了，每天院子阁楼来回转。听说有人高价想从他这里买一幅画，登门两次都被拒绝了，说什么也不卖。买画的人气极了，在圈子里四处抹黑他的名声，这些话后来传进于二婶的耳朵里，她牵着小儿子学走路的时候想起就会骂上两句，当初人找来的时候，她可是好好招呼着的。

"买卖不成仁义在是不是，真没想到他心这么黑，当初我可是瞎了眼指着路带着他来，真不是东西！"

成录每每听到，也就一笑而过，一天里听得多了，他反过来劝："没事儿，多他一个不多，少他一个不少。"

刘结巴切开西瓜，红色的液体滴落在木质的长凳上，划成好几份，分给前面看电影的男女老少。

柯小坐在成录身后的位置，伸手去拿的时候，成录拎起一块递给她，手指相碰的瞬间，他问："看见明朗了吗？"

洛明朗坐在拐角处的大树下调琴弦，弦生了锈，声音不怎么清脆，每次于康乐劝他换根弦的时候，他摇摇头，总说还能用。

柯小指了指，确定洛明朗真在之后，成录又拎起一块递给陈双朵。看着电影的人没留意，柯小替她接过来，手指再次相碰，像触了电，身体酥酥麻麻的。

整个夏天里，风起蝉鸣，夜里抬头，能看见一片星海。

柯小拉着陈双朵去隔壁胡同的书店里借了好几本书，每天一本算一毛，到开学前，柯小整整看了十块钱。

陈双朵做完一套数学测验之后，有些无奈地看着她："看那些根本没有营养，不如多做几道数学题。"

柯小合上书，求饶着："你放过我吧，好不容易放假了，我多积攒积攒些精神食粮好不好？"

陈双朵把废纸揉成球扔在柯小的身上，本来想反击的人顺手揣进了兜里，招呼着："你听你听，这一段写得多美啊。"

她咳了咳，声音清亮：

我曾经爱过你：爱情，也许，
在我的心灵里还没有完全消亡；
但愿它不会再去打扰你；
我也不想再使你难过悲伤。
我曾经默默无语地、毫无指望地爱过你，
我既忍受着羞怯，又忍受着嫉妒的折磨；
我曾经那样真诚、那样温柔地爱过你，
但愿上帝保佑你，另一个人也会像我爱你一样。

那是普希金的爱情诗，在浪漫优雅的文字里，他终其一生都爱得如此温柔、真挚又专一。

当柯小深情地朗诵它时，她以为这就是她自己，小心翼翼的爱，羞怯又折磨，在十七岁少女的心里，她憧憬完美的爱情，却又甘之如饴她还没能就此得到。

她想，苦和甜，她并不害怕尝尽苦悲，因为那样，才能知道甜味可贵。

她猜想到了一切不可探寻的未知，却没有想过，她并不是其中一个。

也许是因为柯小过于认真的样子让陈双朵在隐藏秘密之后得到一点点的自我宽恕，她合上测试卷，静静听着柯小一遍又一遍地朗读。

怀情的少女，永远天真烂漫，永远不可比拟。

那个本来无比美好的下午，凉风轻抚，蝉声四起，结束在了刘结巴说得断断续续的话语中。

扛着米袋的中年男人额头上滴下豆大的汗珠，他伸手抹汗，看着两个嬉笑着的女孩儿，急切却又笨拙。

“朵、朵朵，你妈、你妈出事了。”

陈双朵在医院里找了一圈也没找着刘月香，后来急了，什么也不管了，就坐在医院的大堂里。排着长队挂号的人对她横眉冷眼，护士没办法，问她：“你能打个电话问问吗，我们真不知道她去哪儿了。”

一提，柯小先反应了过来，跑到外面的公共电话亭往家里打电话，她叫柯亮去陈双朵家看一眼，终于妥下心来，拉着她往回走：“多半是我们来的时候没碰上。”

柯小拉着陈双朵：“回去吧，阿姨在家等着你呢。”

陈双朵没有说话，低着头，放在膝盖上的手还在抖。

柯小挨着她，手环着她的肩膀抱住她。

有些时候，勇气也是要别人来给的。

陈双朵揪着裤子，上面的褶皱清晰可见，说：“我害怕。”

声音很轻，轻到如果不是靠着她，柯小根本听不见她说话。

“来医院的时候我就想，要是她没了，我该怎么办。不是我真想她出什么事儿，小小，”她抬头，“我就她一个亲人，我特害怕，要是她真没了，我就一个人了，小小。”

柯小不搭话，任陈双朵说，就静静听着。

这么些年，她往陈双朵家跑的次数不少，虽然回回都躲着刘月香，可是那个老实巴交的女人对她不错。陈双朵平常能吃的小零食，她也能吃到，有时候留她吃饭，一碗饭舀得满满当当的，菜往碗里夹的时候还不忘说：“小小多吃些，身子骨怪单薄的。”

所以柯小想，她本来就是个从小爹妈不疼的孩子，单就刘月香从来没有亏待过她这一点，她也舍不得刘月香出什么事儿，更不要说被刘月香养大的陈双朵了。

她很理解，特理解，非常理解，甚至，耳朵边转着陈双朵嗡嗡的话，还有点儿想哭。

飞到天边的思绪在陈双朵扯了她一把后又飞了回来，脑子里还蒙着，她看着陈双朵张张合合的嘴，辨认出她的嘴型：“小小，你拉我一把，我起不来。”

柯小站直了身子，双手架着陈双朵的胳膊，没什么重量，一捞就起来了。

两人站在医院外的公交车站牌下等着，柯小身上仅有的钱在刚刚来医院的时候打车用光了，好在柯亮说来接她们。

和柯亮一起来的，还有于康乐，指甲缝儿里还有没干的彩色颜料，脸上的神情并不好，看见陈双朵，他自然地拉着她，满口担忧：“你没事吧？”

陈双朵手攀在他背上，头摇得跟拨浪鼓似的，喘了口气：“我想见我妈。”

她一开口，眼里的楚楚可怜就跟着来，让人怪心疼的。

坐上车，就半个小时的车程。车子堵在胡同口外，司机摇开窗对前面的白色路斯特骂骂咧咧了好几句，哪晓得路斯特来来回回趟了几个弯儿，还是开不进去。

眼看着到了家门口，这一堵，堵得陈双朵心里慌了神，她拉开车门就往胡同里跑。柯小跟在她身后，经过路斯特的时候瞥了一眼，觉得里面的女人看着特别眼熟。

脚步声离她越来越远，柯小什么都没想，追在后面跑。

那一天本来是个天晴的日子，不知道什么时候天上有了阴云，风卷落树上的叶子，吹得沙沙作响。

额头上的汗还来不及擦，柯小听见双朵家院子里乒乒乓乓的声音，走近一看，陈双朵抱着刘月香哭得嘤嘤的，头发被汗水糊在脸上，刘月香伸手撩开，捧着她的脸。

“你跑什么，你那身子经不得折腾的。”说教声很小。

陈双朵攀着刘月香的肩，眼泪簌簌而下：“妈，我担心你。”

“我有啥好担心的。”怕她不相信，刘月香推开她绕了一圈，“你看，没啥事儿，就被撞了下，现在不挺好的嘛。”

陈双朵不放心，把她的裤腿卷起来，膝盖的地方乌青了一片，还有血丝。

肯定很疼。

以前陈双朵被没有经验的小护士扎了满手背的针眼，刘月香都心疼得要命，对着眼里有雾气的小护士骂骂咧咧了好久。她心疼自己的女儿，她的女儿也心疼她。

陈双朵蹲在她腿前，对着伤口轻轻吹了吹。

刘月香觉得不好意思，推开她：“别人看见了不笑话你啊。”

视野可见的院子里，除了她们母女俩，就是站在院子大门外的柯小。柯小吸了吸鼻子，自觉地走开了。

陈双朵不在意，她被这个女人养育了十几年，笑话什么的，她早就听腻了。女孩子脸皮薄，再怎样说得坚强心里也委屈，可是这些转瞬即逝的愤懑情绪哪里比得上恩情。

她拉着刘月香坐着，转头的工夫突然想起刘月香早上出门时穿的不是身上现在这身衣服，她觉得不对，挽起刘月香袖子一看，胳膊上都是青紫。

当时她在医院的时候，医生、警察是怎么说的来着?

刘月香在街上打扫的时候，商场外有辆车违规停靠，她上前说了两句，哪晓得车主是个蛮横的人，两句话不对头，油门一踩，刘月香就躺在了地上。

“青天白日的，这人脑子里都是排泄物吗？”来做笔录的警察手里写写停停，本来还想骂两句，但是想到来医院的路上女人苦苦哀求的脸，话到嘴边又咽了下去。

“孩子，你放心，这事儿我们肯定会给你要个说法的，钱肯定得赔。”

当时陈双朵正满大楼的找刘月香，没注意听，现在想想，觉得不对。

她哑着嗓子，忍了忍，还是有哭腔：“他打你了是不是，他还打人了是不是！”

说到最后，她无比肯定，不然这满身的伤能从哪里来?

刘月香捂着袖子，不让她看。

“没事儿，就挨了两下，不疼。”刘月香说得轻松，可是实打实的拳头砸在身上哪里有不疼的。最疼的，是那男人骂骂咧咧的话，像刚开了锋的刀，一刀一刀剜在她的心上。

“你就是个贱骨头，大爷我钱多的是，多少钱我都赔得起。我可认识你，上过新闻是吧？家里穷是吧？还有个短命的女儿呢，嘿嘿，你求我啊，求我我就不打你，还给你女儿出钱治病，到时候我抱着她，亲上一口，你心里甜不甜？啊，甜不甜？”

只有禽兽嘴里才能吐出的脏秽字眼，让刘月香瞬间崩溃不已。

她命不好，好不容易得上天垂怜赐给了她一个女儿，却从小受苦受累，被病痛折磨不堪。她字不识几个，也没赚过什么钱，可是她这满心里，就想女儿平平安安。

然而现在，就算有成录的资助，双朵的病也不见好。

前天去医院拿检查报告，她不识字，医生指着病情诊断那里，一字一句念给她听：“甲状腺功能亢进引起的并发症，从医学的角度上来说，是高危病状。”

专业的术语她不懂，单单是“高危病症”几个字，就让她双耳暂时性失聪，她浑浑噩噩地走出医院，太阳光照在她身上，她抬头，一缕光正中她的眼睛，让她觉得眩晕。

人活着，真的太难了。

跪在膝前的女儿还在哭，刘月香搂紧了她。

妈妈好爱你啊，所以不想失去你，我要你好好活着。

生于贫民窟里的穷人，雄心壮志和永不妥协是上天送给他们的礼物，然而饶是这礼物再金贵，都比不得埋在土里千年百年实打实的金子。于是雄心壮志被时间消磨成了迷茫失落，还有嘴里常常念叨的永不妥协，笑一笑，就变了味道。

刘月香拉起陈双朵，锅里还热着饭。朵朵不能多喝水，她记着，记着记着，这心里藏着的东西更是铿锵。

离开陈双朵家后，柯小看天色不好，心想着该是要下雨了，紧着步子往家走。

还没到，她就听见成录家传来的说笑声。

她抬头，看见二楼的窗户边，背站着个女人，腰倚在窗沿上，左手两指间夹着根烟。不知道说着什么，女人笑着低了腰，转过身，刚好看见巷子里一脸失落的柯小。

柯小盯着她，是刚刚堵在胡同口的女人，还是觉得熟悉，再一想，是当初画展和成录站在一起的女人。

女人瞥了她一眼，走回了屋子。肩上的黑色吊带滑落，柯小心里一紧，特不是滋味。

一个满眼风情的女人，穿得那么单薄跟一个男人待在一间屋子里，怎么想，都是旖旎一片。

那一刻，柯小心里万火灼烧，她想冲上去，脑子里设想女人怎么扑倒了成录，那根滑落的吊带又怎么从肩膀褪至腰间。

一想到这里，她身比心先动，一只脚抬起就往门槛跨。可惜脚还没落地，就被人扯了回来。

“干什么，擅闯民宅啊？”

声音听起来特别欠揍。

柯小晃着身子，重心不稳，一边心想着我绝对不放过这个碍手碍脚的乌龟王八蛋，一边准备好跟大地来个亲密接触。

可是腰上突然攀来一只手，稳稳把她接住。

“你要用你脑子里的流动液体养青苔吗？”

柯小睁开眼，洛明朗的脸就横在她眼前。她猛地推开他，心里七上八下着。

一着急，她脱口而出：“你怎么在这儿？”

洛明朗翻着白眼看她，示意她看看这院子：这是我家？我不在这儿该在哪儿？

反应过来，她心里汹汹的“捉奸”之情又来，一个大步就跨了进去。

洛明朗伸手捞她的脖子：“你干吗？”

他的力气很大，柯小觉得呼吸困难，手拍着他的胳膊：“你松开，让我进去。”

她自拟的正宫之位被洛明朗磕绊住，见他不松手，一口咬了上去。

洛明朗没有撒手，他换另一只胳膊捞着柯小，柯小没办法，低头一脚蹬在他脚上，这才挣脱了出来。

回过头，洛明朗疼得脸都皱一块了。

她也不管，冲进屋子里，正好成录下来。见了她，他问她：“今天怎么过来了？”

成录最近忙，上课的时候都改在了周末两天的下午，今天才星期五，见她来，还以为自己记岔了日子。

那个女人摇着身子跟在成录后面，听见院子里的声音，跟成录说：“你看，这不是回来了嘛。”

洛明朗走进屋，见了女人，喊她：“青姐。”

洛青，是洛明朗二爷爷的孙女。

洛旬走的那一年，洛家人本来想把洛明朗接回祖宅。老人对自己这个侄子不上心，可是洛明朗终归是自己家的孙子，心里舍不得。可是洛旬常年不着家，洛明朗跟洛家也不亲，所以后来一直跟着成录生活。

洛明朗跟洛青也说不上多亲热，但是洛青对自己这个堂叔倒是崇拜得很，诗人歌手，想想就很浪漫。后来她跟人合伙开了家唱片公司，一眼瞅准洛明朗身上跟他爹那股一模一样的浪漫气质，对这个生疏的弟弟也尤为照顾起来。

前两年洛明朗辍学在家，洛青往成录家跑得勤快，劝说了几次包装洛明朗发片的事儿，最后都被成录以年纪太小给搪塞了过去。

柯小背着手站在原地不动，一屋子人，就她是个外人，想说的话就噎在喉口，听洛明朗那么一喊，觉得是自己想多了，生生把那“捉奸”的架势压了下去。

她啥也不是，晃了晃脑袋想，实在是太冲动了。

成录看她不说话，觉得这小姑娘也是蛮奇怪的，可是来了就是客，倒了两杯水，一杯给洛青，一杯给了她。

柯小没敢接，她浑身僵硬，一双手像在寒冬夜里冻硬了般，弯也不是伸也不是。

成录脾气好，放在桌面上，问她：“是不是找我有什么事儿？”

话音一落，洛明朗鼻子哼了口气，听着阴阳怪气的。成录看他，像个中年男人样念叨他：“你也是，一天见不着人，心里撒野不够，身子也管不住了是不是？”

他训起人来的时候语气里并不严厉，但是听着让人心里发虚，换作任何一个心理素质不强的人，都知道该收敛了。

可偏偏洛明朗不吃这一套，他伸手捞起桌上的杯子，一仰头就喝得一干二净。

手上动作大，胳膊上的牙印清晰可见。

先是洛青轻呼了一声，成录跟着看过去，冷着脸问他：“怎么回事儿？”

这一问，柯小更虚了。刚才心里一急，下口没轻没重的，这一嘴下去，那印子里有血丝浮了上来。

洛明朗抬手瞥了一眼，说得异常轻松：“被咬了呗。”一副完全不在乎的样子。

从古至今，会咬人的这一招，除了女生谁会使？

成录不动声色地看他，想是拿他没办法，叹了口气：“我可不想给你收拾烂摊子，在外面我管不着，你别给我招揽进家里来。”

洛旬对洛明朗从来是放养，有时候连自己都顾不上，这亲生的儿子更顾不上。时间长了，洛明朗就像是早明世故的野兽，学会了自己给自己舔伤口。

当初成录给洛旬料理后事的时候，这孩子就站在火葬场旁边，殡仪馆的人问他啥都不搭理，就听着，要他拿主意的时候，等着别人说完，合情理的点点头就当答应了。

成录眼里瞅着，心里也明白了这孩子性子就被养成了这样子，所以有些话他从来不说得过重。他晓得，洛明朗听见了，心里就有自己的主意了。

洛青在一旁，也不帮忙劝。她这身份，还没成录跟他亲呢，倒是面前那个小姑娘有意思，眼睛尽瞅着洛明朗胳膊上的牙印看，听着洛明朗答话的时候，眼睛里的心虚跟着跳出来，别提多逗了。

洛青没待多久就走了，出门的时候，她拉着洛明朗说了阵话，眼睛总往成录那儿瞟。

柯小捕捉到她的小动作，心里还是吃紧。一个女人的眼睛总放在一个男人身上，你说她没那意思，不经事的小孩子都不信。

成录也没多问柯小究竟是来做什么的，任她在屋里坐着，倒了杯水就琢磨自己的画去了。

洛明朗从房间里背着吉他出来，看柯小还在那儿坐着，逗她："你屁股长我们家凳子上了吗？"

柯小觉得有愧，也没跟他顶嘴，听着楼上有了动静，眼睛就跟着那声音去了。

洛明朗抿了抿嘴，有些生气："别赖在我家，滚回去。"

任柯小再忍着性子，也听不得这个"滚"字，她恨恨地瞪他，看他出门，跟着跑了出去。

屋子外的空气潮湿，天上打了几滴雨下来，青石板上沾了些，马上又没了。

洛明朗走得很快，柯小一路追着他，心想，总该道个歉吧。

她看着前面的人停了脚步，自己却刹不住车，一个闷声撞了上去，当时心里想，他身上真冷。

"对不起啊。"她说。

洛明朗跟没听见似的，没什么动静。柯小揉着头，他骨头也很硬。

"你喜欢他什么啊？"他问得特无奈，让旁人摸不着头脑。

柯小却一下子红了脸。

她磕磕巴巴："谁……谁啊？"

"哼。"洛明朗转过身，"特没意思，柯小。"

他接着说："喜欢就喜欢了，你别不承认。每天杵在树下偷偷看成录的人，是不是你？"

柯小咬牙，觉得洛明朗真八婆。

她昂着头：“是我。”

这下子倒是回答得干脆。她想，又不是什么见不得人的事儿，情窦初开，换谁没有过啊。

这下换成洛明朗磕磕巴巴：“喜欢他……喜欢他什么？”

柯小觉得羞，被一个男生问喜欢另一个男人什么，这种感觉，只是想想，就觉得奇怪。

她认真地思考着，肯定地说：“他好。”

“我也好。”

他下意识脱口而出的话，让柯小蒙了。

“你哪里好？”

洛明朗被问得发窘，别过脸：“他好我也好。”

柯小被他逗笑了：“你是广州好迪吗？”

洛明朗横了她一眼，手指拨着琴弦，声音没以前清脆，沉闷了些。

柯小心里还是歉疚，声音低了几度，重复着：“对不起啊。”

洛明朗见她服软，也不刁难她了，说：“柯小，你欠我一样东西。”

柯小奇怪，她没问他借过钱啊：“什么东西？”

问完之后，她心里“咯噔”一声，洛明朗眼里蒙蒙的，他不会要哭了吧？

“哎，你……”

“你别说话，听我说。”洛明朗声音很重。

柯小老老实实地闭了嘴，抬高头看他。

等了一会儿，洛明朗说：“你生日的时候，我给你唱了七遍生日歌是吧？”

柯小点点头。

“我呢？”

他问得特不甘心。

柯小消化了一下，想起那天晚上柯亮说洛明朗一直在等她，菜都热了两次，她还是没去。

想到这儿，她觉得洛明朗怎么这么小气，记了这么久。

想来想去终于想明白了，他是在跟她说：你看看你，我等你那么久，你连句生日快乐都不跟我说，柯小，你真不够意思。

欠了人家东西，是该还，况且，她又不损失什么东西。

她仰起头，笑："洛明朗，生日快乐。"

现在还了，就该不生气了吧？可是洛明朗摇摇头："晚了。"

两个字，说得柯小好笑又好气。

谁说唯女子与小人难养也的？明明是唯洛明朗与小人难养也啊。

柯小问他："那怎么办，我还能拿什么还？"

天边炸起一声雷响，电龙在天幕里蔓延成一片。

声音来得又响又突然，柯小被吓得双手捂住耳朵，可是左手被人拎起，她诧异地看着洛明朗的动作，他一鼓作气地放在自己的嘴边，狠狠咬下一口。

柯小疼得直跺脚，往回扯，却纹丝不动。她想，完了完了，肯定渗血了。

洛明朗没有下狠嘴，他看着柯小张牙舞爪的样子，心里其实特高兴。每次见着她的时候，她都不太爱说话，可真要说话的时候，都是跟他顶嘴抬杠，怪戾气的，他不喜欢。

像现在，撒泼耍无赖，嘴里求着喊着，那模样，还挺可爱的，他哪里肯使力。

他松开牙，能看见牙印，可是跟他胳膊上的一相比，那简直是小巫见大巫了。

撇着嘴的女生哭丧着脸，手在衣服上蹭了蹭，一看，不高兴了：“洛明朗你属狗的啊！”

他抬起手，晾出自己身上的牙印，故意惹柯小不痛快。

柯小确实吃了他这招，没了兴师问罪的样子，乖顺得像只猫：“这算还清了吧？”

雨滴打了下来，砸在树叶上，然后渐大。

洛明朗想了想：“不算，这是还你刚刚咬我的那一口，还得欠着。”说完就跑开了。

雨下得特别密集，滴滴缠绕，织成一张雨屏。柯小隔着这张透明的屏障看见洛明朗白色的衬衣淋得湿透，觉得特别无奈，她刚才明明已经道过歉了。

回到家的时候，柯小的衣服湿了一大半，她抱着干净的衣服回房间，从口袋里掏出张被揉皱的纸团。

她想了想，是白天陈双朵扔给她的。

她随手一扔，没扔进垃圾桶里，掉在了桌角边。换上衣服之后，她走到桌子边捡起那团废纸，上面的字迹密密麻麻的，她没留心看，但是却看出了两个不该出现在一张演算纸上的字。

她摊开来，上面是她看不懂的数学公式，一看见这些，她就头昏脑涨。可是她找的不是这个，她盯着上面每个字，一行一行地找下来，终于在 cos、tan 中间找着了。

柯亮。

她想，可能就是随手写的吧。平常上课的时候，她也老爱躲在书堆后面写些奇奇怪怪的东西，也许，还有她的名字呢。

一张纸被她翻来覆去地看了好几遍，那么明显的，一堆数学符号里，只有柯亮的名字。

柯小坐在床边，外面的雨越下越大，砸在地上啪啪作响。

她想起来，柯亮告诉陈双朵她跟洛明朗被分在一个班，柯亮找陈双朵说搬去阁楼的事，还有，陈双朵问她，恨不恨柯亮。

她怎么一直没发现呢？

陈双朵喜欢柯亮。

她最好的朋友，好像喜欢她的弟弟。

一定很为难吧，因为顾虑她，所以，陈双朵才一直没有说出口的吧。

好几次她曾经在陈双朵的面前抱怨她有多讨厌柯亮，可是那个抢走了她应该享有的疼爱的男生，其实没有错啊。

她不顾豆大的雨滴砸在身上有多疼，冲出院子，一路狂奔，想要去告诉那个隐忍爱意的女生：没关系，你尽情地去爱吧，爱得像只在天空中自由翱翔的鸟，勇敢地，大声地说你喜欢一个人吧。

青石板上积了水，脚踩在上面，溅起的雨水滋养着墙缝里的青苔，肆意生长吧，像汹涌的爱情一样。

跑过亮着灯的院子，跑过百年屹立不倒的树，柯小看见巷尾那家孤零零的院子，灯光微弱，她的脚步慢下来。被雨水洗刷得冰凉的身体里，有一颗在灼灼燃烧的心。

她站在院子外，还没来得及推门，听见雨声里，忽远忽近的声音。

是陈双朵的声音。

柯小仔细辨认，声音来自巷子拐角的地方。她走过去，看见一把能够容纳三个人的黑色雨伞。

伞里的陈双朵在哭，她清秀的脸上挂着泪，看起来很痛苦。

柯小鼻头一酸，张了张嘴却喊不出声音。

那把伞下，除了陈双朵，还有个人，伞檐遮住了他的脸，他手里握着伞柄，手指修长，指间的地方有不同于肤色的颜色。

轰隆隆的雷声又响，闪电紧跟其后，把天边炸得发亮。黑色的伞面下，柯小看见了那个人的脸。

“康乐，怎么办，我妈什么都不跟我说，我很担心她，我该怎么办啊？”

闪电又来，风雨中的黑伞下，于康乐一只手把陈双朵揽进怀里。

他像是抱着一件易碎的稀世珍藏古董，不敢用力，怕碰伤了她，安慰着：“没关系，我会想办法帮你的，你信我。”

喜欢一个人的时候，最害怕自己毫无能力承担这份情绪。

可是于康乐不一样，他什么都有，他自然有能力承担。

陈双朵抓着他的肩膀，一遍又一遍地问：“我可以信你吗？我可以信你吗？”

一声声不肯定的询问，让于康乐的心里激起千层风浪，他航行的船只摇摆不定，可是他全力拉紧船帆，让海浪中的船只驶回航线。

他声音低微悲悯却铿锵有力：“你一定要信我。”

雨幕中相拥的两个人，像彼此缠绕生长的树，风来，一起摇摆，雨来，共同承担。

柯小退后，她想，她可能猜错了。

第六章

从小到大，她是我唯一的朋友

那天晚上回家之后，柯小轻微感冒，奶奶劝了她几次去看医生，她都说没那么严重，吃两颗感冒药就好了，可是也不见她去拿药。

后来柯亮去诊所给她拿药，也许是因为药不对诊，一直到开学，她还是老咳嗽。

晚自习的时候没有老师在，齐璐太久没见她了，拉着她一直说话，两句开头，然后直奔洛明朗。

柯小脑袋昏昏沉沉的，听着她说，时不时应上两句。

开学的第一个晚上，偌大的教室里，有人起了头说悄悄话，就小心翼翼地展开了一场故作认真的喧嚣。嘴里说着话，手里写着练习题，眼睛却时时盯着教室门口和窗户。

突然“嘭”的一声，让整个教室回归寂静，同学们坐直了身子，都以为老师来了。

“柯小！”坐在最后一排的齐璐惊喊一声。

大家回头一看，才发现没有什么老师，是最后一排的柯小摔滚在了地上，两个月没有打扫的教室里扬起厚重的灰尘，呛人得很。

临近的几个人手忙脚乱地把她扶起来，一看，脸色苍白，额头上不断冒着细汗，伸手一探，烫得厉害。

前桌的男生先反应过来，一把抱起柯小就往教室外跑。齐璐跟在后面，冲教室门口的同学说："快去叫老师。"

学校里有医务室，在女生宿舍楼外的宽巷里，男生抱着柯小走出教学楼，迎面而来的是艺术班的几个男生女生。借着灯光，齐璐看见和人说话的洛明朗，洛明朗循声而来，就看见被人抱着的柯小。

"她怎么了？"

齐璐喘着气："发烧了，我跟她说着话……"

话还没说完，洛明朗从男生怀里抱过柯小，一路往医务室跑。

柯小醒过来的时候，头沉得特别厉害，所以当她看见隔壁病床上坐着的人长得特别像洛明朗的时候，还以为自己出现了幻觉。

她伸手去抓，没想到那人真凑了过来。她两指弯曲捏在那人脸上，对方本来没有表情的脸上瞬间变得狰狞。

"柯小，你脑子烧糊涂了吧！"

这一声，让柯小真的清醒了过来，她看着揉着脸的洛明朗，奇怪地问："你怎么在这儿？"

觉得不对，她刚刚不是在教室里吗？

"这是哪儿？"

洛明朗伸手探了探她的额头，嘴里啧啧："该不是真的把脑子烧傻了吧？"

柯小挥开他的手，挣扎着想要坐起来，洛明朗弯腰俯身而来，柯小吓得不敢作声，被他一把捞起，背后特意给她多垫了两个枕头。

她的脸是红的，左右看了看，环境陌生，问他：“我怎么在这儿？”

床头放着保温盒，洛明朗打开来，里面还冒着热气。

“什么都不记得了？”

柯小摇摇头。

“晚自习的时候你晕倒了，医生说你是重感冒，刚吊完水。”

柯小伸出手，右手手背上有两个针眼，靠近虎口的那一个周围青紫，微微发肿。

“我手上怎么有两个针眼啊，该不会是你拿针扎我了吧？”

洛明朗白了她一眼，大拇指扣住食指在她脑门上重弹一下：“你当我是容嬷嬷啊，喜欢没事儿到处扎人。”

“那这是怎么回事儿？”她把手伸在洛明朗眼前。

洛明朗面色凝重地看了一眼青紫的地方，想起刚刚失控的场面，眼神躲闪：“你皮太厚，护士找不着血管，多扎了一针。”

她皮太厚？柯小不信：“我手背上的血管明明肉眼可见，你少糊弄人了。”

洛明朗不再跟她吵嘴，一碗热粥递到她面前：“快吃，吃了回家。”

墙壁上挂着时钟，已经快十点了。

柯小接过保温盒，碗壁微烫，放在手心里暖暖的。

也许是因为刚吊完水，她的手使不上力，颤颤巍巍的。

洛明朗把碗拿了回来，舀了勺白粥，等热气散了，喂到柯小嘴边：“吃。”

柯小别过头，不肯张嘴。

“大小姐，我急着回家呢。”洛明朗语气松动，故作可怜。

听他这样讲，她才发现已经过了晚自习下课的时间，不知道朵朵是不是还在等她，见她不在是不是该着急了。

她张了张嘴，还没问，洛明朗说：“我跟柯亮说了，他们会送陈双朵回去。”

柯小“哦”了一声，手拽着白色的被子，想着这时间不能再消磨下去了。

“上次你住院，我也喂了你喝粥，这一次，就当咱们扯平了。”

没料到柯小会说这个，洛明朗怔了怔，久久地，应了一声：“好。”

一口热粥喂进嘴里，整个身子都暖了起来。

医务室不算大，但是分成就诊区和吊水间，隔着一扇门，吊水间里整齐摆放着四张床，柯小对面的那一张病床上被子凌乱地铺着，应该是有人吊水刚走，枕头的凹印还在。

门外的医生不知哪里去了，整间医务室就只有他们两个人，没有任何声音。

粥喝了一半，柯小受不了这安静，叫了他一声。

“干什么？”他应得冷冰冰的。

柯小犹犹豫豫地开口：“我听同学说，你以前堵在教室门口给齐璐唱情歌。”

“是啊。”一口粥又喂了过来。

“为什么啊？你喜欢她啊？”

洛明朗饶有兴致地看她：“不喜欢，就图她长得好看。”

“肤浅。”柯小嫌弃。

洛明朗听了反倒笑：“我肤浅？那你呢，为什么喜欢成录，因为他长得好看？”

话题突然转到自己的身上，柯小面色难堪：“才不是！我喜欢成录是因为……”

“因为什么？”

柯小警惕性地看他：“凭什么告诉你啊？”

洛明朗被她逗笑："我也没想听。"他笑起来的时候眼睛微微眯着，样子特别像电视里抱着松果的松鼠。

粥剩了没多少，柯小喝不下了，摇着头说："不吃了，饱了。"

洛明朗一口粥就喂在她嘴边："再吃一口。"

"喝不下了，肚子都撑起来了。"

她说得毫不忌讳，洛明朗的目光顺着她的声音往下，盖着被子，其实根本看不见，可是听她这么说，就是觉得好笑。

"听话，就一口。"

这么温柔的语气，柯小是第一次从他嘴里听见，乖乖地又吃了一口。

那天晚上，洛明朗送柯小到院子门外，将手里的药袋递给她："明天要是还烧，还得去吊水。"

柯小点点头，推开院子门。柯亮坐在门口，见她回来，站起身。

她回头："今天谢谢你。"

洛明朗"嗯"了一声，说："没事儿别生病，怪麻烦人的。"

柯小本来想顶嘴，但是话到嘴边收了回来。他说得在理又实在，确实麻烦了人家一晚上，哪里还能叉着腰说人家多管闲事啊？

她点点头，默认了他说的话。

突然，头顶上压来一只手，洛明朗摸着她的头发，跟顺小狗毛一样："你看，听话的时候多讨人喜欢。"

柯小伸手拍他，他撤回手，转身走了。

头发上还留着他手心里的温度。

其实，他也没那么讨厌。

柯亮还站在那儿，看她手里拿着药，问她："要不，你明天请假在家吧？”

柯小觉得没那么矫情，就是发个烧、感个冒而已，开学就请假，说不过去。

“没事儿，睡一觉就好了。”

她绕过柯亮进屋，奶奶的房间灭了灯，她问：“你没跟奶奶说吧？”

“没，我说你去朵朵家了，待会儿才回来。”

柯小本来站在里屋倒水，听他说完，看着他不说话。

“怎……怎么了？”柯亮忐忑地问道。

药被正方形的白纸包着，解开来，有十几粒，黄色、白色、绿色和红色放在一起，跟她的心情一样乱糟糟的。

她摇摇头，一口吞下，喝了口水，仰着头好一会儿才全咽下去。

进屋前，她叫住上楼梯的柯亮：“你最近常跟于康乐在一起吗？”

柯亮点点头：“放学后我们都在回来那条路上的音像店里。”

音像店？想起来了。

“问这个干什么？”

柯小手摸在墙壁上找电源开关，瞪了他一眼，拿出长姐的姿态：“怎么，我不能管你了吗？”

柯亮还没明白，柯小就已经关门进屋了。房间门上挂着一串紫色的贝壳风铃，是他十岁那年从沿海回来时带给她的。

那时候，她拎起来看了一眼，嘴里嫌弃：“这么难看，你为什么要给我？”

他不会说好听的话，被沿海暴晒的皮肤衬得牙特白，咧着嘴笑：“不难看，就是想送给你。”

他记得那串风铃明明被她锁在柜子里，直到那个暑假结束，他也没见她再拿出来看过一次。

而现在那串风铃挂在门上，他问奶奶从哪里找到的，奶奶看了一眼，说：“小小收拾旧东西的时候翻出来的，扔了好多东西，就拿着那串风铃看，后来就挂上了。”

刘结巴来修过木梯，可是时间长了，踩着还是会发出咯吱咯吱的声音，跟他的心情一样，咯吱咯吱，唱成一首欢快的曲儿。

雨连着下了一周，风吹进教室里，带起黑板下的白色粉末，飞在第一排同学的发丝上，染了白。

柯小抄着老师留堂的笔迹，轻轻咳嗽了两声。齐璐趴在桌子上睡觉，听见声响，抬头看她。

“你身子骨怎么这么弱？”

“一直这样，过两天就好了。”

齐璐不信，从抽屉里掏出一块巧克力：“给你吃。”

柯小接过来，撕不开包装袋。齐璐拿回去，用嘴一咬，褐色的固体就暴露在空气里。

香甜的味道弥漫开来，前桌的男生回过头，看她病恹恹的样子，忍不住说：“柯小，你会不会是身体上有什么缺陷？”

话说得不好听，齐璐侧着身子一脚蹬了过去。吃了痛，男生也不敢多嘴，回了头规规矩矩抄作业。

齐璐虽然不乐意听，但也好奇，压着嗓子问：“不会真给他说中了吧？”

人都有秘密是不是？可是齐璐想，她们是朋友，那没必要藏着掖着，愿意说就说，要是不愿意说，就当她嘴皮子闲得慌，瞎问一句。

柯小手里握着笔，认认真真地想着怎么回答。

她身体一直都好，可要真说上来，是缺点儿东西，也不是什么病，只是这么多年，她自己心里明白。

巷子里那么多户人家，谁家孩子都有爹妈疼着爱着，唯独她，就是没有。

小一点儿的时候，也不觉得是个什么事儿，可是今天留在这里，明天吃在那里，亲眼看着别人爸妈疼自己家孩子如珍如宝似的，说她不嫉妒不羡慕，才是有了鬼。

这些东西一点一点地积攒起来，在柯小心里渐渐成了病。她太需要爱了，就像跌进深井里的人，永远向往井外的世界，伸手往外抓，奢想着能抓住什么让她逃出深井。

柯小想，成录的出现，就是一双伸进深井的手。

这个世界那么广阔，他偏偏住进了解巷，偏偏资助了她最好的朋友。

神灵入世，那么他肯定也能救她。

中午吃饭的时候，洛明朗领着他们几人去学校外面的后街。

后街其实是条巷子，本来五米宽的街面被两边的小吃摊横七竖八摆放着圆桌长凳，家家如此，狭窄得只能单列行走。

下午有英语测试，单词本被柯小卷在手心里。她的发音有厚重的方言味道，怕羞所以不敢念出声儿，碰见拿不准的，递给于康乐帮忙纠正。

在国外待了三年，于康乐是纯正的美式发音，他缓缓开口的时候，气息往上，字正腔圆。

柯小长短音总是念错，于康乐问老板借了一支笔，特意在单词旁边注上音标，笔下成骨，锋利有劲。

“哎，”柯小支着头，“不用那么麻烦，你用汉字写上念音就好了。”

于康乐笔下一顿，墨迹散开：“死办法，用不长。”

“没关系，我就应付这一场考试而已。”柯小微眯着眼睛，懒洋洋。

旁边桌子的男生在庆祝生日，吃得差不多了，蛋糕摆在桌上，包装一掀，奶油的味道扑鼻而来，闻着鼻子痒，柯小连打了几个喷嚏。

一杯水送到她面前，手指修长，指甲修剪得圆润，柯小抬眼，是洛明朗的手。

那一刻心里一暖，却想，这双手就该摸着琴弦，这个人，不该留在解巷。

桌面轻敲。

旁边桌上的蛋糕被分得一干二净，只剩点点奶油，被粗心地沾染在黑褐色的桌面上。

柯小吸了吸鼻子，侧头看着陈双朵：“啊？”

一张红色条纹的纸递了过来，上面写了几个菜名。

“看看还要吃什么。”

声音闷闷的，陈双朵双耳挂着蓝白色的口罩，从开学开始，每天如此。

柯小一扫而过，差不多都是她爱吃的菜，手上握着笔又放下，递给柯亮：“就这些。”

店子里人正多，旁边桌的男生已经吃饱喝足，留下一桌狼藉走人，唯一的服务员一边清扫着桌面一边骂骂咧咧。柯亮走到服务员旁边，顿了一下，径直往柜台走。

这时候上去，铁定得讨顿骂。

柯小忙着跟陈双朵说话，耳朵凑到旁边，皱眉听着。

“你声音大一点儿，听不清。”柯小打断。

捂着嘴的陈双朵愣了一下，眼神瞟着于康乐。见此，于康乐叫了一声：“柯小，记好了。”

他停下笔，合上单词本递给柯小。桌面上还有油渍，他一身白衣白裤的，柯小觉得他能坐在这间充满油烟的小店子里已经够不容易了，伸手接了回来放在大腿上。

左手边的凳子“咯嗒”一声，柯亮坐了下来：“得等好一会儿，厨房里正骂人呢。”

他说话的时候，厨房里正砰砰响，有什么东西摔落了地上。店里的人往厨房门口望过去，一个穿着校服的女生跑出来，橘白两色相间的校服上全是汤渍，一边伸手掸着衣服一边冲厨房里吼：“我就是要去！我妈当初答应我了，你必须同意！”一脚往店门外跨过去，没承想，摔在了地上，闷哼一声。

柯小吓了一跳，柯亮眼疾手快，三步并作两步跨了过去扶起女生。

“小兔崽子，你要反了是不是！”左手高举汤勺的中年男人冲出厨房。

这一声，让店里吃饭的学生都为之一颤，那架势，就像自己爸妈扬起巴掌，下一秒脸上就是疾风暴雨的样子。

柯小缩着头，“扑哧”笑出声。

中年男人回头瞪了她一眼，柯小佯装喝水，避开他的眼神。

“小兔崽子，给我滚回去，天天野在外面，你还有女孩子的样子吗！”男人手垂在半空，汤勺指着摔了一脸灰的女生。

女生扭着头不看他：“我不，你先答应我。”

柯亮站在一边，看见她额头上渐红。

“死丫头，给你脸了是不是！”

汤勺在半空中又飞起，男人一脚往前，柯亮往一旁一站想挡下来，衣服却被人一扯，拉着跑了出去。

“柯亮！”柯小站起身来。

“死丫头，跑了就别回来。”男人对着消失在巷子里的身影怒骂着，转身回了厨房。

柜台边上的收银员探头往外面看了一眼，撇嘴坐回位置上：“假把式，没一次狠得下心的。”

柯小急眼了，刚刚还坐在旁边的人，转眼就被别人拉走了，要说一张桌子上吃饭的都关系匪浅，更别说那人是她亲弟弟。

“哎，你们不去追啊？”

洛明朗取下耳机，明知故问：“追什么？”

柯小指着门口。

洛明朗倒是配合她，转头看了一眼，点头“哦”了一声。

“快去啊。”

“又不是什么劫匪，一个女生你怕什么？”

柯小瞪他：“女生怎么了，狠起来一抓一挠也够受的啊。”

洛明朗看着她，笑出声：“现代文明社会，会使这一招并且一招致命的，只有你一个人了。”

柯小气得坐回位置上，抬手一杯水喝尽。

这时，旁边嗡嗡一声：“去看看吧。”是陈双朵的声音。

于康乐起身，看了陈双朵一眼，随即往门外走了。

本来五个人的午餐，现在变成三个人，柯小吃得索然无味，陈双朵更是连筷子都没动过，但是洛明朗面前的两个盘子已经空了。

等吃饱了，他问她俩：“走不走？”

柯小还在生气，筷子往桌上一摔，拉着陈双朵走出了饭店。

洛明朗跟在后面。

他脚步很慢，始终跟柯小保持着十米左右的距离。

他低垂着头，一颗石子被他踢了一路，快到校门口的时候，脚上使力，往柯小踢去。

被磕了一下，柯小回过头，看见洛明朗笑眯了的眼睛，她毫不顾及周围的同学，气上丹田：“洛明朗，你有病啊！”

那天中午，柯亮被女生一路拉着跑，穿过车辆来往的斑马线，经过刚刚开业的商场，一直到废弃的公园旧址，才终于停下来。

女生扎着马尾，齐刘海，一路下来，额前的头发被汗水浸湿，伸手一抹，问他："你叫什么名字？"

"柯亮。"

女生坐在一块完整的砖头上，膝盖打开，双手撑在上面哼哧哼哧喘气。等歇息够了，男生依然保持原样站在她面前，她跳起来，仰着头："我叫辜可，辜负的辜。"

柯亮最头疼的就是语文，写作文的时候，总是捡笔画最少的字应付，他心里暗暗算着，"辜"这个字，多少笔画来着。

辜可看他一脸茫茫然的样子，蹲下身，右手食指含进嘴里，沾了口水，在灰红色砖块上写给他看。

柯亮弯着腰，水迹很快干涸，好在他迅速在脑海里找到了这个字："知道了。"

辜可坐回砖头上："哎，你吃饭了没？"

她说着话，刚刚写字的手指随意在校服上擦了擦。

柯亮从兜里掏出一包纸："还没。"

辜可接过来，打开来又折回去："你是不是觉得我这人特不爱干净啊？"

"没，"柯亮笑，"挺有意思的。"

是真挺有意思的。

随手拉着一个陌生的男生在大街上乱跑，如果换作是柯小或者是陈双朵，大概是做不出来的。

辜可被他一笑，反倒有些不好意思了。她抬手理了理凌乱的刘海，汗津津的，特别不舒服，她站起身，拍拍屁股："走，带你吃饭去。"

饭在食堂吃的，两人面前各自一碗白粥，上面漂着两片青菜，碗中间拿白色塑料袋装着一小袋萝卜丁的咸菜。

“我身上没钱，这还是我借同桌的饭卡刷的。”辜可说借的时候声音特小。

柯亮抿着嘴笑，点点头，表示没关系。刚才他亲眼目睹了“借饭卡”的全程，拳头就放在借卡的同桌的头上，想借不来，都不可能。

“哎，你是我们学校的吧，几年级？”辜可哧溜一口白粥。

“二年级。”

辜可抬头：“几班？”

“二十二。”

辜可夹起一粒咸菜：“理科班啊，脑子特好吧？”

柯亮摇摇头。他觉得，于康乐脑子才是真的好，上一次测验，全班第一，年级第三。

辜可继续说：“我学文，在一班，可是我连成语都不会背几个，想转去艺术班，可是我家老头儿不让。啊，就刚刚举着汤勺要大义灭亲的那个，我爸。”

说着，她伸手脱掉校服，上面的汤渍已经灰成一片。

柯亮听着她说了好多，大概就是中考的时候她妈妈去世，临走前嘱托她爸爸一定要照顾好女儿，别人家的大富大贵给不了，但是女儿想做什么就让她去做。可是没一年，她爸就跟店里收银的胖女人搅和在了一起，那个女人还带着个乡下来的女儿，就是店里的服务员。

“我爸真是老糊涂，那个女人在他耳边一吹风，他什么都听，说学艺术要花大价钱，店子小，养不起我。笑话！我一个体育生，练长跑的，花什么钱？”

柯亮点点头，一碗粥就见了底。

辜可把两个碗重叠在一起，咸菜袋子装进碗里。

“吃饱了没？”

“饱了。”

食堂里已经没什么人，食堂大妈正收拾着桌面上的残渣，空荡荡的一楼里，只听得见后厨里传来的黄梅戏调子。

“柯亮。”

“嗯？”

辜可低着头，犹犹豫豫着开口：“中午跟你一起在我家店里吃饭的那个女生是谁啊？”

柯亮看着她，没说话。

辜可感觉到自己的耳根子已经泛红了，可是话已经问出口了，就索性问个明白：“就是我拉着你跑的时候，叫你的那个。”

柯亮回忆着，是听见有人叫他。

“我姐。”

辜可双手搭在桌子上：“亲姐？”

柯亮点头，提醒她：“桌上脏。”

“没事，”辜可把校服垫在桌子上，“那另一个呢？戴着口罩的。”她比画着。

另一个……

柯亮垂眸，想起开学前的那个晚上，于康乐拉着他蹲在陈双朵家门前的拐角处，手里揣着用粉色花纸包装的礼盒，问他：“你说双朵会喜欢吗，我怎么觉得太娘了。”

他背倚着墙，单薄的衣料下是从墙缝里生长出来的青苔，让他的背后湿了一片。他说：“会的，我姐说她喜欢粉色。”

得到回答，于康乐一只手搭在他肩上：“好兄弟，这次全靠你了，不像明朗那家伙，都没来给我撑场子。”

他没开口告诉于康乐，他会来，是因为放心不下，柯小也没告诉他陈双朵喜欢粉色，他知道，是因为有一次，陈双朵送他的书里，有一张粉色的书签。

“柯亮？”辜可伸手在他眼前晃了晃。

柯亮回神，语气平淡：“朋友。”

一直到晚上回家，柯小才见到柯亮。

当时她正修订着晚上发下来的英语测试卷，分数不高，应了于康乐那句话——死办法用不长。

见柯亮一脚跨进门，她问：“中午你去哪儿了？”

“学校。”

柯小不信，却压着脾气：“吃饭没？”

她问得没有感情，柯亮却捕捉到了一丝温暖，点点头：“在食堂吃的。”

“那个女生，没把你怎么着吧？”

“没有，跟她聊了一会儿，后来就回去上课了。”柯亮站在院子里，打水洗脸，生了铁锈的水龙头不好控制，“噗”的一声，在水盆里溅起水花。

柯小把卷子收进英语书里，准备回房间。

开门的瞬间，她转头轻轻喊了一声：“小亮。”

“嗯？”

柯亮不可思议地抬头，柯小就站在门边，半张脸藏在门后，她双眼温暖，水波流动，就像好多年前的夜里，他贪玩，跌进河塘里，柯小把他捞上来，背着他回家。

他现在就站在那条明晃晃的巷子里，那一年，就在眼前。

有穿堂风进屋子，夜色深沉。

院子里的桂树根入地底，生长了百年，到现在，正是繁茂的时候，树枝探过院门顶梁伸展出去，风一来，唰唰作响。

柯亮就站在树下，月光透过茂密的枝叶投射下来，点点星光就映在他脸上。柯小看着他，那一瞬间，突然觉得柯亮已经长得好高。

她的手趴在木门上，轻轻一动，就咯吱作响，手心里的木纹凹凸不平。她记得，小的时候奶奶拉着他俩就在这里比身高，一年刻下一刀，紧挨着的两列线条，就停在她八岁那年。

她念书晚，从小长在奶奶家。奶奶那时候身体还硬朗，每天带着她去裁缝铺里送衣服，回家的路上给她买麻圆子，麻圆子在油锅里炸得金黄，外面裹上一层芝麻，五个一串，她只吃一个，剩下的，分给奶奶、姑姑、柯亮还有双朵。

田美合从来没提她上学的事，连户口也一直没给她上。后来，小亮被田美合接走，走的时候，田美合跟奶奶说："我照顾一个就够头疼了，小小就跟着你，好的坏的你说了算，我管不上。"

那天，柯小拉着柯亮在院子里玩跳房子，只差一步她就要赢了，可是田美合牵着柯亮走出院子，一眼都没有看她。她跟在后面跑，到巷子口的时候，冲渐渐消失的背影喊："小亮，你快回来，我就要赢了。"

她根本没想到，那天以后，柯亮每年只回一次解巷，穿着新衣服新鞋子，从书包里翻出田美合买给他的玩具，献宝似的捧到她面前："姐姐，你看，妈妈给我买的。"

她挥开他的手，玩具掉在地上，裂开了。柯亮哭得流鼻涕泡，她越看越烦，推开门去找陈双朵。柯亮跟在她身后，号着嗓子问："姐，你不跟我玩跳房子了吗？你还没赢呢，这次你全部赢回来。"

柯小瞪他："我已经不玩了，而且，我根本不会赢了。"

那时候性子正野，她手脚并用，一溜烟儿就爬上了高树，柯亮站在树下，看着她矫健的身手，踌躇了好几回，还是放弃了。柯小居高临下看着他，柯亮就像一只蚂蚁，看起来瘦小，可是他的身后有人庇护，那个人就是对她从来不闻不问的田美合。

她想起柯亮走的那一天，她回家看见奶奶手里拿着绢抹泪，把她叫到面前来，对她又亲又抱。她闻着奶奶身上的味道，笑得甜甜的。可是她不知道，奶奶心里像是被人拿着刀剐了一块又一块的肉。

后来，姑姑柯和丽急急赶来，她记得为了她升学的事，姑姑跟姑父大吵了一架，最后姑父敌不过姑姑的眼泪，终于妥协让柯小落户在自家的本子上。

那一年她八岁，她坐在房间里，听见奶奶在门外跟姑姑通电话，她知道，从柯亮出生开始，她就赢不了了。

回忆层层叠叠，被她装进一个盒子放在心底的某处，没想到在这个夜里向她呼啸而来。她抬手捂着左胸口，这里面，怎么这么疼啊？

柯小站在原地一直不动，柯亮走近些："姐？"

没应。

他伸手扯她："姐。"

他发现柯小的眼睛慢慢聚焦，水波之下，眼眶微微发红，他胸口发闷，动作很轻。

"没事，收拾好快睡觉，别吵着奶奶了。"柯小摆摆手，回了房间。

她关上门，突然觉得心里一顿，有双手把她的身体左右拉扯得生疼，她翻身躺下，院子里静悄悄的，心更疼了。

柯亮看着关上的门，回头看见奶奶房间紧闭着的门，灯还亮着，他走上前，手停在半空中转身上了楼梯，木梯咯吱咯吱响，一脚落下，他心里绞痛。

柯和平和田美合赶在丧礼的前一天回到解巷。院子里坐满了人，柯小跪在小堂屋里，来来往往的人，上了一炷香之后，轻轻拍了拍她的肩，以示安慰。

柯小垂着头，目光呆滞地看着火盆里吱吱往上旋在半空的火星子。

那个晚上，是柯亮先发现不对劲儿的。半夜下楼的时候，奶奶房间的灯还亮着，他敲门，没人应，从院子里再进来时，他再次敲了敲门，还是没人应。他双手颤抖，打开门，奶奶伏在缝纫机上，背微微拱着，一只手垂着。

柯小是被柯亮摇醒的，睁开眼，面前是一张泪脸，他嘴角颤抖，说不出一句完整的话来。她翻身下床，跑进奶奶的屋子里，脑袋里什么都没有想，有那么一瞬间，她觉得自己完全失去了意识。

就像现在一样，她完全没有意识，不在乎是谁站在她旁边燃了香，谁跟她说了话。她很累，累得说不出话，累得无暇顾及别人，累得只要想到奶奶，泪水就滚滚而下，没法止住。

田美合在厨房里手起刀落，忙活着午饭。火烧得旺的时候，她站在厨房门口，数着院子里的人，跟掌勺的柯和丽招呼了一声："一桌八个人，得坐三桌，外面十几个人呢。"

柯和丽点点头，心里一算，觉得不对，自己出去数了遍，转头不满地说："不对，少算了个人。"

田美合切菜的手一顿，心里愤愤，这个小姑子，跟自己一直不对头。

"哪里不对了？"

柯和丽有气："外面十九个人，加上你和我哥、我和我那口子，小亮，二十四个人。"

"是啊，没错啊。"田美合嘲笑她。

外面的聊天声起起伏伏，菜下锅，更觉得热闹了。

柯和丽将铲子一扔，没好气："你是不是忘了你还有个女儿，现在正在灵堂前跪着呢！"

柯和平路过厨房，听见这话，走进来就看见田美合叉着腰要吵架的样子，他忙说："哎哎，吵什么，和丽你做什么呢？"

"我做什么？哥，你说句公道话，当初你们不要女儿，我跑前跑后地帮着上户口，我抱怨过一句没有，现在你们回来了，你们算算，这些年，你们给小小买过几件新衣裳？说到这份上了，我再问问你，这下妈走了，小小怎么办？你们管不管？"柯和丽越说越气，将外套一脱，坐在厨房里盯着柯和平。

田美合见她咄咄逼人的样子，火也烧到心口，刀往菜板上一摔："什么叫我不要女儿？我们两个在外面辛辛苦苦为这个家赚钱，现在是来作践我了是不是？当年那户口本来就不好上，你哥跑了好几次人家连门都不给开，怎么在你嘴里就是我故意不给上的意思了！"

柯和丽冷冷地看她："跑的那几次，不是为了怎么把小亮的户口迁走吗？你们摸着良心说，这个女儿，你们要还是不要！"

柯和平脸色难看，扯着田美合不想让她再嚷嚷。田美合不依，挣开他的手往柯和丽面前一站："我要还是不要，跟你没关系，你少管我们家的事！"

院子里安静一阵，随后又响起细细碎碎的声音，柯亮迎着探究的目光走到厨房门口，叫住田美合："妈，有饭没，我姐饿了。"

田美合正在气头上，听见这一声，解下围裙往地上一扔："她自己没长手没长脚吗！"

柯亮脸色一沉，压低着嗓子："妈！"

柯和丽冷笑一声："呵，小亮给他姐送碗饭怎么了？他做弟弟的不应该吗？"

田美合说："小亮是我儿子，她柯小凭什么？"

话说到此，厨房里的几个人都愣了。

柯亮脸色铁青，手握成拳，骨头咯咯作响。

柯和平捡起围裙：“你瞎说什么话。”

一道清冷的声音在柯亮背后响起：“让一让。”

柯和丽站起身，脸色惨白：“小小……”

柯小应了一声，越过柯亮，自顾自地走进厨房里，打开电饭煲盛了一碗饭，从筷兜里抽出一双筷子，走出厨房，脚下一顿，站在柯亮旁边。

柯亮侧身看着她，听见她说：“饭我自己盛就是了，吵什么吵，别人听着呢，不丢人啊！”

奶奶下葬后，田美合和柯和平当天就离开了解巷。

柯小坐在院子里。水龙头被锈坏了，细细的水流直直往下，落在灰白色的地上。柯小看着水圈渐渐圈大，跟她心里的阴郁一样，好像会这样一直变大，直到膨胀到炸开，碎成细末。

柯亮从车站回来后，一直待在阁楼上。他打开窗户，看着那个单薄瘦弱的背影，恍惚间，他觉得柯小就像一株蒲公英，风一吹，整个人就散掉了。

他想起在车站外，他跟柯和平面对面站着，他已经高出柯和平半个头了，能清晰地看见男人头发里夹杂着的白丝，男人的背微微佝偻着，双手搓着，几欲开口，又生生咽了回去。

柯和平的身后，站着一脸不高兴的田美合，可是看他的眼神却温暖，那个只出现在他身上的眼神，他多想分给柯小。

他声音涩涩地开口：“爸。”

柯和平抬头，脸上挤出不自然的笑：“小亮，你回去好好安慰你姐，奶奶走了，我们都很难过。”

柯亮点点头。

“跟你姐说，那天的话，你妈不是真心的，她那天是气糊涂了，说话不好听。”

“我知道。”

“对了，”柯和平从上衣口袋里掏出一张银行卡，“这是你的生活费，密码是你的生日，你收好。”

柯亮没接，等着他下一步动作。

“收着啊。”

柯亮伸出手，迟疑地问：“我姐呢？”

柯和平抿了抿嘴，这么些年，他从来没有承担过柯小的生活费。他低着头，许久之后，声音哽咽着：“我会汇进这张卡的，回去就汇。”

木梯发出声响，柯亮回头。

柯小站在阴影里，看不清脸：“你收拾收拾东西，去奶奶的房间住，我先去整理奶奶的东西。”

下楼的时候，柯亮叫住她，从口袋里掏出一张卡：“爸留给你的生活费。”

柯小站在下面一级的梯子上，抬头看柯亮，问他：“小亮，没有我的对不对？”

“这就是你的。”柯亮急了。

柯小笑着：“你看，你连撒谎都不会。”

柯亮抓起她的手，放进她的手心里：“说了这是你的。”

他走到窗户边，不敢看柯小，那双眼睛太空洞了，他害怕。

“小亮，你可能不知道，这些年，他们从来没有给我寄过生活费，我甚至觉得，他们可能已经忘记我了。”

咯吱咯吱，脚步很轻。

可是每一步，都踩在柯亮的心上。

窗棂上积了灰，一滴水珠子掉在上面，扬起心痛和悔恨。

奶奶的东西很少，两个巴掌摊开大的木盒子就收拾干净，针线包、珠针、纱剪……都是缝纫的工具。

生于民国时候的人，在黑色笼罩的时代背景之下成长，经历过战乱也见过生死，活得讲究又拮据。木盒里的每一样东西，柯小见过它们的年月不下十年，可是丝毫不见旧，线不散、针剪利，柯小一样一样拿出来，擦干净又装回盒子里。

那些东西是珍贵的，对奶奶来说是，对她来说同样也是。

在她跟奶奶生活的这些年里，这些缝纫工具是她长久的玩伴，她踮着脚站在缝纫机前，学着奶奶的模样穿起一针一线，成型的绣花长裙、染上风雪的棉袄，都少不了它们。

扣上暗锁，柯小抱着木盒走出房间。被子换了新的，缝纫机移到墙角，好像该说再见了。

关上房间的门，柯小的脚步挪得异常艰难。老旧的木门上有木屑翘出来，上面还有她小时候涂鸦上去的粉笔字，她伸手摸在冰凉的木材上，手心里的温度渐渐散开。

人要往前走，要毫不犹豫地往更远的地方奔跑过去，可是，她心里舍不得，也走不动……

巷头于家，最近来往了很多人，大包小包而去，又空手而回。

柯小坐在陈双朵家的院子里，手举在半空，素描着门口那棵柚子树。成录留下的作业，她异常用心，每一笔，都描得细致完美。

“你说于家接下来是不是该去乘风居摆几桌了啊。这几天我见着好多开着四轱辘车的人来，听晓露说，一出手就是五位数。”柯小在文具盒里挑挑拣拣，终于选定一支刚削好的 2B 铅笔。

乘风居是解巷附近最大的酒楼，统共三层，里面流光四溢，服务上乘，菜品又好，是这两年有钱人最爱宴客的地方。

陈双朵摇摇头，继续翻着手里的测试题。

“于康乐真是命好，出身金贵，长得好看，脑袋也不错，这次还拿了个全国奖，真给解巷长脸。”柯小闷声说着。

跟成录一样，师承国画大家元老爷子门下，不过十七八岁的年纪，就在全国最高荣誉的大赛上拿了头等奖，一下子在国画圈名声四起，更有人大胆预测，如果于康乐走定了这条路，以后铁定比成录更出色。

“那可不一定，成录谁也比不了，他手里出的画，只要他愿意，别人就算倾家荡产也会买的。”柯小说得毫不脸红。在她眼里，成录就是神明一般的存在，谁也别妄想站上比他更高的位置。

即使她跟成录，毫无可能。

“没有人会像你说的那么傻的。”陈双朵笑她。

“我就是比喻嘛，肯定要夸张一点啊。”

柯小等陈双朵算完最后一道题，丢下画笔挨着她坐下。

陈双朵字迹娟秀，卷面工整，是老师的最爱，就算扣了漏掉的步骤分，也会酌情给她多加两分。

看着卷面上的计算公式，柯小总能把简单的数字联想成柯亮的名字。那张写着柯亮名字的草稿纸被她压在英语书里，变得平整，字迹依然清晰，敲打着她平静的内心。

“想什么呢？”陈双朵伸手在柯小眼前晃了晃，她宽大的袖子自然垂落在手肘的地方，一条银色的手链在空气里发出丁零响声。

柯小惊讶：“你什么时候买的啊？”

“别人送的。”陈双朵扯回袖子，小心地掩着那条镶着花朵的银链子。

此外，柯小还发现陈双朵手上的针眼越来越多，陈双朵时常戴着口罩，说话的时候也不摘下。

她不敢问，或许说，她已经猜到了些什么。

接二连三地请病假，从医院回来后渐渐苍白的脸，刘月香变得越来越空洞的眼神，都好像在告诉她，越来越不好了，陈双朵的身体，好像被什么东西迅速掏空了。

于家真的大手笔办酒，酒席就摆在惑空楼前，整整十三桌，每家每户全体出动，放着电影，吃着酒菜。

厨子是从乘风居请来的，借了于二婶和柯小家的厨房，忙活得热火朝天。

柯小站在自家院子里，看着那些头顶厨师帽的男人下刀颠勺，火烧得猛，蹿在半空中把她的脸映得通红。

有钱人，做什么都是一掷千金啊。

“小小，你去看看小乐他们去哪儿了，跟朵朵一起去找找。”于二婶走进厨房，推了推愣神的柯小。

“嗯，好。”

说着，柯小就噔噔跑了出去。

经过惑空楼前时，喝得有些醉的刘结巴拎着她的衣领，嘴里含糊：“哎，小小，你怎么长这么大了？”说着，手划到胸前一比，“昨天才把手摔断了，今天怎么又到处跑了？”

柯小本来被他吓得不轻，听他说着胡话，绕到他面前：“刘叔，那年我才四五岁，不懂事，您别再拿出来说了，我脸羞得慌。”

刘结巴摆摆手：“现在知道脸羞啦，人家朵朵为了接着你，脑袋上现在还留着疤呢。”

说着嘴里打了个嗝，酒气喷向柯小，她有些发蒙：“你说什么？”

刘结巴抬手指着左边额角靠里的位置：“喏，就这儿，缝了三针。”

那年柯小从树上摔下来，醒来的时候刘结巴正抱着她往医院赶，奶奶颤颤巍巍地跟在身后。她哭得惊天动地，什么都不知道，唯一清醒地记得，在落地之前，有个跟她差不多高的身影一晃而过。

刘结巴当时跟她说，朵朵回家了。她以为，回家就是没事儿了。

其实不是。

从那么高的树上摔下来，要不是陈双朵接着她，她哪里只是摔伤手的结果。陈双朵滚在地上，额角正好撞上石头，血糊在上面，斑驳一片。刘月香把陈双朵抱回家，哑着嗓子给她清洗血迹，医生急急赶来，三针缝合过后，终于舒了口气。

“没什么大碍，对身体没什么影响。”

陈双朵自幼身体就不好，刘月香擦着泪水陪在床边，心里把柯小怪了千遍万遍，可是陈双朵拉着她的手，说：“妈，你别怪小小，我就她一个好朋友，我喜欢她。”

小孩子的世界里，就算受到了伤害，转眼也能忘记，更何况对陈双朵来说，这条巷子里，只有柯小肯带她玩。

于是，陈双朵磕破头这件事儿，成了解巷里只有柯小一个人不知道的秘密。没有人责怪她，因为陈双朵，也因为她也是个可怜的孩子。

从那以后，梳着马尾辫的女孩儿剪了齐刘海，遮掩住一道疤，守护住了她最珍视的友情。

喝了酒的男人女人都微微有了醉意，不知道是谁说了什么，坐在一起的人哄笑起来。

柯小透过那些摇摇晃晃的人看见坐在刘月香旁边的陈双朵，她低着头，口罩拉在了下巴处，刘海挡住了半边脸。刘月香凑在她耳边说了句什么，她抬头看着柯小，拉上口罩跟桌上的人说了句什么，就向柯小走来。

“我妈说我可以回去了，你要去哪儿？”藏在口罩后的声音湿蒙蒙的。

柯小挽过她的胳膊，带着她往巷头走。

“去找于康乐，二婶说不见他人，应该是在家里。”

陈双朵点点头，脚步却挪动得异常缓慢。

柯小攥着衣服的手越来越紧，刘结巴的话现在还响在耳边，她没有办法抑制住心里汹涌而来的澎湃，那种感觉压着她特别难受。

“朵朵，你额头上是不是有道疤？”柯小问得特别轻松，好像这只是从别人那里不经意间听来的一个很平常，平常到跟她没有任何关系的事儿而已。

“是啊，小时候摔在门上留下的，怎么了？”

如她所愿，陈双朵也回答得特别轻松。

她伸出手，撩开陈双朵的刘海，红色灯笼下的疤痕已经浅得看不清模样，只是摸上去的时候能感觉到那一点点凹下去的地方。

“疼不疼啊？”柯小心疼地问。

“早忘了。”

来开门的是柯亮，脸上横七竖八贴了好几张纸条子，柯小侧头一看，洛明朗正坐在地毯上看于康乐洗牌。

三个男生凑在一起斗地主，地上还有几个喝光了的啤酒罐，柯亮脸颊上还泛着红，看见柯小和陈双朵，整张脸惨白，唯唯诺诺叫了一声“姐”。

柯小推开他，走到洛明朗身后，脚踢倒了地上的空酒罐子，啧啧道：“于少爷，整条巷子的人都等着给你道喜呢，你这是在做什么啊？”

于康乐洗牌很快，将牌扣在地上，分成两叠，然后又混合在一起。他抬头说：“柯小啊，来，坐这儿。”拍了拍他和洛明朗中间的位置。

柯小没理他，依然站在洛明朗身后，斜着眼看他。

脸上的红晕蔓延至耳根，醉意蒙眬的人打开了话匣子，于康乐一边半起身拉着柯小坐下，一边冲洛明朗使眼色：“杵着干吗，给我们柯姑娘拿杯水来啊，酒也可以，柯小，你能不能喝？”

柯小被他一扯，本来没好气，听见他又教唆她喝酒，声音提高：“于康乐，我告诉你爸去。”

洛明朗还清醒着，听她一嚷嚷，伸手把她摁回地上：“柯小，你都成年了，能不能别玩小孩子那一套了。”

柯小打掉洛明朗的手，双手叉腰：“怎么了怎么了，我现在就还是小孩子啊。”

她撒着泼，于康乐附和着她，整个人靠在她身上，手在半空中挥着，呼吸里带着难闻的酒味：“就是，我们小小一直都是小朋友，谁都得疼着。”

柯小一愣，她从没见过于康乐这么孩子气的一面，不禁觉得他还是有那么一点可爱的。

“对啊，谁都得疼着。”柯小点头。

陈双朵和柯亮在她对面坐了下来，柯小抬眼，恍惚间觉得哪里有些不对。

“是是是，你就是个宝贝，谁都喜欢得很。”洛明朗一边轻轻笑着，一边分着牌。

“玩不玩？”洛明朗又问陈双朵。

柯小一把将地上的牌混在一起：“玩什么，二婶交代我把他拎过去呢。”她指了指还靠在她身上的于康乐，沉得很，又不敢推开他，只能示意柯亮，柯亮听话地把于康乐挪了过去。

“他这样子还怎么过去，不如在这里待着。”洛明朗提醒她。

于康乐已经睡着，整个人像长在了柯亮身上，柯亮一动，他也跟着动。

柯小想了想，也是。

那个晚上，谁也没有再去惑空楼，柯亮把于康乐背回了房间，陈双朵回了家，柯小跟在洛明朗的身后，踩着影子一步步往前走。

第七章 MAINSHANGOSNET HUALEMA

不要怕，有我在

安静下来的解巷，其实特别动人。怎么说也是有百年历史，滚滚长河都没把它带走，见过了多少人和事，它静静沉睡在这里，日晒雨淋，荡气回肠。

柯小不知道该去哪里，柯亮睡在于康乐家里，她其实特害怕回到只有一个人的屋子里。

奶奶走了快半年了，他们从高二升上高三，别人都在为高考忙忙碌碌，好像只有她跟洛明朗整天无所事事。

她对人生没有规划，唯一的渴求，就是碰上一个倾尽全力爱她的人，以前她把成录放在心上，现在不了。成录已亲手斩断了她的念想，她觉得，她再多想，会给成录造成困扰。

那是个很平常的星期五，因为学校整修操场，漫天黄沙飞舞在空中，学生被勒令只能待在教室里，可是男孩子皮，不当回事儿，偷偷逃课。

有一个男生本来是想去给喜欢的女生买生日礼物，可是最后不知道怎么的，摔进了搭着钢筋的工地，出了事。男生的家长来学校里闹，学校担心学生再出事，决定放假一周。

柯小觉得这简直是件天大的事儿，好好的一个人，平白就出了意外，实在让人难以接受。

让她更难接受的，是坐在成录家阳台上的女人，女人穿着粉色蕾丝睡衣，正吞云吐雾地看着站在巷子里的她。

那是洛青。

睡衣下的身体若隐若现，发丝凌乱地披散在胸前，遮住了她的“呼之欲出”。

柯小脚下仿佛生了千斤铁，一步也挪不动。

下一秒，成录出现在女人身后，他双手圈住洛青，头抵在洛青的肩膀上，闭着眼抱着她摇啊摇，摇得柯小眼睛生疼，眼泪滚滚而下。

洛青是个很聪明的人，她的聪明不在于算计，而是懂得适时击破。就好像她对成录，和一直看着成录的柯小。

她喜欢成录，喜欢得滴水不漏。以洛明朗为借口，一点点接近他，横冲直撞进他的生活，又故作潇洒地挥手，等到时机合适，再卷土而来。

一个女人喜欢男人的时候，不需要多说话，身体比眼神更诚实，无意识地靠近，懂得适时藏匿，她拿捏得比谁都精准。

所以，柯小这样的黄毛丫头对她来说，只是征服成录过程中的一道添加剂而已。

“怎么都不把头发擦干啊？”洛青伸手从旁边的椅子上取下毛巾，轻轻擦拭着成录湿漉漉的头发。

成录不戴眼镜的时候，习惯闭着眼睛。洛青知道他所有的习惯，并且知道什么时候贴近什么时候松开，懂得分寸的女人，最讨男人喜欢。

成录抓着她的手，放在嘴边轻轻一吻，睁开眼看她。

他的眼睛狭长，恰到好处的迷人，里面装着宏伟的山河大海，她多爱他啊。

“公司的事谈得怎么样了？”他声音轻柔，让她情不自禁地想要陷进去。

“没谈拢。新签约的艺人后台太大，我费了好些口舌才让他同意参加比赛，顺势打造。”

她动作温柔，隔着毛巾的头发被她一点点擦干。

成录揽着她的腰，特细，惹火的身材让他有些贪恋，“嗯”了一声：“要是忙就别来这儿了，我去找你。”

洛青笑：“要是心疼我的话，就让明朗跟着我一起去。”

成录推开她，手扯下毛巾，转身就要走。

洛青摇头笑着，伸手抱住他，声音里有些撒娇：“我开玩笑的，知道你疼他。但是我们说好了，如果他愿意，你也不能阻拦他。”

成录没有说话，洛青靠在他的背脊上，头蹭了蹭，像只温顺的小猫。她曾经太想得到他了，以至于现在就算双手环绕在他的身体上，都觉得不真实。

“我不想他变成他父亲那样。”冰冷的声音在房间里绽开。

洛青头埋得更深：“不会的，有我在，更何况他还是我弟弟。”

成录抿了抿嘴：“如果是他的本意，就让他去吧。”

“我答应你，一定照顾好他。”

成录转身看她。当初只有一面之缘的小女孩儿，长成了成年女人的模样，妖娆美丽，让他不禁动情。

他伸手拨开她蹭乱的头发，一个吻落在她的唇上，蜻蜓点水到欲火上身，他想占有她。

可是洛青却推开他，嘴边的笑意带着胜利，踮脚吻在他的额头上。

“接下来，我就不打扰你了。”

成录茫然，洛青眼睛看着窗外。

柯小还站在原地，她什么都看见了，泪水糊了眼睛，却看不清窗户边两个人的模样。

洛青下楼的时候，柯小坐在客厅里，手里的杯子冒着热气。

她看了柯小一眼，嘴角上扬："帮我跟他说一声，我先走了。"

直到她走到院子里，柯小才敢抬头看她，女人的背影透着风情万种，手腕上系着一条丝巾，是成录的。

她想起自己刚刚的样子，应该很蠢，哭得满脸泪水，被窗户边的成录喊进来，桌子上已经放好了一杯水，听见楼梯上传来声音让她等一下。

他是个很细致的人，无论在什么样的情况下，都能够照顾到别人。

成录下楼时，已换上了一身衬衣长裤，金丝边框眼镜被他取下拿在手里，整个人就像从山水图里走出来的仙人一般神清气朗。

他问："你都看到了？"

柯小无言，看到一个女人衣衫不整地出现在他房间的窗户边，看见他跟那个女人卿卿我我，全部都看到了。

她点点头，不说话。

椅子被拉动，成录坐在她对面，眼镜放在桌面上，像跟她介绍一般开口："她是我女朋友。"

柯小"哦"了一声，还是不说话。她不知道怎么面对成录，在她对成录的感情里，她认定是成录出轨，她当然可以昂首挺胸地质问他。

可是凭什么呢？她自己也知道，那是她对成录的感情，说得直白一点，就是自作多情。况且，成录刚才说了，洛青才是他的女朋友。

她叹了口气，自艾自怜着。

成录叫了她一声。

她点头，示意听着。

“你喜欢我对不对？”

好似有人掀开了柯小的头骨，往里面丢进了一串鞭炮，噼里啪啦炸得天翻地覆。

你喜欢的那个人，前一秒跟你说他有女朋友了，下一秒捉到你藏了好久的心思，并且直接摊到台面上讲，承认吧，就是我问的这样是不是？

柯小迟疑地点了点头，都说到这份上了，要死就死吧。

她抬起头，眼睛里泪水翻涌，可就是不掉下来。后来她想，幸好没掉下来，不然，成录对她感情上的不喜欢，会变成讨厌吧。

人生第一次，她问一个男人，你喜欢我吗？

成录摇头。

他是个经历了风花雪月的男人，自然知晓这个时候的喜欢，是什么喜欢。

一生一世，独你一人。

他心里，独有洛青。

柯小觉得挫败，她喃喃自语：“为什么呢？”

“因为你不是她，柯小。你喜欢我，想要我同等地喜欢你，但是那不是感情，是场交易，如果是以爱之名，捆绑一个人，那就不是喜欢。”

成录上楼之后，柯小依然坐在客厅里，风吹了进来，像巴掌一样打在她的脸上。

她想，就如同成录说的一样，她这段自作多情的感情，开始于他搬进解巷的那一天，他解救了陈双朵的生命，所以她期望着他也能解救她。

一场交易罢了。

罢了……

水杯放在桌上，起身的时候被她打翻，一沓资料浸了水，她一张一张铺开来，看见了夹杂在里面的汇款单。

收款人是刘月香，汇款频繁，已过百万。

一个巴掌拍在柯小的后脑勺上，她清醒过来，正站在惑空楼前。

洛明朗说，她已经来来回回在解巷走了十圈。十圈啊，一圈一千七百米，总共就是一万七千米，难怪她脚疼得要命。

洛明朗背靠着惑空楼的墙壁，双手一撑，就坐在了台面上，向她伸出手，一拉，她就坐到了他的旁边。

“一路上想什么呢，跟丢了魂儿似的。”洛明朗伸手拧着她的脸，扯得生疼。

这一问，让柯小心里愁绪万千。

“你说，我以后该去做什么啊？”她问。

小学的时候，有一道命题作文——我最想做的事。

柯小洋洋洒洒写了一千字，交上去的时候昂首挺胸，自以为能拿到优，后来老师把她的作文单拎出来，在讲台上朗诵了一番，最后说，柯小，你以为你是孙悟空能改生死簿啊！

她写的什么呢？她写，我最想做的事，就是跟奶奶在一起，等一百年以后，我们还在一起。

太过稚嫩的作文是班上唯一的不及格，被老师贴在墙壁上给同学们做错误示范。前排的双马尾女生小眼蒜头鼻，嘲笑她的时候整张脸挤在一起，特像没长熟的绿豆子，她把书全扔在双马尾女生身上，女生跑去告老师，她被罚站了整整一周。

那篇作文贴在墙上，风吹起一角，掉落在饮水机前的一片水渍上。她站在座位上，“哇”的一声哭出来，不管数学老师怪异的目光，捡起作文纸就往外跑，一边跑一边哭：“我就想跟奶奶在一起，奶奶对我最好了，我这辈子都想跟奶奶在一起！”

那时候不懂什么叫生和死，现在明白了，奶奶却走了，想一想，她好像就没有什么特别想做的事情了。

现在是高中最后的一年同时也是最重要的一年，刷题的刷题，学艺术的抓紧时间奔战各个艺术考点，她却觉得，不知道该做什么。

好像走到分岔路口，往左往右还是往前，甚至是退后，她都不知道。

到底该怎么办啊！

洛明朗伸手在她肩头拍了拍，她转头，看见一个笨拙的鬼脸，于是扑哧笑出声来。

“你无不无聊啊！”

洛明朗见她笑了，再次发功，做了一个更丑的鬼脸，五官挤在一起，像极了小学时那个双马尾女生。

她捂着肚子笑出眼泪，摆摆手叫他不要再继续了。

“你看，什么事儿都能解决，往前走就是了，想那么多做什么。”洛明朗苦口婆心，像个碎碎念的老妈子。

“那你呢？做摇滚唱情歌吗？”柯小擦掉眼角的泪星问他。

“是啊。”他站起身，“去唱给所有人听，这个世界是我的。”

他的头发飘荡在空中，身体挺拔站在高台之上。柯小侧头看着他，想起升高中前的那个晚上，她和陈双朵在胡同里看见他唱歌的模样。

她在他身上，看见了自由和浪漫，还有不顾一切的勇气，他像个战士，终究要为自己打下一座城池。

柯小想，不知道那座城池的女主人，会是谁呢……

走到院子前，洛明朗看着柯小有些模糊的背影，叫了一声：“下个月我要参加一场比赛，你能来吗？”

他垂着眼，耷拉着脑袋，像个提出无理要求的小孩儿。

柯小想都没有想，就答应他：“好啊，到时候我去买些荧光棒，给你加油助威。”

洛明朗愣了愣，没料到她答应得如此痛快，说：“比赛是露天的，下午开始，你买荧光棒要圈在鼻子上做鼻环吗？”

他说的话让人好笑又好气，柯小转头站上门槛，挺直了腰板，跟他面对面相视着：“你这人怎么说话呢！我是好心去给你撑场子的，那叫什么——你得叫我撑场恩人，来，叫声哥听听。”

洛明朗不动声色，往前两步，两人隔着一米的距离，他一只手伸在半空，柯小怕他揍自己，吓得捂住脸。

下一秒，整个人就被他单手捞起，另外一只手，摁住她的头。

“这下叫谁哥？”

她的脸就贴在他的胸口。快要入冬的晚上，洛明朗穿着一件单薄的外套，隔着两层衣料，她还是能感觉到来自他身体里的温度，像是胡同口大爷卖的棉花糖的味道，香甜又绵长。

洛明朗揉着她乱糟糟的头发，发丝糊进眼睛里，她伸手一撩，手指头却戳进了眼睛里，顿时发出了杀猪般的惨叫声。

“洛明朗！你个杀千刀的！”

暴喝之下，洛明朗松手放开她，她自然跌坐在地上，屁股生生摔成两瓣，接下来，身体里一股暖流汹涌而下，她暗叫一声不好，双手捂住裤子后兜灰溜溜地往院子里跑。

洛明朗从没想到自己眼神这么好，在忽明忽暗的烛光之下，他清楚地看见了一抹红色，突然，脸不自然地燥热起来。

那个晚上的月光如湖水一样静静潺动在久远的解巷里。

在柯小的心里，只有天上的月亮能和这条巷子画上等号，它们同样活了很久很久。

她换上干净的衣服，坐在床上，盈盈的月光恰好照在成录家的窗户上。她多久没在半夜里爬起来像个心虚的小偷一样趴在窗户上等着成录房间的灯灭了呢？

好像很久了，从他亲自斩掉她的念想那天开始，她结束了那段捆绑住成录的单方面交易。

在她灰暗的成长轨迹里，她同做生意的奶奶学得最通透的就是察言观色。成录说不喜欢她，那她也不要喜欢成录了。

他如同神明一般住进解巷，救了她最好的朋友，即使最后救不了她也没关系。她不想为难成录，也不想成录为难。

可毕竟是偷偷仰望过近三年的人，她心里，不是说立刻放下就能放下的。

陈双朵问她，如果他跟洛青有了婚约，你会不会难过？

不知道。柯小摇摇头，奇怪的是，好像什么感觉都没有。

她想起电视剧里梳着老鼠发型的蛇女曾经对着人世间的官人唱：“以为是，夫唱妇随共百年；却不料，孽海风波情难酬。”

夫唱妇随，说的是成录和洛青，跟她没有丝毫的关系啊。聚也好，散也罢，就此而已。

而已。

然后，没有任何征兆的，她想起了洛明朗。

人间肆意生长的少年郎，扫琴高歌，转身再不回头。她见识浅薄，却好像在他身上看见了茫茫风霜里，孤身行走的蓑衣大侠，仗剑天涯，没有归处，人间里是他，江湖里是他，可是他只有他自己。

从心底里自然生长出来的感情，像一根树似的生根发芽，一直不断往上，涌在她的喉口，呜咽一声，浅浅的哭泣声在寂静的夜里清晰无比，真心疼啊。

她从来不曾真正面对过洛明朗，就好像她从来不肯真正面对她自己一样，可怜的卑微的爱，她总是希冀于别人能带给她，其实，自己也能给自己啊。

夜里微凉，一个翻身之后，于康乐渐渐清醒过来。

窗外明月挂在天头，指腹沾染颜料的手在床头摸索着，头有些疼，他艰难地坐起身子，借着月光，看见桌上放着的相框。

四周是木雕的花纹，中间是漆上去的字，他人生中的第一个殊荣，是于家的，是解巷的，是元老爷子的，那么多人都以他为傲，可是有什么用呢。

拳头砸在床柜上，骨头被磕得生疼，他连一声都没吭，像个男子汉一样倔强地抬起头，看着窗外。

没人知道他在想什么，连柯亮和洛明朗也是。

于金宝为他准备的宴席他没有去，他拉着柯亮和洛明朗坐在一楼大厅里。意大利进口地毯上横七竖八地放着一堆啤酒，话还没说，他先咕咚灌下了两罐，柯亮扯他的胳膊，他甩开，一罐新的打开，递给洛明朗："是兄弟的，就喝。"

洛明朗看着他失魂落魄的样子，摇摇头，接过来就喝得一干二净。可是于康乐没有放过他，又开："再来。"

柯亮觉得于康乐大概是疯了，风度没有了，理智也没有了。

于康乐红着眼睛，跟柯亮说："我当你是兄弟，你千万不要骗我。"

当头一棒，柯亮嘴角颤抖，一个拳头轻轻砸在于康乐背上："你说什么呢！"又肯定地说，"我要是骗你，我这辈子都不能跟柯小相亲相爱做姐弟。"

他说得信誓旦旦，说得连自己都信了。可是，就连与他们的对话毫无关系的洛明朗都听得出来，这句誓言里，一半肯定一半否定。

于康乐看着他，微红的眼睛里有什么东西一闪而过，他举起酒灌：“我就是随口说说，看着我做什么，都快喝啊！”

喝醉后，于康乐说了很多胡话，他甚至从兜里掏出一沓红票子，趾高气扬地丢在地上，对着洛明朗嚷嚷：“来，给哥唱一首，要是我听哭了，我给你出钱做专辑。”

闻言，柯亮吓得起身想要捂住于康乐的嘴，可是洛明朗冲他摆摆手：“你什么时候见这小子这么浑过，别拦着他，反正我也差钱，要是他高兴了，说不定我也能做个正经歌手了。”说着，抱来吉他，自顾自地唱着。

他曾无数次在不同的教室门前唱歌给不同的女生听，她们要么长得好看，要么性格温婉如水，可是，他从未真正在柯小面前唱给她一个人听。

一曲唱罢，于康乐挥着手，像个狂热的歌迷，拍手叫好：“唱得真好听啊。”

最后，于康乐被柯亮扛回房间。

门关上，于康乐听着门外柯亮和陈双朵说话的声音，心脏疼得像被人用刀剜去了一样。

他从没有想过，他喜欢了十几年的女孩儿，跟他在一起的时候，喜欢上了别人，而那个人，是他最好的兄弟。

这晚，他梦见了三岁那年，姑姑牵着个瓷娃娃走进他家，瓷娃娃怯生生地藏在姑姑身后，他去扯她，姑姑拍掉他的手，说：“小乐，不要欺负朵朵。”

朵朵，朵朵。

名字真好听，比小亮他姐姐的名字好听多了。

他迈着小短腿走出家门，又突然停住，粉白的小脸笑得睁不开眼睛，他问瓷娃娃："我带你去骑木马好不好啊？"

那是于金宝刚从省外给他带回来的礼物，他喜欢得当宝贝似的不准小亮和柯小玩，可是他愿意分享给朵朵，因为她比柯家姐弟长得好看多了。

那是他第一次见着陈双朵，那张怯生生的小脸就这样在他心里烙印了一辈子。在国外的三年里，他总想起她，她笑时的眉眼，她躺在病床上被针扎时痛得闭上的眼睛，她从身边跑过时的发香……

他迫不及待地想要回国见她，所以他以绝食的方式逼迫于金宝把他送回解巷。等他再见到她，暴怒的于金宝和哭喊的母亲在他心中已经模糊得看不清了。

再见面的那年他只有十五岁，头发寸长，身单体薄。他单纯地以为这就是一辈子，可是没有料到，这只是个开始，等待他的，是万劫不复的结果。

天越来越冷，期末考试临近。元旦过后，桌面上的卷子堆起来可以糊成一床被子盖在身上了。

齐璐在修订完两张试卷后，终于下定决心不再抗争了，双手一摊，整个人趴在桌子上，看着柯小耳边垂下来的发丝，心不在焉。

"柯小。"

"嗯？"柯小扭头看她。

"你知道洛明朗比赛的事儿吗？"她问得小心翼翼，生怕柯小生了什么误会。

柯小觉得特别不好意思，知道齐璐误会了，以为她就是洛明朗的什么人。这事儿，还得从很久前她发烧晕倒那次的第二天说起。

因为高烧，柯小精神不佳，病恹恹地趴在课桌上翻着书，指甲刮响书页。前桌的男生回头看了她一眼，然后笑嘻嘻地跟她说：“看不出来啊柯小，英雄救美这事儿也会在你身上发生啊！”他说话的样子不怀好意。

旁边的齐璐一摞书砸在他头上：“嘴臭不臭啊，酸什么酸。”

男生吃瘪，不服气地说：“齐璐你横什么啊，以为人家在门口给你唱了首歌就是喜欢你啊，自作多情吧你。”

两人你一句我一嘴地吵到上课铃响才停歇，柯小也从中听出了个大概。

前一天晚上，她被半路出现的洛明朗以公主抱抱去了学校医务室。医务室的值班医生是个头发花白的大爷，老花眼镜后的眼睛混浊不清，颤着手给柯小扎针，一针不稳，没扎进血管，柯小的手瞬间肿了。本来在一旁结算医药费的洛明朗顿时不干了，掀翻了吊针杆。

“得亏你当时晕着，不然你要是见了，肯定立马就芳心暗许了。”齐璐特别愤愤不平。

柯小没想明白，齐璐如此愤恨，是因为医生大爷那没扎进血管里的针，还是因为洛明朗因她红肿的手而暴走。

“那后来呢？”

“后来？”齐璐回忆着，“他抱着你就往学校外面冲，门卫拦都拦不住。真的，我从学校医务室出来的时候，就一个想法，洛明朗怎么能跑得跟一只百米冲刺的野狗似的呢？”

说完之后，她咯咯地笑着，笑得花枝乱颤，笑得双眼无情。她曾经天天跟柯小说起洛明朗，说当初洛明朗站在教室门口，众目睽睽之下给她唱了一首歌。那该是多动人的场景啊，给一个十七八岁的少女种下了多美多甜的梦啊，才能让她一直不肯醒来，甘愿从此沉睡。

她曾恨不得把世界上最美好的词汇都贴在洛明朗的身上，让他一生包裹在内，不受风雨惊扰。可是现在，她对他也用上了粗鄙的话。

柯小想抱抱齐璐，可是她知道，如果真的向齐璐伸出了双手，才是真正伤害了齐璐。

因为齐璐从来没有跟她喜欢的那个男生表明过心意，自然，旁人也该收起悲悯的目光，那才是保护她。

尽管那个时候的柯小，觉得齐璐误会了她跟洛明朗，可是，齐璐也是真的受伤了。

“这个星期天，你要去吗？”柯小停下笔问她。

窗外有双眼睛在观察着教室里的每个人，齐璐从书堆上抽出一本书摊开，小声地说：“去啊，再怎么着，我还是他的歌迷啊。”

柯小笑：“那到时候咱们一起去，你做啦啦队队长。”

齐璐咧着嘴笑：“好！要不，咱今晚上去批发些荧光棒回来吧，到时候咱们台下一站，手里红的黄的绿的紫的颜色一呼啦，多长脸啊！”

柯小一手指头戳开齐璐乐得就要靠上她肩膀的头：“你想什么呢。比赛在白天，露天，你买回来要圈在鼻子上做鼻环吗？”她说得乐呵呵的，说完才反应过来这是洛明朗跟她说过的话。

那一个瞬间，她脸上燥热，没来由地羞出了红晕。

齐璐戳着她的脸：“你脸红个啥，内心荡漾啊？”

柯小一巴掌呼在齐璐的肩上：“你胡说八道什么呢，我只是……只是没带那个。”想了半天，终于憋出一个听起来不错的理由。

“那个？哪个啊？”前桌的男生忍不住好奇回头问。

齐璐心领神会，嘴巴张成一个大大的“○”形，凶巴巴地对男生说：“有你什么事儿，写你的酸溜溜情诗去。”

男生转过身，拎起桌面上的一张薄纸，正准备朗诵以便告诉齐璐“哥这是正经情诗”的时候，窗外响起一声巨响。

然后，男生就被在窗外巡视的班主任粉天鹅“请”了出去。

柯小和齐璐埋着头嗤嗤地笑。齐璐拿出一片小天使递给柯小：“快去吧，马上下课了，就得等好一会儿了。”

柯小谢过她，把小天使揣进兜里，在门口跟粉天鹅迎面碰上。粉天鹅瞅着她揣在兜里的手，眼皮一沉：“去吧。”

晚自习还没有下课，走廊里却有细细碎碎的声音，柯小去卫生间的路上要路过洛明朗的班级。后门开着，经过时，她佯装不经意地一瞟，洛明朗坐在靠门的最后一排，看见她，冲她吹了个响亮的口哨。

教室里本来就有些吵闹，这一声，更让里面的人坐不住，窗户边的男生站起来身子往外探，哄笑着：“朗哥，喜欢就追啊！”

“咣”的一声，柯小脚步不稳，摔倒在地，教室里顿时炸开。

柯小揉着屁股，听着教室里的起哄声，不敢睁开眼睛。

隐隐约约地，她听见沉闷的脚步声在空荡的走廊里响起。她缩着身子，手撑着墙想站起来，不料，手腕被抓住，那只手滚烫，一个用力，猝不及防的她就被拉进一个怀抱里。

温热的鼻息在她头顶深浅不一。

“柯小，你是猪吗？”

她推开洛明朗，眼睛扫过他背后，好几个男生从后门走出来站在走廊里，一字排开。

那场面，像极了校园恶霸带着不良小兄弟欺凌单纯女学生。

想到这里，她轻轻笑出了声儿。

一根手指弹在脑门上：“你摔成傻子了吗？”

语气里的宠溺，像颗地雷将后面的男生炸成碎片，其中一男生张牙舞爪着：“朗哥，太酸了。人家也摔疼了呢。”

这边的动静引起了对面班级同学的注意，他们纷纷探头，一看，是洛明朗啊，那幅山水校草图里的山啊。

洛明朗侧过身子看着身后那男生，眼神冰冷：“皮痒了是不是？”

那男生附和：“是啊，人家也要你亲亲抱抱呢。”

柯小低着头，一边惊叹于这些人脸皮真厚，一边思考着怎么逃离这个地方。

“哎！”洛明朗叫她。

“啊？”她抬头。

“晚自习时间不在班上待着，跑出来瞎晃悠什么？”

柯小别过头，声音很轻：“不舒服。”

洛明朗往前一步，手探上她的额头。她闪躲，却被他禁锢住。

“哪里不舒服？”不放心的语气。

柯小侧头看着那些笑作一团的男生，脸微红：“就是不舒服。”

洛明朗双手搭在她的肩上，左右看了一遍，有些急：“感冒还是肚子疼，你能不能说清楚点儿。”

他动作太大，晃得柯小兜里的东西掉落在地上。

空气瞬间凝固。

后面的男生有的踮脚，有的弯着腰，盯着地上的东西研究，然后都捂着嘴不敢笑出声。

柯小羞得耳根子都红了，她甩开洛明朗的手，蹲下身捡起地上的东西再站起，动作一气呵成，然后涨红着脸冲对面的人吼：“洛明朗，你臭不要脸！”说完转身快步跑开。

拐上楼梯的时候，她听见刚才看热闹的男生的声音：“朗哥，你可真不上道啊，女生说不舒服就是那个啊，你非要问。”

“闭嘴。”

她停顿了一下，然后就继续往上走，所以没看见洛明朗转过头，同样羞红的脸。

一直磨蹭到下一节晚自习的铃响，柯小才从卫生间里出来，肚子真的有些疼，她靠着墙，更不舒服了。

歇息了好一会儿，她才转身准备下楼，可一个晃眼，她就看见柯亮和陈双朵一前一后走下楼梯，他们身后，还跟着个扎着马尾的女生。

好奇心作祟，她跟在女生后面，走出教学大楼。

那女生就是那个在餐馆里被掌勺厨师痛骂的女孩，听柯亮说，好像叫辜可。

辜可猫着腰，在林荫大道上左右闪躲着，像一个下一秒就能掏出摄像机的狗仔。

辜可一路从教学楼跟到食堂后面的后花园，最后藏在一株半人高的树丛后面。柯小则站在宽壮的路灯后面，刚好可以掩住她整个人。

陈双朵走在前面，头发已经长到腰间，依然戴着口罩，回过头，只能看见一双眼睛。

那双眼睛弯弯的，她明明笑着，可即使隔着十米远的距离，柯小还是能感觉到她的不开心。

柯亮站在灯光下，昏黄的光影圈住他的身体，细细的灰尘飘舞在他身边，看起来像一株立在荒漠中的仙人掌，无人救援，自我生长。

辜可半跪着身子，小心拨开遮挡视线的树枝，一双眼睛乌溜溜地转，只盯着面前的两个人，丝毫没察觉身后还有人在看着她。

柯小对辜可印象深刻，那一次辜可在餐馆拐走柯亮后，之后便像一块牛皮糖似的死死黏着柯亮。食堂里，她跑到正在排队的柯亮面前递给他打好的饭菜，放学后蹲守在教室门口给他送整理好的语文笔记，晨跑时脱离班级跟着柯亮跑在同一水平线上……

某个晚上，柯小叫住准备回房间的柯亮：“那个辜可，是不是喜欢你？”还没等柯亮回答，她先厉声警告，“现在高三了，你别花心思在别的地方上，听见没有！”

柯亮摇摇头，说她想多了。

现在，她真想冲上去把柯亮捉过来，指着辜可说：你看看，你无意，可是别人有情啊。

可是，她不能因为赌气，让一个女生丢掉尊严。

柯亮的脚尖碾着草地，他双手插兜，眼睛一直望着陈双朵，追逐着她的每一个动作。

起了风，他脱下校服外套，披在陈双朵的身上。陈双朵扯了扯衣襟，朝他笑。

“康乐是不是跟你说什么了？为什么最近你老是躲着我？”陈双朵问他。

柯亮埋着头，手握成拳，下定决心似的说道：“朵朵，我们能不能不要骗小乐了，我每次看见他，都觉得对不起他。”

柯小瞪大了眼睛，看着他们的一举一动。

陈双朵吸了吸鼻子，刘海遮住她的眼睛，她靠近柯亮，额头抵在他的肩上。

“小亮，那我怎么办？我该怎么办啊？”

声音软糯，还带着一丝可怜。

躲在树丛后的辜可浑身一抖，树叶落了下来，她立刻警觉，身体纹丝不动。

柯小本来觉得气氛不太对，可是见她这样，居然有些想笑。

柯亮埋下头磨蹭着陈双朵的头发，他想安慰安慰她，可是话到嘴边，开不了口。

肩上突然有些湿润，柯亮顿时慌乱，手撑着陈双朵的肩膀，弯着身子看她。

“你不要哭啊，你哭我就难受。朵朵，肯定会有办法的，你别哭啊。”

男生用手笨拙地擦拭着女生脸上的泪，蓝白色的口罩阻碍着他的动作，他伸手想要拉开，却被女生阻止。

“别，你别动。”陈双朵护住口罩，转过头。

“朵朵，我不怕。没关系，这个没关系的，我不介意。”柯亮劝慰着。

陈双朵摇头，不让柯亮进行下一步动作。

可是柯亮不罢休，他手伸在陈双朵耳边，想要扯掉她耳后的白线，拉扯当中，一声巴掌响起。

辜可吓得直接跪在了地上，枯黄的叶子簌簌而下，她小心挪动着身体，匍匐在地上。

愣住的两个人丝毫没有在意这边的情况。

陈双朵红着脸，眼睛里烧着熊熊火焰，她退后两步，蹲在地上，双手环膝，哭得声音响亮。

柯亮没料到她的反应这么大，他只是想要告诉她，想证明给她看：你变成什么样子我都不会介意的，朵朵，你别这样子对自己。

可是他不细腻的心里不懂，一个女孩子，最在意的，就是在喜欢的男生面前暴露她所有的不堪。她的身世，她的疾病，她渐渐跟别人不一样的身体，都是她的残疾。

那扇门，如果不是她自己打开，她不愿意给任何人看，包括柯亮，更何况是柯亮。

柯小看着两个人争吵，心里升起一股不知名的火。她见不得谁欺负陈双朵，连她弟弟也不可以。她想要冲出去，站在陈双朵面前，张开双手保护陈双朵。

可是还没等她行动，陈双朵先设立起了防护墙。

她躲开柯亮的手，想远离他。她说话的时候断断续续，像是嘴里含着什么东西，吞不下去，吐不出来。

柯亮蹲在她的面前，伸手揽住她，紧紧地把她禁锢在怀里。

可是陈双朵用尽力气想要推开他，无果后，她埋头张嘴咬在他的肩上。

隔着一层口罩，根本毫无力道。

柯亮眼睛里的晶莹接连而下，他多想替她疼啊，他多想替她承担痛苦啊。

可是他毫无办法，只能任她咬着、哭着、呜咽着。

他声音哽咽：“朵朵，我们跟小乐坦白，他会帮你的，他不会见死不救的，我们别伤害他，我们谁也不能伤害他。”

陈双朵的拳头砸在他的背上，一声又一声的闷响，像是她开不了口的委屈。

“还有成先生，不要骗他了，他是个大善人，他也会帮你的。”

柯小身体一怔，她感觉到全身都在翻江倒海，下一秒，她就冲到了柯亮面前。

“跟成录有什么关系，你们做什么了？”她拉起陈双朵，“朵朵，你有事瞒着我对不对？”

陈双朵眼睛失神，她看着一脸惨白的柯小：“小小，你怎么在这儿啊？”

陈双朵看起来像个没有了灵魂的人，身体被人肆意摆动着，柯小摇晃着她，仿佛空空的身体随时会破碎掉。

柯亮伸手挡在她们两人中间，他说，“姐，你别晃她，你先松开。”

可是陈双朵越不说话，柯小越是害怕。

柯小想起在成录家看见的那些汇款单，上面的数字是她这辈子想都不敢想的，她害怕，陈双朵做了不能被原谅的事。

柯亮抱住柯小，一声一声地叫她，她双手失力，陈双朵摔倒在地上，长长的头发沾上泥土，看起来，真可怜啊。

害怕的情绪像洪水一样汹涌而来，堵在她的心口，她指着柯亮，哭喊着："你们到底对成录做了什么？"

"呵呵……"苦笑声像从地底传来，陈双朵站起身来，空洞的双眼直勾勾地盯着柯小，她扯下口罩，开口问柯小，"柯小，你怎么不问问我呢？"

柯小转身看她。

"为什么你只看得见成录呢？你把我抛在身后，每天追在成录后面跑，可是人家看都不看你一眼。你自作多情的时候，真的，好可笑啊。"

空气里流动着深冬夜里的寒冷，还有微弱的腐败腥臭的味道。

"之前你问我，为什么每天戴着口罩，为什么不爱说话了，现在，你闻到了吗？"陈双朵颤抖着双腿，所有的力气都用在脚上，就是害怕自己随时会跌倒。

她不想跌倒，她不想让柯小还有机会嘲笑她。

即使，她现在已经很可笑了。

柯小靠近她，手按着她的肩膀："你说话。"

陈双朵垂着眼看她："说什么？说我怎么骗成录，怎么玩弄于康乐的感情吗？柯小，你真的敢听吗？"

柯小看着她一张一合的嘴。

她闻到了，从陈双朵的呼吸里弥漫出来的，尿味。

陈双朵曾经给柯小讲过一个故事。

她说，有一个女孩儿，她喜欢上了一个男孩儿，可是她却跟一个有钱公子哥儿在一起了，两人因为她被社会上的混混追打，可是女孩儿的心里，却希望公子哥儿能帮男孩儿挡过去。她们在某个夜里对女孩儿嗤之以鼻，义愤填膺。

柯小没有想到，那不是故事，那女孩儿更不是别人，而是跟她一起成长在解巷里的男孩儿女孩儿。

挣扎在人世里的芸芸众生，永远浴血奋战，持枪战斗，寻求命运的公平。

可是他们忘了，他们之所以寻求，就是因为命运对每个人都不公平，没有人能逃得过遥站在天际叫作命运的那个人的五指，即使是神话故事里的齐天大圣，也以战败收场。

更何况，他们只是凡人。

那个所谓的故事，发生在高一那年的寒假。

刘月香每天像这座城市里的夜行人，留滞在城市各个角落的垃圾桶前。一个矿泉水瓶，可以卖三毛钱，朵朵一次的治疗费是三千，算一算，每个月她需要捡拾到一万个空水瓶子才能凑够治疗费。

尽管有成录的资助，可是她也有自己的尊严。她感恩成录，可是她和朵朵的这一辈子，不能一直靠着成录。

每日早出晚归，陈双朵心疼她。在她每次出门后，已经躺下的陈双朵穿好衣服跟在她身后，从城市的最东边走到最西边，凌晨五点的日出，是陈双朵这辈子见过最好看的风景。

可是刘月香不知道，在某个夜里，跟在她身后的女儿被一个满手臂花纹的男人掳进了离家不远的一条黑巷里，哭喊声中，衣服被褪去了大半。

在音像店一直待到打烊才回家的三个男生经过，救下了陈双朵。于康乐双眼充血一路追打花臂男人，洛明朗紧随其后。脱下外套包裹住陈双朵的柯亮，擦掉陈双朵脸上的泪水，把她抱在怀里。

“双朵，没事，有我在。”

有我在。

他太心疼这个女孩儿了，他恨不得把自己健康的身体给她，所有的痛苦都替她承担。

有我在。

那是陈双朵在恐惧的夜里，听过的最温暖的一句话。她抬头看见柯亮流动着泪水的眼睛，她钻进他的怀抱里，真温暖啊。

那个夜里，有人为喜欢了十几年的姑娘追着满脸横肉的男人跑了十条街，有人为兄弟的安危一直紧紧跟在身后，有人为了不让女孩儿害怕一直守护在她身边背着她回家。

如果你问后来的于康乐，他这辈子最后悔的事情是什么，就是那个夜里，他没有陪在他喜欢的女孩儿身边，告诉她：“不要怕，有我在。”

被送回家的陈双朵依然止不住哭泣，她双手颤抖着把院子里的瓶子一个一个拾进油漆桶里。身后有轻轻的脚步声，她吓得回头，是不放心她又回来的于康乐。

身姿挺拔的男生有一双好看的手，手指修长劲瘦，帮着她把瓶子放进桶里。

陈双朵垂着眼，一直看着那双手。

她想，为什么人跟人的命这么不一样呢。她自小被抛弃，有幸被刘月香捡回家，可是她的身体，却是这个残破的家里永远的噩梦。

而于康乐，他从出生开始就跟别人一样，天之骄子，金光傍身。

生而为人，也不公平。

于康乐手里抓着瓶子，手背微微凸起，他盯着地面上大小不一的石子，话噎在喉口。眨眼间，他想起好多事情，小时候的瓷娃娃跟在柯小的身后永远安静，双手藏在背后，害怕别人看见手背上被扎得满满的针眼。

他抽了抽鼻子，抬手一扔，瓶子落进白色的油漆桶里，发出响声。

他别过脸，突然开口："双朵，我喜欢你。"

终于说出来了，他暗自轻呼一口气。

陈双朵神情冷淡，微微点头。

她可能，觉得只是朋友的那种喜欢吧。于康乐失落。

冷不防，她的声音响起："有多喜欢？"

他欣喜，抓着她的手放在自己胸口，语气诚恳："很喜欢很喜欢，我想一直一直跟你在一起。"

没有过恋爱经验的男生，告白的时候都特别笨拙，他们都以为，只要反复强调，就能让对方知道自己的心意。

可是，哪里有那么简单啊！

陈双朵缩回手："我很穷。"

"我有钱。"

"我有病。"

"我给你买药。"

"我这个病，很可能治不好。"说到这里，陈双朵站起身，坐在藤椅上，像个垂暮的老人。

于康乐站到她身边："我在国外的时候，听说过一个肾脏科的名医，很多没有希望的病人都能治好。双朵，你还年轻，我帮你找他，就算他在天涯海角，我也把他带到你面前来。"

陈双朵闭上眼睛不看他，双眼湿润。

她想，在她的身边，有这么多的人都疼爱她，她好想，分一些给小小啊。

瞒着所有人，他们偷偷地在一起了，却还像当初一样，见面只会打个招呼。

陈双朵说：我们还小，而且，我不想妈妈知道。

于康乐说：没关系，你答应我，就已经让我觉得很幸运了。

她看着走出院子的男生，想起的，却是那个脱下外套为她取暖的男生。

那晚之后的第四天，花臂男人领着一面包车的小混混追砍于康乐，洛明朗和柯亮跑在他身后，他回头叫他们快跑，那男人找的是他。

洛明朗“啧”了一声：“是兄弟，就别说废话。”

柯亮跑在他身边：“管他来的什么牛鬼蛇神，咱们三个还干不赢他们吗！”

风声呼啦在耳边，那时候的于康乐，觉得自己可以算是人生赢家了，含着金汤匙，喜欢十多年的女生成了他的女朋友，干架的时候有兄弟。

他跑到凉亭里，冲手里挥舞着西瓜刀的小混混喊：“来啊！”

愚蠢的是，他的女朋友，在赶来医院的时候，哭着被另一个人抱在怀里。

柯小嘴角抽动，她从来不曾想过，那一次于康乐和洛明朗住院，是因为陈双朵。

难怪啊，陈双朵知道于康乐的东西习惯放在哪里。原来，她也曾偷偷在几个深夜里，去见过于康乐。

她扭头一巴掌打在柯亮的脸上：“柯亮你是不是人啊，她都跟于康乐在一起了啊，你算什么东西，非要硬挤在他们两个人中间啊！”

声音清脆，打得三个人都蒙了。

对了，还有躲在树丛后面的辜可。

陈双朵一把扯过柯小：“你凭什么打他啊！”

柯小冷笑：“凭什么？凭我跟他一样姓柯，凭我是他姐姐！”

柯亮抬眼，看见的是暴怒的陈双朵和奓毛的柯小。

陈双朵嘴里喃喃着什么，声音很小，根本听不清。

她眼里含泪看着柯小，那些狠毒的话被她狠狠咬在牙缝里，咬碎之后咽回肚子里。

她陈双朵这辈子，不管是跌进泥潭里还是掉进地狱里，都不会伤害柯小。

柯小看清她眼睛里静静流淌的东西，像岁月的长河蜿蜿蜒蜒到解巷的巷子里，两个穿着花裙子的小女孩儿，手牵手，一步两步抬脚往前走着。

“那成录呢？你们的事跟成录又有什么关系？”

对解巷来说，成录就像天界降临的神明，他解救了解巷里最命苦的那对母女，活得像个神仙似的。

对刘月香来说，成录确实是如此的存在。

在她跟混沌的生活做艰难抗争的时候，他来了，毫无条件地资助了她女儿上学的费用，甚至连医疗费也承担了一半。

她曾经并不羞耻于在社会的最底层里摸爬滚打，她始终相信，总有一天，这些黑暗会过去的。她内心虔诚，对于生活降临给她的磨难毫无怨言。她一个孤寡女人，不会做什么发财梦，小学毕业，没有多大的理想，支撑着她在每个寒夜里依然前行的，是陈双朵。

她太喜欢这个女儿了，那是她的宝贝啊。所以不惜一切代价，她都想治好朵朵的病，让女儿跟平常人一样，去玩耍、去疯闹，即使终有一天女儿会离开自己，那也没关系。

只要朵朵活着，她这条命，才叫作命啊。

可就是那个把她踩在地上、说着要羞辱朵朵的男人，把她的虔诚一并踩在了地上一起羞辱，让她也发出了疑问——

为什么？为什么我就得一直是站在最底层的那个人啊？

她想让朵朵变成一个健康的人，她想要朵朵过得比别的孩子都好，甚至要更加光鲜亮丽。所以，她一次又一次从成录那里要来救命钱。一开始只是四位数，她细细盘算，这个月的生活费，下个月的透析钱，明年的学费，到后来五位数、六位数。

欲望无限扩张，撕扯着她的身体，在心底叫嚣。

成录是个好人，是世间难有的大善人。他从来不过问为什么数额一次一次变大，为什么转账的次数越来越频繁。他总是右手执着画笔，微微点头，不出两个小时，钱就会到账。

她感激成录，可是她更加依赖成录。

她来往成录家更加频繁，今天送来两颗新鲜的柚子，明天兜里又满载而归。

她脸上的笑容渐渐增多，站在成录面前时双手揉搓得更加厉害。

那些钱，她用来给朵朵添置了新衣服，买了昂贵的炭笔，画纸从棉浆换成纯布浆。朵朵想学画，她找了最好的素描老师。

可她没有想到的是，朵朵的病越来越严重了，肾功能衰竭比以往更快，朵朵现在，必须要做透析了。

第一次透析的时候，陈双朵躺在冰冷的病床上，双眼直勾勾地盯着白色的天花板，那里一片纯白，让她不禁猜想，天堂是不是也是这个样子啊。

她害怕，抓着刘月香的手问：“妈妈，我会不会死啊？”

刘月香摸着她的脸，手心的厚茧搔得她的皮肤痒痒的，她听见苍老的声音歇斯底里：“不会的，我不会让你死的！朵朵，我们要活着，要好好活着，咱们有钱，多贵咱都要治。”

陈双朵想，刘月香大概是疯了，她们那个一眼望穿的家里，哪里是有钱的样子啊！

医生说，病人要保持良好的心态。刘月香怕她担心，在病床边上解开裤带，里面用碎布缝着小包，她从里面掏出一本存折，翻给陈双朵看。

“咱有钱，朵朵，你别担心啊，好好治病，咱娘俩都要活着。”她嘴皮干涸惨白，可停止不了喃喃之语。

陈双朵看着上面的数字，惊得心底涌起恐惧，问刘月香这钱是哪里来的。

刘月香掖着她的被子，叫她不要操心，说这些事妈妈都会替她办好。

可是陈双朵哪里会不担心，那笔钱，就算是靠着刘月香环卫工作和捡破烂换来的，也得换几辈子了。

她扯着刘月香的衣服，哭着问：“妈妈，你不要鬼迷心窍啊，你告诉我，那些钱都是怎么来的？”

刘月香手捂着嘴巴，不肯说话。

陈双朵拔掉吊针，扯掉身上的管子，连鞋都没来得及穿就跑去医生的办公室。她哭着跟医生说她不治病了，求医生把钱还给她，那些钱不知道是从哪里来的，她不敢用。

刘月香跟在她身后，抱着她软绵绵的身子，两个人坐在医生办公室的白色瓷砖地板上，眼泪掉在上面，看也看不见。

最后，陈双朵哭晕了过去。

等她醒来的时候，透析的管子依然插在她的身上，她感觉到透析液和血液在她的身体里来回流动，每一下，都疼得她无法呼吸。

刘月香趴睡在床边，白色的发丝越来越多，染白了一半。她舍不得妈妈，可是她更不想妈妈为了她做傻事。

她偷偷从妈妈的衣服口袋里拿出手机，通知转账的短信还在，她看见末尾处成录的名字的时候，一滴晶莹的眼泪滑过她白净的脸庞。

她从一开始就欠着成录，现在，怎么也还不清了。

第八章

NIXINSHANGDEXIA HUALEMA

心里住着的这个人，这辈子都不会变了

那天晚上，柯小腹部绞痛。

等她回教室的时候，已经下了晚自习，教室里只亮着最后一排的灯，方便保卫处巡逻。

她坐在位置上。齐璐把书堆得乱糟糟的，她毫不介意地直接枕在上面，浅浅的睡意向她袭来。

她没有想过，那些在她生命里留下各色印记的人，在别处又是什么样的颜色。原来，暖色调和冷色调真的是同时存在的，没有任何一个人有能力将它们消灭摒除，这些颜色，不管你愿不愿意，都会在你的生命里画下厚重的一笔。

下课半小时后，教学楼将会统一熄灯。柯小隐匿在黑暗之中，幽幽的月光在窗台边上轻轻晃动，她转过头，看见渐渐变化的月影。肚子里翻滚得更难受，豆大的汗滴从额头顺流而下，她随手拿着的一本书已经被她抓得发皱。

安静的空间里，只有她不时发出的阵痛声。

宿舍熄灯的声音响起，老旧的广播话筒里传来的声音刺人耳膜，她挣扎着站起身来。

再不走，学校就要关门了。

可是她只迈出了一步，整个人就重心不稳地跌在地上。手心的皮肤被擦破，瞬间，她抑制不住地号啕大哭，泪珠子和汗珠子混在一起，揉进眼睛里涩得生疼。

哭到最后没了声，她揉着眼睛看着门口处站着一个影子，高高的，一动不动，正盯着她看。

小时候，她看过一部侦探类型的港剧，里面有个场景是林中骑马的人瞬间被割掉了头颅，给她留下了人生中的第一个阴影。后来，于康乐一本正经地告诉她，这个世界上是真的有鬼的，隔壁胡同的黄瞎婆子整日神神叨叨的，就是魂魄附身啊。

所以，她从小就害怕这些灵啊鬼的，一直都跟奶奶睡在一张床上，直到上中学。也许是因为最疼爱她的奶奶走了，她变得不再害怕这些东西，她想，万一哪天奶奶的灵魂回来了，连声招呼都还没来得及打，她就被吓晕了过去，那多辜负奶奶千里迢迢跑一趟啊。

她依然抽泣着，擦破的手挥在半空中，问影子："是奶奶让你来找我的吗？"

影子点点头。

她觉得安心，奶奶真有本事，都有鬼小弟了。

影子往她的方向靠近。

柯小蜷缩着身体，微微侧头，蒙蒙月光下的脸有些苍白。她缩着身子往前挪了两步，抓着影子的手腕，终于看清了来人。

"洛明朗，你怎么在这里啊？"

洛明朗低下头，手腕的地方覆上一层细汗，他一用力，将她拉了起来。

柯小好不容易站稳，就看见了洛明朗眼睛里流转的点点星光。

月色与星融合，那一刻，她双眸里的潮湿被逼退。

“接你回家。”

他一开口，柯小就觉得温暖。

对她来说，那个夜晚宛如噩梦。

她一直以为她跟她最好的朋友之间是永远没有秘密的，她从来与陈双朵坦诚相对，甚至恨不得把世界上最好的东西都给对方。可是，在陈双朵的心里，她不是第一个也不是仅有的一个能够倾听她内心的人。

而柯亮，她确实讨厌过他，可是身体里流动着相同的血液，一次又一次推动着她去靠近柯亮一些。

就是这两个人，让她做了一个可怕得天塌地陷的梦。

梦里烟雾迷蒙，她孤身一人在林中拨雾往前，号叫声让她心生退缩，手背被利草割破，她跌下山谷，好在有人接住了她。

洛明朗，洛明朗……

他大抵是一缕光吧，微弱着，却足够驱散迷雾，点亮她的人生了。

直到洛明朗比赛，柯小再没有见过陈双朵。

小小的解巷里，人群涌动的校园里，那些她们走过无数次、留下那么多印记的地方，一下子变成陌生的别境，广袤无限，不能遇见。

柯亮每天躲在房间里，可是柯小知道，那扇没有关紧的房门后面，有双眼睛一直在注意她的一举一动。

她假装看不见，漠视而过。

怎么面对？好像，还不能面对。

比赛在市中心举行，商场外的空地上搭起一米高的表演台，横长十米。音响设备堆放在台下一角，几个黑衣的男人站在一旁清点，看起来，比赛规模特大特严肃。

齐璐拉着柯小满广场跑了一圈，额头上生了细汗，手一抹脚一站，终于歇了口气。

“就这儿了！”

她们站的位置离表演台十米远，正对着，两边还有匆匆的人流。

柯小踮脚四处打量着看，这里，应该是视野最好的地方了。她点点头，埋头冲地上吹了吹，一屁股坐了下去。

齐璐扯她：“哎，你丢不丢人啊？人都看着呢！”

柯小放下包，里面装得满满当当，全是齐璐给洛明朗准备的水。她握在手里晃着，眼神里意思明了——我是为了谁受的这份累？

齐璐理亏，只得哑言，站得离柯小隔了一个人的位置。

天很热，柯小手扇成扇，口干舌燥，脑子里被晒得嗡嗡的。她从包里拿过一瓶，扭开瓶盖，瓶口就要对上嘴唇。

齐璐大喊着冲过来，直接跪倒在柯小旁边，想要抢过水瓶，一用劲儿，液体从瓶身里倒出，湿了柯小整张脸和整个胸口。

她本来满腹的委屈，却在齐璐夺回她还没来得及送到唇边的水瓶后咽了回去。

齐璐说：“这是我给洛明朗的，你别抢。”

柯小伸手擦掉下巴上的水，晶莹的珠子覆在指尖上。她看了一眼，余光里齐璐正拧紧瓶盖，抬头的时候刚好看见穿着白色 T 恤的洛明朗正弯着腰跟表演台旁边负责伴奏的工作人员说着什么。

他的头发依然很长，从耳边的地方扎起一半，垂在半空中，风经过，摇摇晃晃。

柯小收回目光，突然笑了。齐璐站得离她更远了，连她的包也被齐璐背走了。她觉得，够莫名其妙。

可是更莫名其妙的，是她自己。

齐璐说，水是给洛明朗的。

她把手指送进嘴里，指尖的水珠子带着甜。

洛明朗的水，真的甜。

比赛在下午一点半准时开始，海选，报名人数超过两百。

中间不乏一些网络上有些名气和粉丝的小歌手，大多翻唱过两首歌或者自己录过demo（样本唱片），反响不错，可是粉丝年龄偏小，也不多。想着，参加场比赛，露露脸，也许就会有唱片公司来谈合作的事了。

更何况，这场比赛由昌河娱乐全权负责，连海选的评委都是拿得出作品的制作人，怎么着，都是赚了。

柯小坐地圈位，齐璐凑到她面前，对刚刚的事情全无印象一般，问柯小："我听旁边的人说，康一鸣也会来参加比赛？疯了吗？他粉丝上千万哎，会看得上这种比赛？"

康一鸣？柯小皱着眉，问："谁啊？"

齐璐一脸震惊："康一鸣你都不知道啊？新晋小生，上个月刚播完的偶像剧就是他主演，圈了不少粉呢！"

柯小看她："帅吗？"

齐璐猛点头。

"跟洛明朗比呢？"

她随口一问，齐璐两眼飘忽，左右为难，本来亮晶晶的眼睛看了一眼柯小。

齐璐的手搭上她的肩，笑呵呵地说："肯定是康一鸣啊，洛明朗？嗯……还是差了些。"

柯小张大嘴"哦"了一声，一只手抬上头顶。本来阴着的天现在露出了太阳，光不强，就是有些晃眼。她站起身，眼前瞬间被密密麻麻的人头晃得认不出三四五来。

所以，她自然没认出打她面前经过的陈双朵和于康乐。

昌河娱乐在商场里包下了一整间的咖啡厅做休息室，两层，一层大厅里挤满了参赛的选手，架琴的架琴，拿鼓棒的正满房间里找橄榄油，往棒头上擦一点，声音更脆更动人。

二楼的房间里，洛青坐在最边上的位置，手里的宣传册两厘米厚，封面上的男人双眸凌厉，脸却太有欺骗性，勾着嘴角，却更显得可爱。

洛青皱着眉，电话一直打不通。手机熄屏被摔回桌上，闷响一声，旁边的林清乐补完口红，好奇地问："怎么？急事？"

宣传册也被摔回桌上，换了角度，封面上的男人看起来更加嚣张。

"比赛都快开始了，根本联系不上人。"

端着茶杯的李伟平凑过来："经纪人呢？联系没？"

洛青更火："死了！"

听出语气里恨得牙痒痒的意思，林清乐和李伟平都不说话，两人摇摇头，各做各的事。

补完口红，林清乐对着镜子点了点睫毛，脱了点妆，一翻包，没带睫毛膏，想算了，再一看，眼线也散开了些。

她心烦气躁，手指在洛青面前的桌面叩了叩："带化妆包了没？"

林清乐是洛青的前辈。当初洛青刚入行，跟的师傅还得管林清乐叫声姐。洛青会处事，打那以后人前人后管林清乐叫得又勤又甜。后来师傅转去文化圈，林清乐提携她进昌河，两个都是精明的人，大清小青，不稍时就叫出了名。后来林清乐嫁了人，出来得少，可是洛青打心眼里，还是敬重她。

洛青弯腰从脚边提起化妆盒，推到林清乐面前。

李伟平见两个女人这样子，想着多半又得聊到化妆文化了，晃着身子站在二楼的拐角，放眼而去，一楼的情况看得一清二楚。

嘴里茶味苦涩回甜，他扭了扭脖子。江山才子，又来一朝。

下午一点半，比赛正式开始，开场就引起雷鸣掌声，欢叫不断。

当红综艺主持人，一手握着台本，一手举着麦克风，逗得台下的观众笑声不停。

评委中，五十出头的李伟平，头发泛白，连续五届金曲奖的最佳制作人，经他手做出的专辑最少不下三十万张的销量。梳着五十年代大上海复古发型的林清乐，捧出来的歌手艺人，红遍亚洲，票房大卖，演唱会加场。就连辈分比较低的洛青，在圈子里也有“金牌经纪人”的好名号。

在后台等待上场的选手纷纷掩额擦汗，这场比赛，真不是虚的。

众人摩拳擦掌，准备大干一场。唯独洛明朗一人靠在咖啡厅门前，背后倚着冰凉的玻璃门，视线里，一直在搜寻着某个人的身影。

早上出门前，他特意跑去柯小家门口，想提醒她，一想，觉得自己矫情，站了好一会儿，直到洛青来接他，才转身走开。

就一分钟的样子，柯小出门，望着隐隐模糊的背影，信步往前。

灯笼被风吹得左右摇摆，柯小的心啊，也跟着晃。

比赛进行得很快，经验丰富的评委，只用听上一句，有没有本事，心里就明了了。手里唰唰过两笔，洛青撇头看过旁边两位老师，心领神会之下，埋下头：“下一个。”

洛明朗排一百五十三号，他站得笔直，更像是维持秩序的工作人员。他一直仰着头，这下有些酸了，晃眼间，看见人群里没精打采的柯小，浅浅的笑浮在嘴边。

旁边的男生拿手肘轻轻撞他：“喂？哥们儿，你笑啥？”

洛明朗正了正脸色，瞥过一眼，摇头。

手机在裤兜里作响，他掏出来，是成录。

“到你没？”

洛明朗看了眼侯台的选手，七十九。

“还早呢。”

“你现在在做什么？”

“等着呗。”

“呵，”成录轻笑一声，“洛明朗，不要太自负了。”

洛明朗转过身，往咖啡厅里走：“成录，你第一我第二，我们谁也不要谦虚。”停在吧台前，要了一杯美式，等待的时间，背靠在吧台。

“怎么？咖啡都给你点好了，还不肯现身？”

一声轻笑又来，不过这次不仅仅来自于听筒，而是更加清晰地响在耳边。

成录就坐在咖啡厅里，修长的身姿往吧台前一站，颇有古道仙风的意思。

吧台前的小妹见了成录，脸有些红。刚刚她就一直注意着靠在门上的洛明朗，想着这人生得好看，这下见了成录，多了成熟和岁月沉淀，气质更优。

“先生，好了。”

成录点头接过，轻抿一口，不是合心意的味道，放回去，一手撑在吧台上。

这个位置，刚好能看见评委席上的洛青。淡妆，长裙外裹着羊毛领，活得细致又讲究的女人，在他心里是上天赐来的礼物。

齐璐站得脚脖子发疼，柯小依然屹立，安静得让齐璐不甘示弱，踩跺脚，继续看比赛。

人群涌动起来的时候，齐璐坚持着的最后一道防线也被拉裂开了，身后的人撞在她身上，一个不稳，人就跌倒在地。柯小伸手捞她，她委屈得开始掉泪珠子。

“你哭什么？”柯小觉得不可思议。

现场一片混乱，台上的选手呆若木鸡，台下的观众欢声奔走，往广场外对面街上的那辆保姆车去。

洛青起身回头，白色的羊毛领子似雪白一片，唇上红色一点，星眸淡淡瞥转，开口着：“浑蛋。”

齐璐哭得眼泪哗哗而下，全然没了平日里清冷仙子的味道，手里攥着柯小的包，死也不撒手。

“不是，你哭什么啊你？”刚刚被人撞了好几下，柯小心里有火。

齐璐听她语气不好，屁股动着挪转身子，换个方向，继续哭。

摸不着头脑，没有办法，柯小索性背向着她席地而坐。

“康一呜哎。”抽抽搭搭的声音。

“怎么啦？”

“你不去看看啊？”渐渐平稳的声音。

“不去。”

“我想去。”带着乞求的声音。

柯小忍住不耐烦，回头：“那你去啊。”

齐璐愤懑扭头，柯小越来越不可爱了。以前那个软软糯糯，逗她两句脸准红的女孩子，发生了某些惊人的变化。

这样的变化对柯小身边的每个人来说，都不一样。至少，在齐璐眼里，柯小有些让人讨厌了。

没了哭声，柯小反而不放心，往后看了眼，她背后，已经没人了。

她站起身四处寻找着，人群大多还簇拥在街对面，有人伸长了双手挥舞着，安保人员挡在车身前，车门迟迟没开。转头在另一拨人群中，她看见了陈双朵和于康乐。

两人并肩站着，于康乐笑得眼睛虚眯，时不时转头跟陈双朵说着什么。

柯小双腿灌铅，动也不是，不动，又不舒坦。

肩上被人轻轻一拍，洛明朗站在她身后，背着吉他，顺着她的视线看过去。

“饿了。”轻飘飘的声音在柯小头顶响起。

她问：“中午没吃饭啊？”

洛明朗摇头：“中午等着拿签，没心思。”

乌泱泱的人群跑过来，柯小侧头看了一眼，指着身后的快餐店：“去那边？”

洛明朗没有异议。

于康乐先看见的洛明朗，然后是旁边的柯小。也许是看出了最近陈双朵和柯小的不对头，他话音突转，生疏客套。

洛明朗抬眼，点头就走。

陈双朵也看着他们，柯小不自在，跟在洛明朗身后，拉开玻璃门的时候，她好奇地问：“他叫你吃饭你怎么不去啊？”

洛明朗反问：“不是说好跟你一起吃吗？”

柯小埋着头，心里一半觉得他说得在理，一半幻想如果洛明朗答应，她肯定也会巴巴地跟着去的。

“哎，柯小。”

站在点餐台前，洛明朗手指指来指去，问她：“够吗？”

“你点这么多啊？吃得下吗？”

洛明朗抬胳膊，把她颈后乱糟糟的头发捋直。

“你不也没吃嘛。”

他说得肯定又坦荡，柯小问他：“你怎么知道的？”

怎么知道的?

从她到广场的时候，他就一直看着她，连水都没喝上一口，吃饭更谈不上。

“我有神通。”

柯小嗤笑一声：“不要脸。”

排在后面的女生不满：“旁边桌子大，够你们谈谈情说说爱，能不能劳驾去那边？”

点餐员被逗笑，心想这漂亮男孩子吃瘪的时候也真帅。

洛明朗说：“要你管呢？”

再回广场，刚刚的一场喧嚣已经平静，后面的参赛选手一个接着一个上台。齐璐不知道去了哪里，柯小左右找不着，倒是洛明朗一直站在她旁边。

“你不去准备准备啊？”麦克风的声音大，柯小扯了扯他的袖子。

洛明朗侧头，凑近她的耳边：“一切都在掌握之中。”

挺自大的，柯小想。

可是他不是一直都这样吗?

于康乐从来被人拉着扯着，柯亮永远被人推着往前走。这条巷子里，只有洛明朗一个人，知道自己要什么、做什么，并且全力以赴。

这样的人，是皑皑雪地里初升的太阳，灿烂又温暖。

想着时，台上的主持人换了声调，捉迷藏似的跟台下的观众卖着关子。聪明的观众猜到些不同，扯着嗓子问，康一鸣是不是也来参加比赛。

主持人张大了嘴，又故意不说话，观众里大多是十七八岁的女孩子，春心正萌动，受不了这样的大喘气。几个胆子大的女生猫着身子跑进咖啡厅，正巧碰上康一鸣从二楼下来，又咋咋呼呼地跑回广场。

“来啦！来啦！康一鸣来啦！”

这下人群更加涌动。洛青手里转着笔，心里有气咽不下，后背往椅子上一靠，康一鸣被三四个黑衣男人护送上台。

“混球。”

康一鸣长得是真的好看，一张脸太有欺骗性，穿得酷帅王子风，却生了张娃娃脸，一双桃花眼，弯弯月牙，勾魂夺魄。

没有任何的开场白，爵士音乐一起，热情活泼的舞步就已经绽放开来。他一手拿着麦克风，一手互动，女生们被他征服得嗷嗷直叫。

柯小头一次见诱惑性这么强的表演，也有些期待。

洛明朗抬手扣住她的脑袋：“好看吗？”

柯小眼睛追着舞步，重力压着她，点点头，无声赞美。

洛明朗鼻子哼气。有些时候，柯小脑袋真的不灵光。

洛明朗上台的时候，已经是近傍晚六点的时候。柯小站了整整一个下午，脚发酸，整个人恹恹的。

齐璐不知所终，本来说好的啦啦队二人组，现在变成她一个人。

输什么也不输气势，她挤到舞台最前面，一双白色的板鞋从踏上红色的表演台开始，她的双手就拍合不停。

旁边站着一对小情侣，女生往男生怀里靠了靠，凑近耳边说着什么，男生看着柯小，笑得不好意思。

女生说：“你看，当年你参加校园歌唱比赛的时候，我也是这么卖命鼓掌的。”

嗞嗞响的麦克风在工作人员的调试下见好，洛明朗站如青松，看见台下的柯小，莫名地红了耳根。

音色苍凉，像戈壁滩上刮来的漫天风沙，嗓子不清亮，刻意压低成烟嗓。

跟他本人，完全挂不上边。

梦里的姑娘你见过我吗
我是骑马而来的白衫少年啊
我想带你去看山野里的花
可你偏爱深谷里的荆棘啊
姑娘 我们说说话
姑娘 我们去流浪
姑娘 你跟他走吧
我路过这里
就此别过
就此作罢
……

霓虹灯光四处摇曳，人群轻轻晃动。声音像是从遥远的地方随风经过，情侣相拥。

灯光打在男生的身上，层层的光束包裹着他。

那个时候的柯小，眼里含着泪花。

她突然更懂得洛明朗了。

流萤岁月里成长的男生女生，永远秉持最美好的想法对待世界。可是解巷里出生的孩子们，谁都没能抓住那些美好，也不敢企图。

可是她现在想要使出全身的力气去奔跑、去追逐，抓住流萤的尾巴，全数献给洛明朗。

一曲唱罢，台下的观众卖力鼓掌，评委席上的三人手里写个不停。

柯小脚踩在栏杆上，身体晃啊晃，晃进洛明朗的心里，沉稳安定。

那个晚上，歌唱比赛一直持续到晚上十点才结束。

于康乐和陈双朵等在台下，看着洛明朗的排名一直靠前，想着怎么给洛明朗庆祝。

可是早在洛明朗下台之后，他挤进人群里，牵着柯小的手就离开了现场。

城市的边郊山上，两人前后往上攀登，一路虫鸣声像是节拍为两人高声唱着。

洛明朗回头，柯小正弯着腰喘气，汗珠子沿着眉骨边滚到下巴。

他把吉他递给她，脱下外套扔在她头上。

“你干吗！”柯小感觉全身已经动弹不得。

洛明朗半蹲在她身前，拍拍肩膀：“上来。”

意思明了，他想背她。

山上风大，柯小低头看着面前单薄的身体，心底里升起一股暖意。她穿得不少，刚刚徒步登山甚至身体有些发热。

洛明朗等得有些不耐烦：“快点，蹲着很累。”

柯小往前挪了一小步，想着怎么爬上去。

小时候，她经常看见戈晓露在她爸爸身上骑脖子，那时候她羡慕得不得了，总是幻想哪一天爸爸回来的时候也能背背她。

可是一年见面不过四五天的男人，永远跟在柯亮的屁股后面打转。

她这么想着，手攀上他的肩，左右探索过后，终于泄气了。

“我不会。”

洛明朗诧异回头：“不会什么？”

她手里攥着吉他背带，外套披在背上，看起来负重很重，可是心里确实空荡荡的。

“没人背过我，我、我不知道怎么上去。”

她抬起头，看着洛明朗皱着的眉头，不合时宜的，觉得别样好看。

洛明朗再次蹲下，教她：“跳上来就好了，我接得住。”

不能跳，柯小想。她身上还有他最喜欢的吉他，要是碰坏了，她可能会更心疼。

她无声地摇摇头。

洛明朗彻底没了脾气，左右看了看，指着旁边小径的台阶。

“你往上多站两阶，我在下面，搂住我的脖子，双脚腾空，明白了吗？”

柯小点点头，看着低她两阶的洛明朗，扎起的头发周围有些细碎短发，在昏黄色的灯光下，无声翘立着。

她一只手搭在他肩上，膝盖窝的地方被他冰凉的手握住，双脚不自然地腾空。

突然离开地面，她心里惊了一下，更加搂紧了洛明朗。

“大晚上的，你拉着我来这上面干吗啊？腿怪疼的。”走了两步，她不讲道理地抱怨起来。

“看风景，我还没见过这座城市的夜晚。”

柯小觉得他莫名其妙，每天放学在外面晃荡到夜里十一二点才回家的人可不就是他嘛。

“站得高看得远是不是？洛明朗你别信那些，站得高摔得惨才是真的。”

洛明朗轻轻笑着，静静听着她瞎掰。

“对了，这么早就走，你不等结果啊？”

只剩下一件单衣，她的下巴落在肩上，只一眼，就能看见他细长白净的颈窝。

出了些汗，贴在皮肤上，细碎的头发搔着她的耳郭，痒痒的。

“成录在那儿呢，让他等就好了。”他微微侧头。

柯小紧了紧下滑的吉他，手上没注意，一个反肘打在他的背上。

力气也不重，就是他穿得单薄，突然来的力量让他哼出声儿。

“疼啊？”柯小不好意思。

“不疼。”他抬头，已经到山顶了。

他没有放下柯小的意思。

山顶风更劲，本来就是寒冬，吹过来，冷意像嵌进骨子里一样。

柯小挣扎着想下来，可是洛明朗双手抓着她两条小腿，就是不肯松手。

“你先放我下来，这么冷，你把衣服穿上。”

说着，柯小就打了个喷嚏。

洛明朗将她抓得更紧，身子微微后仰，两个人的身体前后依偎着。

他说：“就这样，很暖和。”

那不是暖和，是身体本能地发烫。

他的后背上，他双手抓着的，是他眼睛一直看着的姑娘。没有距离，没有隔阂，紧紧依靠着。

脚下是万家灯火，水桥之上嵌着灯，荧荧光亮，好似万丈光芒。

“这里风景真不错。”柯小深吸一口气，一只脚蹬上旁边的石台，终于从背上下来了。

洛明朗抱起吉他，一路上松松垮垮，琴弦岔了音。

他一边调试着，一边指腹摁拨在琴弦上，几个简单的音符，也轻轻柔柔地飘进柯小心里。

有歌词纷至沓来，他弹着旋律，闷声唱着：“你是此生最美的风景，让我心碎却如此着迷，就算世界动荡，再绝望也有微笑的勇气……”

回解巷的时候，已经是近凌晨的时间了。

胡同里静寂无声，两个人并肩而走。

“如果这次比赛成绩好，那你是不是就要离开解巷了？”

她觉得很梦幻，跟她在一条巷子里生活了近三年的人，某一天，上了电视，也许，还会做歌手出专辑，变成荧幕里的大众情人。

这种事，她从无经历却又觉得熟悉。

两个人，从熟悉到陌生，大概就是如此吧。

洛明朗手揣在上衣兜里，骨节交错。

“不知道。”

他真不知道，以后的路会怎么走，他跟柯小，是不是就隔岸而走。

搬来解巷的时候，他毫不在意。以前没有一个完整的家庭，住宿在学校里，跟同学来往不深，后来他那个以歌为命的爸爸走了，他跟着成录，再也没有安定了。

可是这个静籁无声的夜里，旁边脚步轻慢的女生，让他的心一点点沉淀下来。

突然，他就想永远地留在这里了。

比赛结果当晚就出来了，洛明朗排名理想，复赛在一个月后的隔壁城市，连续两天，不凑巧的是，正是腊月三十和大年初一两天。

柯小站在院子里，听着院门口于二婶跟成录说起这事儿。

于二婶的声音不见小：“本来团圆的日子，你说说，这是什么事儿啊？”

成录从裤兜里掏出一方丝帕，墨绿色的条格纹，捂住鼻子打了个喷嚏。

若是以前，她虽然不敢往成录面前一站，温柔体贴地递上一碗姜茶，至少也会偷偷躲在门口，看着他一皱眉，心里就翻江倒海。

她拧干衣服的水，往晾衣绳上一搭，日出东方，成片的阳光投了下来，心情却不见好。

成录大概是感冒了，哑着嗓子："明朗的祖宅就在那里，到时候跟他姐一起回去。"

"那你呢？一个人要是无趣了来我家，家里人多小孩子也闹，有人烟味儿。"

戈晓露最近报了作文班，得了两次奖，于二婶别提有多高兴，见人就爱跟人朗诵她女儿的文章。朗诵完之后，还带动着别人拍手的节奏。自然的，平日里说起话来的时候，也文绉绉的了。

成录说："不麻烦了，过年我回沿海。"

于二婶说："也好，那里不像咱这里这么冷，你身子骨也弱，回去待几天也好。"

听说成录要回沿海，戈晓露连蹦带跳地跑出院子："成叔叔，你们那儿的大螃蟹好吃吗？"

于二婶推了她一把："女孩子嘴这么馋，小心嫁不出去。"

戈晓露嘴一撇："不嫁呗，家里什么都有，我就赖着你了。"

于二婶气得扬手想打她，可是女儿念家，为人母亲，心里听着乐滋滋的。

成录往旁边院门走了两步："年初时候蟹不肥，你想吃我带几个回来尝尝鲜。"

戈晓露挽着她妈的胳膊，心里高兴，踮着脚跟成录道谢。

成录身了一侧，柯小站在院子里。

他一视同仁："小小也有。"

后来柯小想，成录这个人，永远点到即止。他从不对谁特意好，戈晓露是，她也是。

赶在期末考前，刘月香拜托成录给陈双朵介绍了位国画老师，想趁着过年放假的时间，补补基础课。

成录办事效率高，当天晚上就请了人来，听说当年也在元老爷子门下学过一段时间，后来自己开了间画廊，取姓命名，逯氏画廊。

陈双朵手指灵活，作的画说不上气势磅礴，也是惟妙惟肖。

逯老师对她称赞有加，答应了下来。

学校对艺术报考生有多条开明的通路。于是，刘月香跟学校批过假，到统考前，都在外学画。

于康乐坐不住，跟于金宝说报艺考的事。于金宝大手一挥，放手让他去了。

他逢人就说：“我儿子学习好，画也得过奖，走哪条路，都走得到底。”

那一年寒假，柯小没有跟着柯亮去爸妈工作的城市。

她说，以前每一年都是奶奶陪着她的，就算现在奶奶走了，可是奶奶的房子还在，她想陪着奶奶。

不是有话说，根在哪里，家就在哪里。

她的根，和院子里的那棵桂花树盘根交错，不可分割。

田美合在电话里冷笑，那你就跟那破房子过一辈子吧。柯和平想劝劝她，可是柯小态度坚决，就是不肯走。

挂断电话之后，柯和平坐在沙发上抽烟，层层烟雾之下的一张脸有了岁月的痕迹，一条条皱纹爬上眼角和额间，是他衰老的印迹，也是孩子们成长的见证。

他第一次发现，为人父母，对待两个孩子，他从未对等相待过。

三十的晚上，解巷里换上了朱红色的灯笼，灯穗摇曳在风中，每家每户都是欢声笑语。

在二婶家吃完年夜饭，不等春晚开播，柯小就准备回家。

学会走路的小儿子跟在柯小身后，胖嘟嘟的小手扯着她的衣服，龇着牙："姐姐……姐姐……"

柯小蹲下身子，把小棉袄后的帽子给他戴上，肉呼呼的脸上手指一戳，就见一个小坑。

二婶站在小儿子身后："这么早回去，你一个人多无聊啊。要不跟晓露去放烟花吧？"

戈晓露从屋里探出头，手里还拿着仙女棒："小小姐，咱们去外婆家，院子大。"

经她一说，柯小想起两年前的那个晚上，解巷里的孩子都凑在于康乐家，烟花声此起彼伏，在天空中绽放出青春的颜色。

柯小摇摇头："你去吧，我还得回家给奶奶倒茶呢。"

她晃着身子走出院子，左右看了一眼，却往巷尾走了去。

青石板路被映照成一片红色，她走过成录家，步子轻飘虚浮，裹着棉服的身体像只企鹅，一路摇摇晃晃。

陈双朵家熄着灯。期末考后，刘月香就收拾行李带着陈双朵去了逯氏画廊。

那一天，她们没有告别。

她赌气不去送陈双朵，陈双朵也没有来找她。

她们两个人像是势均力敌的相扑选手，因为力量等衡，谁也不愿意先认输。

她站在院子前，转弯的胡同口有小孩子在放孔明灯，黄色的灯衣上写着密密麻麻的字。

新年愿望，一整年的愿望。

她推开门，漆黑的院子里她信步而走，堆放瓶子的墙壁后有个崭新没有开封的孔明灯，是前一年春节时候剩下的。

透明的包装袋上积了灰，她伸手掸掉，衣服蹭在上面，脏了一角。

眼泪就啪嗒掉了下来。

这一年，好辛苦啊。

想写东西，可是身上没有揣笔，柯小在地面上摸着，一根细长的粉笔就摸到了手里。

就算现在是个十七八岁的姑娘了，她也还是爱拉着陈双朵玩跳房子的游戏，粉笔就是那时候留下的。

走出院子才有灯，她坐在台阶上，一下笔，才发现一点儿都不好使。

心里一烦，孔明灯被她索性丢在一边，呆呆坐着。

“你说你，怎么这么爱发脾气了？”

清清淡淡的声音在头顶响起，有些不可思议。

这个人，不该在隔壁城市比赛吗？

“你怎么在这儿？你不是还有比赛吗？”

洛明朗蹲身坐在她旁边，在衣服兜里摸了摸，摸出只碳水笔，咬掉笔盖，在孔明灯上面写着字。

“琴弦坏了，回来拿。”

柯小诧异：“坏了买一根就是了，特地跑一趟多麻烦啊！”

百公里的距离，连续两天的比赛，一晚在路上奔波，心累身乏。

字写好了，他递给柯小：“别的用不惯。”

他的字不算好看，但中规中矩，扁圆体，写着——答案，不过是场好觉睡醒。

柯小写在下面，笑他：“讲究。”

难得的是他没有顶嘴，轻轻应了声：“是。”

洛明朗撑着头看她写字，她握笔的姿势不对，提出来，柯小说：“从小就这样，改不过来了。”

“对眼睛不好，到时候你的脸得贴在桌面上写字。”

柯小握笔短，力重。

“可是我字写得比你好看。”

洛明朗把孔明灯拿回来，上下对比：“是好看。”

娟秀的字体有隐隐的笔锋，一笔一画，单个拎出来字散还乱，可是放在一起，就是好看。

小时候写田字格，她的字永远被老师当作范本。后来学校美术课添了书法练习，她临摹行楷，学不像，却另有风格。

她说：“练了一学期的毛笔字，一横一竖总是写不好。”

“是这样吗？”食指扣在笔杆上，洛明朗问她。

“不对。”柯小摇头，“手往上一些。”

一往上，姿势就不对。柯小拿过笔，握给他看。

洛明朗学着，手里没东西，感觉不到。

他伸手握住柯小拿笔的手，掌心贴合着她的手背，很冰。

他用另一只手把孔明灯放在柯小的膝盖上：“柯老师，教教我呗，我求知若渴。”

柯小带力把墨黑色笔尖落在黄色纸上，被握着的手却被另一股力带着走，墨迹晕染开来。

来——日——方——长。

放完孔明灯后，柯小送他去胡同外的公交车站等车。

赶上最后一班车，洛明朗坐在靠窗的位置，探出头跟她挥手，她看着车灯亮起，转身就走。

烟花炸开的声音嗡嗡响在耳边，她抬头，黑色的天幕里，五颜六色的星火转瞬即逝。

心情有一点点变好，不知道是因为这漫天的星火，还是因为本来孤独的夜里，有个人，陪着她许下了新一年的愿望。

她不知道，身后不远的距离，是和她重叠的脚步。

那个本来坐上去往火车站的男生，在公交车起步的瞬间跳下了车，跟在她的身后。

看着她单薄的背影，他心里发酸。

下午比赛开始前，柯亮打电话给洛明朗打气。

当时他坐在化妆镜前，洛青站在他背后训人。

听说那人是冠军热门人选康一鸣的经纪人，现在耳提面命，听着数落。

洛青曾经跟他提过，如果这次反响不错，那签约的事铁定跑不了，那这个人，也会是他的经纪人。

他笑，八字还没有一撇的事。

洛青拿出一张 demo（样本唱片），冷着脸说："这是叔叔录过的歌，你想让它们就这样躺在杂物间的最底层，再也无人问津吗？"

挂断电话之后，一双手搭在他的肩上，洛青说："晚上回家吃饭，爷爷说好久没见你了，怪想你的。"

他像听不见，脑子里一直回响着柯亮说的话。

"我姐在解巷呢……没，她自己不愿意过来……劝不动……"

比赛下场之后，他连招呼都没有跟洛青打，直奔火车站。正是归家的时候，路上堵车，他一看时间，已经快六点了。

最近的一趟车是六点半的，他跳下车，一路跑到火车站。

寒风中的人被汗浸湿了整个后背，堪堪赶上。

寻票找到座位后，他掩着面，觉得自己有些疯狂了。

窗外夜色降临，玻璃窗上起了雾。他抬手，"柯小"两个字映出来。

柯小……

真折磨人。

手机来电被他摁断。

电话那头的洛青在比赛场地里暴走，康一鸣和经纪人坐在台下，瑟瑟发抖。

远在沿海的成录，正想跟思念的人问候，手机就亮了起来。

成录还以为是心灵相通，接起之后听见的是暴怒的声音。

好不容易把洛青哄好，他伸手拿起旁边桌面上的相框。

相框里的女人长发过肩，眼睛看着远处弹着吉他的男人。他笑："你儿子可真是个臭小子。"

空荡无人的街上，孤独的影子映在墙上。

洛明朗蹲在马路边上，数着正落下的第十七片枯黄叶子。

他刚跟洛青通完电话，没有末班车，连去邻市的火车也停了。比赛在第二天上午九点开始，他只能等洛青来接。

一等就是两个多小时，白色路斯特停在他面前时，已经近零点了。

"小祖宗，好玩吗？一家二十几口人等着你吃团圆饭，你发哪门子疯又跑回来？爷爷脸都气绿了，扬言要打断你的腿。"

洛明朗毫不在意，坐在轮椅上的老人，就算奇迹发生，也跑不过他。

他咧开嘴："姐，我错了。"

洛青不吃他这一套，车开在高速路上，揪着他问："说，回来干什么？"

洛明朗摁开电台，清扬的音乐声后是快讯报道，正播下午的比赛结果。

"弦断了，回来拿。"

洛青拧他耳朵："你少胡说，明天的比赛你压根儿用不上吉他。"

洛明朗吃痛："你好好开车，前面前面！"

车灯打在沥青路上，碑碣一闪而过。

他转过头，心里怅然。

未来是什么样子的呢？他不知道。可是心里住着的这个人，这辈子都不会变了。

第九章

NIXINSHANGDEXUE
HUALEMA

可是，这辈子还没走完，你为什么先爽约了呢

高三最后一个学期开学那天是正月初五，回校的晚自习上，教室里吵吵闹闹，谁也没有心思看书。

柯小问班主任借来期末考试的正确答案，一题一题地核对。

旁边的位置空着，齐璐跟林一挤在一张凳子上，两人相互抽背着政治问答题，不一会儿就猫着腰开始说悄悄话。

那天比赛之后，齐璐很少再跟她说话，连去教室前面打水时，都特别生疏地说：“麻烦借过一下。”

孔黛黛在体育课上咬着面包问她：“你跟齐璐咋的了？最近都不跟我们一起‘血洗’小卖部了。”

那时正是体育期考，女生的项目简单，五十米短跑和立定跳远。

班长负责女生，多少放水。齐璐跟林一相邻跑道，号令一发，齐璐就先冲了出去，向着她跟孔黛黛的方向来。

“没怎么啊。”柯小不想解释，想这样糊弄过去。

秒针按停，齐璐歇都不愿意歇，直奔立定跳远的场地去。

孔黛黛抬抬下巴："哄我呢？要以前，准上来薅你头发了。"

柯小讪讪，走回起跑点。

第一节晚自习下课之后，孔黛黛收拾着卷子坐到齐璐的位置上。

孔黛黛说："过年都长肉了，三个大屁股，别提多挤了。"

柯小抽出最底下的卷子正解："你要对错吗？我步骤错了好多，扣了一大半分数。"

孔黛黛摆手："我就是做个样子，数学我指望不上了，宁愿多背几遍年历表。"

教室最前面，齐璐回头喊："黛黛，红芯笔你放哪儿的？"

孔黛黛撕开面包袋："我没有那东西，你自己回来拿。"

齐璐看着低着头的柯小，转身没了声儿。

柯小没看见，可这一幕入了孔黛黛的眼，她撞柯小的胳膊，一笔画出卷面。

"你干吗？"

"听说你那个小龙女好朋友转报艺术考了？"

她问的是陈双朵。

柯小翻过卷面："是啊。"

孔黛黛觉得不可思议："不是说她家穷得连医药费都给不上吗？中彩票啦？多少钱啊？"

上课铃正好响起，柯小对照着提示在书上圈重点，心不在焉地说："上课了。"

老师们在办公室开集体会议，针对着高考前最后一学期的重点复习计划，一时半会儿没那么快结束。

因为这样，安静了几分钟的教室里渐渐有了细碎的说话声，慢慢又变大。

孔黛黛也加入这一行列跟前桌的女生讨论着最近的新鲜事，说到刚不久的新人选秀比赛时，她又戳了戳柯小的背。

“哎，洛明朗就不回学校了吗？”

这一下，柯小扔掉笔，歪着头在书堆里找笔记本。心里烦，愣是翻了几遍也没找着。

孔黛黛凑过来：“你找啥？”

“笔记本，公式全在上面。”

孔黛黛伸手一抽：“这不就在最上面嘛，你瞎翻个什么劲儿啊？”

柯小翻开来对公式，怎么看都觉得不对，为什么（x−a）2+（y−b）2 就得等于 r2 啊？

椭圆也是圆啊。

规则制定也总有特例。那为什么，洛明朗就不回学校了呢？

消息是柯亮带给她的。

柯亮说：“后面要准备训练的事情，他说，他早过了高考的年纪了，不如去追一次梦。”

柯小想，洛明朗也有这么矫情的时候。

“成录同意了？”

柯亮说：“那是他自己的人生，干吗要别人同意啊？”

你看看，连成录都无权过问，你又凭什么呢？柯小想。

洛明朗回学校那天，是正月十六。

学校里就要出一个大明星了，所有的楼层都沸腾了起来，坐在教室里的学生时不时盯着窗户边，想着要是洛明朗经过了这扇窗，以后也能感慨一番。

“他云淡风轻地经过了我面前的那扇窗，一低头一回眸，都是春日景色，万般风情。”

文绉绉酸唧唧的，够品上好一阵儿的了。

教导处的办公室里，暖气开得十足，洛明朗穿着黑色卫衣坐在办公桌前，等着教导主任签退学申请。

比起上一次在医院里见面时，主任的头发更加花白了，戴着老花眼镜一字一句默读着申请书，手指过一行，又划到下一行。

杏坛里待了快四十年的教育学者，见过的学生无数。

在他心里，洛明朗也是别样色彩的一笔。

初听闻这个名字时，是老朋友元老头子说的。说是最疼爱的弟子有个外甥，个性无比，自由难训，也不想考个好的学校，能安安稳稳拿个毕业证，就不错了。

他吃掉对方的象，答应得无比痛快。

脑子好的学生讨人喜爱，成绩掉后的学生更需疼爱。哪里有天生的坏孩子，你若拿真心实意待他，冰块也能捂得化。

只是他不想，当日的信誓旦旦今日终成了泡沫，倒也不说难过，也不是他失言。

从来不曾有一模一样的人生，只要坦坦荡荡，终有苦尽甘来的一天。

眼前的这个孩子自己先选择了自己的路，那就勇敢往前走吧。

即使命运会让你不称心如意，你也要做你自己的上帝。

历史随堂考，前桌的男生丢纸球选年历表，被历史老师抓个正着。

“平时不下苦功夫，现在妄想上天庇佑，少做白日梦。”

柯小翻过卷面，还剩最后一小题的问答。墙壁上的时针就快要指向十一点半，不晓得洛明朗还在不在学校。

“老师。”齐璐举手。

老师看着她。

“肚子不舒服，可以提前交卷吗？我已经答完了。”离下课还有半个小时，她的脸色确实惨白。老师点点头，放她出去。

柯小往前倾着身子，忍不住关心：“你没事吧？”

齐璐跨到走道，对着她扬扬得意道：“我骗他的。”

然后，她火速交卷走人。

走廊里，一个男生被几人搀扶着经过，柯小坐立不安，顾不上最后一题，冲上讲台。

“老师，刚刚被人抬走的那人是我弟弟，我得去看看。”

老师迟疑，可是见她额间汗珠子滚落，一脸张皇担心，挥手示意。

被搀扶着的男生确实往医务室去了，可是那人不是柯亮。

柯小只是想找个借口出教室，早一分一秒，也许她还能碰上洛明朗。

她走出教学楼，林荫大道的右前侧是办公楼。暗红色的木质楼梯，踩在上面心里虚虚晃晃。

拐上二楼的时候，她听见女生细细的声音，一辨认，是齐璐。

她探出头，背对着她的男生身形挺拔，外套夹在腋下，另一只手拿着 A4 纸张，上面还有龙飞凤舞的签名。

办公楼的走廊不通光，她看不清齐璐的脸，可是啜泣的声音在走廊里轻轻飘荡着。

齐璐问：“那当初，你为什么还要来教室门口给我唱歌呢？”

这一问，让柯小也不禁潸然。

懵懂的年纪里，有人曾为你轰轰烈烈，你也可以为之不顾一切。

那个嘴上永远逞强说毫不在乎的人，其实心里早就溃堤塌方，不堪一击。

洛明朗声音清冷：“我给很多人都唱过歌，你不是第一个也不是最后一个。”

柯小心里一击，山顶上的那首歌，大概也是排在第一和最后的中间吧。

像是自言自语一样，齐璐说：“洛明朗，你到底是多情还是薄情？”

窗外起了劲风，窗户被吹得噼啪作响。

静谧的走廊里只有呼啸而过的风声。

洛明朗内心虔诚。

他只知道，认定了一个人，就再无他人。

从办公楼出来的时候，正巧赶上中午下课的时间。

洛明朗沿着操场的塑胶跑道走过一圈又一圈，在第三个栅栏门的地方停了好一会儿。

他记得，柯小坐在窗户边最后一排的位置。

上个学期体育课的时候，他跟几个男生组成两支队伍奔跑在绿茵场上。柯小被老师抽起回答问题，他站在第三个栅栏门的地方，刚好瞧见她。

远远看过去，扎起的发尾扫在颈肩，看起来精神奕奕。

慌神间，足球飞到他的脸上，队友弯腰笑他。他再抬头，只能看见乌黑的发顶。一脚踢球给队友，他死守着那个位置不动。

他知道，坐下后的柯小半瘫在座位上，脑袋掩在书堆后面，懒洋洋的，毫无高三学生的模样。

他曾经无数次经过她的班级，开小差时傻呆呆的模样，捂住双耳背书的模样，因为公式抓耳挠腮的模样，都像是一张张珍贵的照片定格在他心里。

想起的时候拿出来翻翻，画面经久不散。

三三两两的走读生往学校外去，一路风声笑声被飘散在初春的山茶香里。

拐出操场，走过林荫大道，一直走到学校外的宽阔大路上，洛明朗停下脚步驻足。

他突然回身，眼底尽收柯小慌乱躲藏的身影。

身后那么多人，他没有任何神通，可是他能听出那个以前躲在绿荫树下匆匆逃跑的人的脚步声。

他心里有一丝窃喜。

那个慌不择路的背影，从前是因为成录，现在，是因为他。

躲在凉亭后的柯小稳了稳气息。

明明是她自己不管不顾编制谎言从教室里逃了出来，又一路跟在他身后，现在却不知道怎么面对他了。

那声再见，也不知道该怎么说出口了。

“你鬼鬼祟祟地躲在这里干吗？”洛明朗绕过亭柱，侧身坐在光洁的石凳上。

柯小被吓得不轻，还是挺起胸膛：“躲什么啊？我走累了在这儿歇口气。”

洛明朗发笑：“教学楼到这里不过五百米。”

他凑近：“柯小，你是不是骨质疏松了？走两步就连咳带喘的。”随后，自然地牵着她的手。

等站定，她缩回手：“运动少了，身体不行了。”

她佝偻着身子，学老太太的模样栩栩如生。

洛明朗被她逗笑，把外套盖在她身上。

她的手很凉。

几个学生吃完饭往学校赶，看见一男一女坐在凉亭里，忍不住好奇多看两眼。

柯小注意到目光时，手上动作飞快，外套遮住他半张脸，只剩了一双莫名其妙的眼。

洛明朗动手扯，柯小拦手摁着。

囫囵的声音响起：“你干什么？”

柯小眨眨眼，半边屁股离开凳子挡着他。

“你出名了晓不晓得，学校好多人想堵你来着，你还不赶紧把你那张脸藏着。”

难怪，在操场转圈的时候，好些人不往食堂走，学他漫不经心散着步。

洛明朗不动了，眉头舒展开来，委屈开口：“快透不过气来了。”

柯小抓着他的手搭在衣服上，自己坐回原位。

洛明朗把外套拉低了些，刚刚她太用力，完全不能呵欠。现在正好，他深吸一口气，外套上沾染着来自她身上的味道还没有散去。

“那个……”

“嗯？”

柯小眼睛盯着地面：“真的退学了吗？”

洛明朗掏啊掏，从外套口袋里掏出一张 A4 纸，开头正中——退学申请。

教导主任已经签字，板上钉钉。

她泄气：“你们这个比赛怎么这样啊？连假都不带放的。”

想想还是念书好，背书做题按一日三餐来，可总有那么一天是自由的。

至少，有个盼头是不是？

听疯狂追星的戈晓露说，偶像出道前都有训练时期，运气好的一年就能有登台的机会，运气差一点的能组个团，打造打造势力，最惨的就是白白付出了几年的时光，后来只能回小地方开个培训班。

她心里有恶魔作祟:“回来吧,当个培训班老师,日子也挺美滋滋的。”

一记栗暴砸在她的头上：“你瞎想什么？柯小，我没打算做什么优质偶像，拍戏走通告。”

柯小捂着头：“那你为了什么啊？”

洛明朗看着手里的退学申请。

“想让别人都听到爸爸写的歌。”

感觉，是很难才能办到的事情，必须要很努力。

洛明朗先站起身来，他走下凉亭，背影坚毅果断，无声地告诉柯小，既然选择了，就死磕到底。

柯小没动。真的，连声再见都没能说出口。

“柯小。”熟悉的声音叫她。

“啊？”

“想好未来要变成什么样子的人了吗？”他们之间隔着十米的距离。

柯小摇摇头。

“柯小。”

“嗯。”

“好好爱自己。”

他转身就走，柯小站在原地，抬手在半空中晃了晃。

再见啊，洛明朗。

模考接连摧残着高三学生的身心。

每天早上出门时，一枚小小的鸡蛋放在桌面上，黑色碳水笔在蛋壳上每天换着表情。

柯小把还冒着热气的鸡蛋揣进兜里，给自己加油打气。

早自习下课后，她爬上三楼给柯亮送牛奶。每一次，辜可都笑着从她旁边经过。

薄薄的卷子张张叠加，成了教室里的一道风景。

那一年，智能手机风靡世界。不少家长给孩子购置一款，孩子们不敢明目张胆地玩，只能听听歌刷刷新闻。

晚自习的时候，孔黛黛跟她分享着零食，两人挂着一副耳机听《张震讲故事》，眼睛再乏眼皮再打架，也不敢在阴森恐怖的音乐里放松睡觉。

这样的日子一直持续到三月底。

那天夜里，一声尖叫在解巷里炸开。柯小听见动静，套着外套走进院子里。

旁边于二婶家里号哭声不断，她踮脚往墙那边看，脚下不稳，差点儿摔下台阶。

“你小心点儿。”柯亮站在她身后。

刚刚心里突然而来的害怕又转瞬消失。

乒乒乓乓的声音持续了好久，二婶把小儿子托付给刘结巴，一张脸上全是泪水，扯着睡眼惺忪的戈晓露就往巷子外跑。

刘结巴抱着含着手指迷迷糊糊的小光头站在夜色里，他望向的那一边，模糊的背影隐匿于黑暗之中。

套着衣服的男人扯着嗓子问：“刘结巴，出啥事儿了？”

柯小站在刘结巴身后，他转过脸，看着柯小笑。

“没了。”

柯小没明白。

他重复着，最后脸上不晓得是汗水还是泪水，滚滚而下。

“人没了。”

于二婶十六岁那年遇见她的丈夫。

少年宫里的几个女生逃课去公园玩，在鬼屋里的时候被吓得不轻。

那时候还没人叫她于二婶，她的名字很好听。吓得惊慌逃窜的女生叫她：“于诗秀，你跑快点儿！”

白色长衣上染着血，乱糟糟的头发下一张脸惨白，五官扭曲。戈满双手举得发酸，可是面前的女孩儿丝毫不害怕，呆呆地盯着他。

从鬼屋出来后，渐渐落单的于诗秀折回去，绕过卖小票的巷子后，果然找到了他。

取下假发的戈满头顶上冒着青粒子，剃光了头发省钱省时间。

冷掉的盒饭里只有几片青菜，坐在石头桩子上吃得津津有味。

“哎——”是那个不怕鬼的姑娘。

戈满双腿往白色长衣里一缩：“怎、怎么了？”

于诗秀在包里掏啊掏，掏出一盒创可贴，指着戈满不大灵活的右腿：“给你，不然得感染。”

为了鬼相逼真，扮鬼的工作人员会在身上画些伤口或者涂上红色漆料。可是戈满右腿上直直淌下的丝丝红色是真的血迹。

那是上一批的客人不小心给他弄伤的，还没来得及包扎伤口，管事的大爷就把他赶回了鬼屋里。

他从偏门进去，还没站稳，身后就被轻轻一拍。

“我朋友都不经吓，等会儿你不要吓得太狠了。”

工资又不是按吓跑多少人来算的，对戈满来说，这不是什么过分的要求，他点点头。

女生们依然被吓得不轻，惊慌中在他受伤的腿上狠狠踢了一脚。

他吃痛，见后面又来了人，双手举上，是刚刚的女生，丝毫不害怕。

戈满是家里第二个孩子，上面还有个姐姐，刚刚考上隔壁省市里最大的大学。可是家里除了这座院子，一样值钱的东西都没有了。

爹妈打算把房子卖了，他不肯，自己跑去学校退了学，临走前把属于自己的那张桌子搬回了家。

他四处打零工，零零散散地凑足了学费，又为了姐姐的生活费多找了几份工作。

鬼屋是他遇到的最轻松的工作。

不幸的人拥有一丝的轻松都觉得是满足，他没想到的是，他还能碰上这辈子最爱的姑娘。

用力生活的穷小子，遇上一个漂亮的女孩子，该死的俗套情节在他们身上重复上演。

一方穷得叮当响，一方坚决阻拦。

可是两个相爱的人，毫不在意。他们登上城市最高的山，相互缠绵着琼瑶戏的丝丝情话，月亮当空，说好了这辈子都要在一起，谁也不离开谁。

那时候的于金宝二十出头，站在比他还要高的戈满面前，黑着脸说："我就这么一个妹妹，你要是敢对她不好，我就杀了你。"

戈满其实心里害怕，可是他看见于金宝身后那张笑若灿阳的脸，点点头："我一定对她好。"

他对她是真的好，所有的家务活都自己揽下来，每天早出晚归，却一点都不觉得辛苦。

渐渐地，他发现那个从小十指不沾阳春水的女孩把家里大小一切打理得井井有条。他疼惜她，握着她的手哭得哽咽说不出话。

身上还系着花色围裙的女孩说："我嫁给你了，就是你的人了。多苦多累我都不在意，戈满，你喜欢我吗？"

戈满伸手抱着她："我爱你。"

“那你会一直跟我在一起吗？”

“会，我会的，我们一辈子都在一起。”

可是啊，这辈子还没走完，他先爽约了。

那天晚上，他从勘测工地提前赶回来，本来还想着给于诗秀一个惊喜，谁知路遇车祸，一辆右拐道的卡车平衡不稳，横甩在地，钢筋直穿他的胸口。

他低头看的时候想，怎么那么疼啊？要是他的女孩看见了，该有多害怕啊。

葬礼从简。

柯小、柯亮并排站在院门口，解巷里的人都来了，挤在院子里。

于二婶背着小儿子，戈晓露跪在灵堂前，谁都没哭，就那样静立着。

于康乐从集训学校赶回来，手里牵着陈双朵，遥遥看见门前两个人影时，陈双朵先撒开了手。

“别让他们看见了。”陈双朵说。

他不介意，他哪里敢介意。

当她说她陪他一起回来的时候，他不知道有多开心。

那份开心之下，他知道他一刻也离不开她了

那天晚上，刘月香难得在家，在厨房里忙活了半天，一扭头看见陈双朵还坐在院子里，手上的动作轻快了不少。

炖了老鸭汤，炒了几个小菜，两个人在月色下你来我往地夹菜。

“集训苦不苦？药没了你记得跟我说，我给你带过去。”刘月香有些心疼。

陈双朵摇了摇头，没敢告诉她好几次在画室里晕倒的事。

“下个月集训就结束了，妈，你能不能……”

她想说，不要再去打扰成录了。

那些本来不该她得到的，她都拥有了。她心里恐慌，一半因为柯亮曾经的苦苦哀求，另一半，是她不想就此失去柯小。

话却在刘月香的咳嗽声中咽在了喉口。

捂着嘴巴的女人一抬手，手臂上的瘀青就全数暴露了出来。

陈双朵急了：“这是怎么弄的？”

她抓着刘月香的手，一触碰的瞬间，发现刘月香比以前瘦了不少。

“没怎么啊，可能是搬东西的时候给碰着了。”

“不可能！怎么会有这么多的乌青！”

吊在房檐下的灯泡摇摇晃晃，映着一脸的焦灼。

刘月香倒不在意：“平常我也没注意，可能一直没散，”她指着一处，“你看，这里不就消了些嘛。”

陈双朵依然半信半疑。

二婶家一直亮着灯。

买完药回来的陈双朵往灯的方向去，她想安慰安慰那个可怜的女人。

走近了才发现院门已经关了，她听见旁边院子里乒乒乓乓的动静，还有一声叹息。

她往前跨了一步，看见水洒了一地，柯小正蹲在地上。

“你怎么不小心一点儿。”她走进去。

捡起水盆，她伸手去捞柯小，还没碰着，柯小就往她身上扑过来。

“朵朵。”重重的鼻音。

“在呢。”

柯小攥紧了她：“好想你啊。”

上个学期期末考一结束陈双朵就走了，算一算，她们都两三个月没见面了。

可能是忘了之前的隔阂，柯小心里想，初中三年她在学校寄宿，半年回来一次，陈双朵大概也很想她吧。

陈双朵闭着眼，拍着她的背，松了口气。

“我也想你啊。”

每个熬夜赶画本的晚上，胸口容易发闷，以前都是柯小帮她顺背通气。

她都还记得那只手碰上她身体的触感。

毫无保留，好像融为一体。

柯小想，死亡就像是一道下了笔再也不能修改订正的习题，其中你糊涂忘记写上的步骤，或者大意写错的数字，真真实实地印在了纸上，没有再重新来过的机会了。

不能挽留，不可补救。

她害怕，哪一天陈双朵不见了，她们连个和解的机会都没有了。什么对和错，该与不该，在陈双朵的健康面前相比，根本就不重要。

质问、争吵、冷战，这个晚上，都消失了。

选秀比赛浩浩荡荡地进行了四个月。

决赛的当天晚上，好多人都去敲成录家的门。冠亚军之间的较量，不论最后结果怎样，都说得上是喜事一件了。

集训回来的于康乐叫上陈双朵、柯小和柯亮在学校外的一家餐馆里看直播，四个人畏畏缩缩，害怕被过路的老师发现给拎回去。

老板坐在收银台前不耐烦，晚上有场英超比赛，可是这四个人霸占着遥控器，他嘴上发狠要赶人走，于康乐把身上所有的钱都掏给他这才作罢。

生意人，啥也没钱实在。

直播开始是八点，刚巧赶上第一节晚自习下课。

镜头里一闪而过洛明朗的脸，他瘦了不少，穿着松松垮垮的 hip-hop 演出服，头发扎成一小撮。

“出来了出来了。”

柯小指着电视里的洛明朗。

于康乐按住她：“姑奶奶，声音小点儿。”

柯亮拍着他的肩，语重心长：“我很荣幸。”

于康乐丈二和尚摸不着头脑，终于在陈双朵轻轻的笑声中反应了过来。

这孙子在占他便宜。

“要看就看，别瞎吵吵！”老板手一拍桌子，震得隔壁桌同样逃自习的小情侣身子一抖。

辜可就是这时候提着两大袋零食出现的。

她腰间系着校服，袋子往桌上一放：“柯亮，你真不厚道，这事儿也不叫我。”

柯亮眼睛也没抬：“你来干什么？”

“咱们学校好不容易出个明星，怎么着我也得支持支持是不是。”

辜可坐在柯小和陈双朵中间的位置，手里扒拉着零食，问柯小：“姐，吃零食呗。”

柯小习以为常，一伸手就扯了一袋给陈双朵。

辜可当没看见，转头又跟陈双朵说：“别跟我客气啊，喜欢啥拿啥。”

她自来熟的样子让柯亮心烦气躁。

他没想跟辜可有多大的牵扯，可是辜可却不是这么想的。

每天早上，她准时准点来他的教室门口报到，今天送面包，明天送语文复习资料。

教室前桌的男生有时跟他开玩笑："你看看，人家小姑娘对你可是死心塌地的啊，你多少给个回应啊。"

他的回应不下百次，态度坚决："这些东西我都不需要，你别来了。"

每次辜可都点头哈腰，可是改日依然前来。

他甚至想把辜可的腿打断，再也不能靠近他。

那天中午在食堂，人山人海之中她找到他，一碗红烧肉全数扒拉进他盘子里。

"我自己做的，尝尝。"

他一筷子没动，连个眼神也没给她。

肉全剩下了，他走到垃圾桶旁边，没有丝毫犹豫，全给倒了。

辜可就站在他旁边。

"柯亮，你挺过分的。"

他终于看她："辜可，你真的挺烦人的。"

一个男生，说出这样没风度的话，那关系，多半得黄了。

可是辜可不在意。

"真好。"

真好，能打扰到你，说明你对我，不是毫不在意。

比赛时长两个小时，结果却出乎意料。

冠亚军的排名，按照十八位场内媒体评委人和四位专业评委投票为主，一人十票。此外还要根据网络投票做综合评判。

争夺的三人，除了洛明朗，还有一直被嘲笑"关系户"的康一鸣和拥有庞大粉丝量的网络歌手具灏。

三人的投票排名不相上下，洛明朗暂时排名第三。

没想到的是，网络投票环节里，洛明朗反超具灏，综合票数跟康一鸣持平。

最后结果公布，康一鸣、洛明朗双冠军。

场内一片喧哗，台下的洛青却并不在意，转头跟旁边的经纪人说：“专辑的事情加快。”

那天晚上，解巷里的人踩破了成录家的门，纷纷来道贺。

成录在送他们离开之后，冷着脸拨洛青的号码，那边却一直占线。

他站在窗户边，突然觉得自己做错了决定。

树上的叶子新生，暖春就要来临，他心如冰霜，不知道该怎么跟过世的成衫交代。

逃了晚自习，柯小锁在被子里修正下午发下来的政治试卷。

选择题满分，可是后面的辩证题却丢分不少。当初政治老师跟她提过，书里的重点直接照搬就好，以实例辩证，千万不能写流水话，显得多余而且逻辑条理不成立。

她翻着书，条例写满了试卷。

手机响起，陌生的号码，她关了静音，那边却不依不饶。

“喂？”多半是垃圾电话。

那边声音很吵，像是在KTV，谁正在卖命地飙高音。

她捂住一边耳朵：“谁啊？”

依然是高音声，唱的《离歌》，中间还夹杂着叫好声。

就在柯小准备挂断的时候，那边含糊了一声。

“我。”

好久没有听见的声音。

柯小抱着枕头坐起来，按开灯。

“你怎么还在外面，比赛不是结束了吗？”

“洛青叫了一帮人搞庆功宴，我推不开。”

柯小暗暗点头，问他："累不累？"

为了准备比赛，肯定没休息好吧。好不容易结束了，又被折腾一番。

那边呼吸不平稳："累。"

柯小安慰他："终于结束了，这下可以好好休息了。"

她浑浑噩噩地"嗯"了一声，那边问："你看比赛结果了吗？"

她被问得不好意思，说："看了，我们逃掉晚自习去外面看的，老板还夸你长得好看。"

"那你呢？"

"我怎么了？"柯小被问傻了。

可能真觉得她太迟钝了，他一字一句地说："那你觉得我长得好不好看？"

柯小脸一红，低下头，想起跟陈双朵去书展的那个晚上，看见他的时候，脑子里的八个大字——萧萧肃肃，爽朗清举。

——那你呢？

——那你觉得我长得好不好看？

她扔掉枕头躺在床上，天花板上好像映着他的脸。

"好看。"

那边心满意足。

"为了你的诚实，你将得到一份奖励。"

柯小翻个身，懒懒的："什么奖励？"

有人在叫他，他匆匆应了一声，跟她说："到时候你就知道了。"

挂电话前，她有些撒娇地说："洛明朗，你不在，都没人跟我斗嘴皮子了。"

三模的考试在五月初。

开考的前一天下午提前放假，教室排座贴号。柯小留在学校帮忙，从一楼到三楼，写粉笔字。

轮到陈双朵的教室里，字已经写好了。

陈双朵坐在位置上做模拟题，书垒得很高，整个人藏在书堆后面。

她缺了太久的文化课，现在觉得有些吃力了，那些年历表都有些模糊了。

柯小坐在她前面的位置，下巴枕在书上，手伸在她脸上，留下一块白色粉笔印。

陈双朵也不恼，看她满手的粉笔灰，从抽屉里掏出纸巾，抓着她的手擦干净。

手心有些发痒。

她本来想告诉陈双朵，等会儿还要去别的班继续写，现在擦了也没用。

可是话到嘴边，她又给咽了回去。

她盯着陈双朵的脸，刚刚修剪过的刘海正巧遮住眉毛，垂着眼，正专心给她擦手。

她好久没这么仔细地看过陈双朵了。

自从上一次在学校后面的花园里吵架之后，她们再也没有像现在这样相处过了。

本来，她有好多好多的话想问的。

——你的病现在怎么样了？没有再戴口罩了，应该是有所缓和了吧？

——集训的时候累不累啊？我听小亮说于康乐为了赶画本经常一熬就是几个通宵，你呢？

——你跟小亮有联系吗？于康乐对你好不好？

她想知道的太多了。

可是窗外日落西山，余晖洒在窗棂上，风把窗帘吹得鼓鼓的，操场上有抓紧时间放肆的篮球少年和摇旗呐喊的女生。

都没那么重要了。

丝毫都不重要了。

眼前的这个女孩，陪她走过了很长很长的一段路。

她们曾经像两朵紧紧相依的蒲公英，惴惴不安地等待着被风吹散的那一刻。

现在啊，陈双朵飘向哪里，她也要追在风的后面，永远跟她一个方向。

最后一堂考试结束之后，学校破天荒地放了晚自习的假。高三整栋楼的人浩浩荡荡往学校大门外走。

经过高一高二的教学楼时，他们因为得了特权而挺直的腰板隐隐作祟，故意大声说话吸引教室里的注意。

有些爱凑热闹的学弟学妹纷纷探头，好好的晚自习就这样被摧毁了。

气得校长在广播室里收回成命取消放假。

可是脱了缰的野马再难驯服，一个个铆足了脚力就开跑。

柯小出教室晚，走到校门口时只有陈双朵三个人还在，站在花坛前像是等得不耐烦了。

于康乐搭着柯亮的肩，吹着口哨，脸上乐开了花儿。

“走，哥哥带你们吃饭去。”

吃饭的地方在离废弃火车站不远的音乐餐厅里，因为消费高，很少有学生来这里。

柯小瑟缩着身子站在门口，捂紧了荷包，面有愁容。

“这里贵得丧心病狂，我不敢进去。”

柯亮站在她旁边，算一算这个月的生活费，也是咬咬牙。

于康乐站在台阶上，居高临下地看他们，伸出一根手指头数落。

“你说这话我不爱听，跟我出来吃饭哪里有让你掏钱的道理。”他笑得不怀好意，“况且，今天有人请吃饭，咱不花一分钱。”

柯亮问他：“不是吧？你们两个人居然瞒着我？”

于康乐耸耸肩：“没办法，告诉你就等于告诉她了。”他看着柯小，晃着手指头，“就没有一点 Surprise（惊喜）了。”

话里有话。

柯小还想问什么，陈双朵先揽着她的胳膊走了进去。

地板是大理石的，花色讲究，一看就不凡。

柯小觉得每一步都是踩在红票子上，战战兢兢。

他们开了间包房，服务员见几个学生还有些犹豫。于康乐拉着她说了两句话，服务员转眼换了脸色，和和气气，手里比着 OK。

“真的，坐这里心里特慌，还是夜宵摊适合我。”柯小坐立不安。

于康乐笑她：“机会难得，你就踏实坐着。以后出去了，装也装得像见过大场面的人。”

柯小摆手：“虚的我来不了。”

“那你得多尝试尝试了，不然从今天开始你就得开始练长跑了。”

“我又不是体育生，练长跑做什么？”

于康乐凑近她：“多积攒实战经验，万一你被人浪踩死了，英年早逝。”

柯小呸他：“胡说八道些什么！”

四个人，一桌菜，明显吃不完。

柯小看着发愁，偷偷问陈双朵能不能打包。

至少，能解决她跟柯亮一天的饭钱。

反正，不是说有人请客嘛。

于康乐吃得斯斯文文，一筷子进嘴里能细嚼慢咽上五分钟，像是刻意的。

柯小觉得哪儿不对。

一看陈双朵，四分钟。

转头看柯亮，三分钟。

三个人像被施了慢动作法术一样，她偷偷算着，自己是不是也得撑上个两分钟。

刺啦！

门响。

柯小疑问："你还点了菜啊？这都吃不完。"一转身，进来的不是服务员。

黑衣黑裤，帽子口罩，笔直而站。

柯小愣住了。

那个人走到她旁边的位置，取下帽子摘掉口罩，一只手撑着桌子，一只手挠着她的头发。

"奖励。"

柯小想，可能是幻视了。

她看着那个人跟其他三个人打招呼，看着他坐在自己左边的位置，看着他动手夹菜，她掐了一下自己的脸。

她不确定地看向门口，又看着坐在对面的陈双朵，不可置信的语气："我刚刚好像看见了洛明朗了。"

陈双朵点点头："我也看见了。"

于康乐手撑着额头，侧过脸，笑得哼哧哼哧的。柯亮噘着嘴，心想柯小可能脑子坏了。

"我就在这儿啊。"

旁边有声音响起，柯小问柯亮："你说什么？"

柯亮摇摇头，眼神往后瞥。

柯小扭过头，眼前黑压压的一张脸，凑得很近。

"柯小，高考是人生大事儿不错，可是你不能因为这样就把你的脑子学傻了。”

五个人吃完饭时间还早，商量着去 KTV 唱歌。

柯小兴趣不大，站在圈子外等着他们的商量结果。

洛明朗回头看她：“你过来。”

柯小往前一步：“做什么？”

洛明朗指着众人：“一起商量。”

柯小左右晃着头，像被人放在桌上的不倒翁，晃啊晃的，晃得人眼睛疼，明显的不乐意。

洛明朗信步走过来，手摁着她的头：“看过周星驰的《大话西游》没？”

看过。她记得初中有一年在宿管阿姨的房间里看的，当时正好放着白晶晶跟至尊宝在荒凉坡子上宽衣解带，宿管阿姨的房间就开始晃。

地震了，所以她记得特别清晰。

那个画面实在让人耳根发红。

“你跟春十三娘特别像。”

那个美丽自负的女人？一点都不像啊。

她好奇：“哪儿像？”

“刚刚晃脑袋的时候。”

柯小还是一脸不明白，蜘蛛精太美太毒，她们之间，实在找不出来哪怕一点点的相似之处。

大概是商量好了，柯亮说可以走了。

洛明朗应了一声，依然跟她僵持着。

一辆车刚好经过，车灯打在他身上，一双眼睛由暗到亮，荧荧之光。

他嘴角扯动着，却没有发出声音。柯小看着他一张一合的嘴唇，水润润的，擦了润唇膏吧，这天气实在太干了。

张合的嘴说的两个字——笨蛋。

春十三娘，笨蛋。

拐着弯儿骂她呢。

KTV 就在胡同外，上下两层，面积挺大，装潢却不讲究。

附近就挨着学校，来的大多也是学生，老板也不怎么细致。只要配上音响话筒屏幕，也能吼上个两三个小时。

小装修，隔音效果也不怎么好。他们刚一进包厢，就听见隔壁包厢里的阵阵魔音。

——池塘边的榕树上，知了在声声叫着夏天，操场边的秋千上，只有那蝴蝶停在上面……

柯亮点亮屏幕，实在受不了：“隔壁该不是小学生吧？还童年呢，这跑调都快跑到母胎时期了。”

于康乐拍手：“绝了。”

旁边嗨得忘乎所以，高音一波接一波，声声震耳欲聋。

洛明朗坐在沙发上，懒洋洋的，眯着眼睛等他们点歌。柯小蹭啊蹭，从陈双朵旁边蹭到他的旁边，伸手在他眼前晃了晃，确定他是不是睡着了。

洛明朗一把抓着她的手：“你人形指挥牌啊？”

柯小缩回手，有些担忧地问：“你这么跑出来洛青姐不会找你麻烦吧？我听说你最近不是在准备专辑的事吗？”

比赛结束之后，昌河娱乐就发出了新闻稿，正式签下洛明朗。原创歌手，有才有貌，这年头，不可多得。

洛明朗伸了个懒腰，抬高帽檐，MV 里的男主角正是康一鸣。

“公司放了两天假，顺便回来拿东西。”于康乐正酣歌，麦克风之下他的声音嗡嗡的。

突然想到什么，他问：“你是不是给我写过信？”

这年头，很少会有人写亲笔信。洛明朗问她，是因为之前比赛的时候，有个录制环节是亲口朗读粉丝写的加油信。收到多少封都会一一交给选手，念不念或者念哪一封，就看选手自己了。

第一场比赛的时候，洛明朗没有参与录制。那时候节目还没有在网络平台上播出，其他选手的粉丝信大多是曾经的微博粉丝写的应援。节目组的导演一一派送信封之后，还特意给他打气：“小伙子别灰心，等节目播出之后，说不定你手里的信比他们还多呢。”

他倒不在意这种事，没有反而最好。他参加比赛，只是出于洛青曾经答应过他录制唱片的原因，粉丝数量，红不红什么的，对他来说都不重要。

那时候，柯小在凌晨看完第一场比赛，看见其他选手念信时的扬扬得意，心里特别不服气。她摊开纸，洋洋洒洒写了五大页，赶在第二场录制前寄了出去。

第二场比赛的时候，应了节目导演的话，寄给洛明朗的信有三百来封。粉色的信封里装着少女们的心事，他只抽读了一封，念到一半就进行不下去了，上引古今情诗词，下借“么么哒”“笔芯（比心的谐音）”，实在肉麻了些。

录制结束之后，这些信都是选手们自己收藏留恋。寝室里的其他男生们分享着彼此粉丝的绵绵情话，他倒头大睡，醒来的时候发现放在枕头的一沓信掉在了地上，他伸手捡的时候，看见个很熟悉的笔迹。

柯小磕磕巴巴：“你收到了吗？”

洛明朗点头：“我就只有几封信，就算不看，那些信也会到洛青手里。”他转头，“你以为她看见了不会跟我说？”

早知道就不用真名了！柯小心里发愁。

她牙齿打战：“你看了吗？信里面的内容。”

那封信里面，她写了很多。大多是要比过其他选手粉丝的心意的，这样才能让洛明朗面上有光。

一个粉丝，给自己爱豆写的应援信要怎么写才能显得情真意切？

那就是要像给喜欢的人写情书一样，字字绕心头，句句动人心。

柯小的那一封，也不例外。

“明朗，到你的歌了。”于康乐递给他话筒。

他喝了口水，润润嗓子。

“没有，平常训练强度那么大，我哪里来的时间看那些。”

他站起身，黑色的影子罩着柯小，她拍了拍心口。

幸好，不然又要嘲笑她了。

帽檐下的眼睛盯着她的一举一动，他站在屏幕前，对着玻璃墙上映出来的柯小唱——

知不知对你牵上万缕爱意

每晚也痛心空费尽心思

这小子欲断难断这故事

全为我爱上你偏偏你不知

……

其实那个夜里，他一个人站在空荡荡的走廊里，没有灯光，借着窗外点点的月光，一字一句念完了那封信。

哪里有什么放假。他明明是在录音棚录制前临阵脱逃了。

他曾经被洛青劝服，参加比赛，不过是想把爸爸遗留在世的曲子唱给更多的人听。可是这条路要么不容易，要么不干净。

他爸爸走的前一条，他踏上的是后一条。

通告、包装打造、谈影视……这些东西让他应接不暇。他只想安安静静地唱歌，甘心做爸爸和这个世界的传声筒。可是他有些承受不了了。

他这次回来，是想拿一颗镇心剂。

那个让他坚持的女孩，现在就坐在他身边。

他只要看她笑一笑，就有了勇气。

第十章

你教会我要自爱，我也不负期望，终于赶来

短暂的相聚之后，洛明朗跟谁也没说就回了公司。

他陪着他们回了解巷，看着他们一个个走进了家门，然后转身消失在层层叠叠的烛火里。

他没有见成录。

或者说，他不知道该怎么面对成录。

不过年长他十年的男人，在他的生活里一直很用心地扮演着家长的角色。他曾经在父亲那里不曾得到过的温暖，都转身在成录那里遇见了。

那一年，他被学校的学长欺负，头破血流一身伤痕。他翻墙逃出学校，打开地下室的那扇门，洛旬不在。

一个清瘦的背影站在逆光之中，他的声音像寒冬夜里升起的一堆篝火。

“你是明朗对不对？”

那么温柔的语气，让他想起了妈妈。

成录给他拿换洗的衣服，替他清理伤口，给他做了一桌子热气腾腾的饭菜。在此之前，整天醉酒不在家的洛旬已经十天半个月不曾管过他了，他每天只花上一块钱买两个馒头，放在抽屉里，饿得反胃才吃上一口。

十二岁的男孩子，身体干干瘪瘪的，怎么不被人欺负？

成录领着他去超市买了一堆菜，变着花样给他煲汤做菜。他躲在厨房门后看见成录手忙脚乱照着菜谱上的步骤切菜、倒油、翻炒。比自己高了一个头的男人低眉擦汗，昏暗的环境里，他像是一束光住进了洛明朗的心里。

后来洛旬去世，成录也不过才二十四五岁，为了他放弃了去斯特拉斯堡巡展的机会，忙前忙后为他联系学校，打理他的生活，最后终于落户在解巷。

成录之于洛明朗，是不可辜负，是来日清风。

他们是舅侄，更像兄弟。

现在他只是个逃兵，要是回到成录身边，好像辜负了他这些年的用情至深。

高考结束的那个晚上，班级聚餐，五十四个人浩浩荡荡坐满了整个餐馆。

林一舍不得，挨个拉着人敬酒，从班主任粉天鹅到她曾经喜欢过的体育委员，满肚子的啤酒在胃里翻滚。

孔黛黛拉着她去厕所，其他人依然热情高涨。

柯小坐在最角落的桌子，花生米的味道不错，她见旁边桌没人，躬着身子去拿，抬头的时候就撞上齐璐微醺的目光。

两个人都穿得单薄，风一吹，衣服都鼓了起来。

齐璐大概是有些醉了，微眯着眼睛坐在餐馆外面的台阶上，身子摇摇晃晃的，柯小伸出一根手指头支着她。

也许是被风吹得清醒了些，齐璐盯着地上的石粒子，说："其实我挺讨厌你的，以前不是，后来有些嫉妒，你跟洛明朗住一条巷子，抬头不见低头见的，我想想都心里烦。”

柯小听着，觉得那可能是缘分。

“后来就是你生病那次，他抱着你就往医务室冲，跑得别提有多快，一边跑一边叫你名字。我跟在后面追，追不上，就看见他越跑越远。”

那时候柯小烧糊涂了，什么都不记得，现在听她这么一说，心里暖洋洋的。

“当初他来教室门口唱歌的时候，其实我特看不上他。仗着副好模样为所欲为，才不是我喜欢的那类人。”

她靠着柯小，头枕在柯小的肩上，难得天上挂着几颗星星，忽闪忽闪的。

“我不知道怎么回事，后来早上升旗的时候我总在人群里搜寻着他懒洋洋的背影，在路上碰见时我总想跟他打招呼，克制不住，后来听说他又去别的班跟女生唱情歌，我特别生气，还去围过那些女生。”

餐馆里吵吵闹闹的，粉天鹅训着几个喝得不知天高地厚的男生，最后反被劝了一杯。

孔黛黛扶着林一回来，经过她俩的时候愣了一会儿，见她俩好着，又笑。

“柯小，你喜不喜欢他？”齐璐发狠站起来，蹲在她面前，眼睛睁不开。

酒味扑鼻而来，柯小开始也喝了不少酒，可是她天生奇怪，喝酒上脸就是不醉。

耳根烧得疼，她躲避过齐璐的眼神。

“你说，喜欢不喜欢。”齐璐扳过她的脸对视着。

隔了好一会儿，柯小认真地点头。

他早就住进她心里了，可是那时候她太浅薄，在爱与被爱之间摇摆不定。

她太需要一份永远只属于她一个人的爱，任谁来，都抢不走。她徘徊在成录的窗户边，以为从天而降的救世主能关切地给她多一些疼惜和爱护，却没有看见在她身后一直有个长发少年，目光一直追逐着她。

是哪一天，她发现这份悄然无声的感情的呢？

是洛明朗走的那一天，他站在天地间，跟她说——好好爱自己。

就像杯子里的水，要先把自己填满才能溢出来，然后看见江河大海。

喜欢和爱是没有条件的，不需要对等的交换，也不要什么既定的规则。

所以她在奔流的途中，看见了一片河滩。

那片河滩，叫洛明朗。

齐璐打了个酒嗝，一张脸皱着就要哭出来。

柯小拉着她："你别哭啊。"

齐璐真的就老老实实憋了回去，她瞪大眼睛，有些抽噎，觉得脑子里有水声。

可能憋回去的眼泪全涌进脑子里了。

粉天鹅恰巧在结账，看见两个女生站在外面，好奇地看，说："要准备回去了，齐璐是不是喝醉了。"

齐璐侧过头："没，清醒着呢。"

粉天鹅一边掏钱一边训她："嘴皮子还挺利索。"

柯小帮腔："真没喝醉，还跟我讲数学最后一题的思路呢。"

粉天鹅收好钱包："那就走了，你们顺路吗？可以搭伴儿。"

她们还没说话，走出来几个男生。

"我们要为咱们班的女生最后当一次护花使者，她们的安全由我们负责！”

后面叫好同意。

粉天鹅瞪他们：“你们还能寻着回去的路就不错了，醉醺醺的我还不放心呢。”

男生挠着头，拍拍胸脯，强装没事。

最后还是粉天鹅叫了几辆车，一个一个将他们送回去。

孔黛黛扶着齐璐，担心地问柯小：“你真不坐车走啊？晚上不安全。”

柯小摇头：“我弟来接我，马上就到了。”

她一抬头，正好看见柯亮在马路对面，指给孔黛黛看。

“那行，暑假咱们再约一次。”孔黛黛打开被不老实的齐璐关上的车门。

柯小站在车窗边，扯住乱动的齐璐：“好，电话联系。”

她缩回手，却被齐璐抓住。

泛红的一张脸上泪水汪汪在眼角，她说：“我接受了。”

“柯小，他喜欢你，我不在意了。”

所以，我们还是朋友。

柯亮也刚结束班上聚会，身上酒味重，脸上却一点事儿也没有。手背在身后，像个散步的老大爷似的，晃晃悠悠地靠近她。

“你怎么喝这么多？脸红得跟傍晚的太阳一样。”到底还是有点儿醉了。

柯小被他逗笑，帮他整理好被揉乱的头发。

吃饭的地方离解巷有半个小时的路程，两个人谁也没说坐车的事儿，一前一后走着，路黑的地方柯亮加快脚步跟她并肩而走，像保驾护航一样。

考试的前一天，田美合特意打来电话，交代着柯小注意防暑，带好必备的工具和准考证，然后就换柯亮接。

她坐在院子里算经纬度，头顶的桂叶被吹得唰唰作响。

“志愿你打算填哪里？”柯小忍不住好奇地问。

那天柯亮接了很久的电话，脸色变了又变，应该是电话那头的田美合劝他志愿填去他们工作的地方。

柯亮踢着石子：“还没想好。”

他又问：“你呢？”

柯小转过身子，倒着走，漫不经心：“本市。”

她不想去太远的地方，她不想留奶奶一个人，也怕洛明朗回来找不着她。

“那你想好念什么专业了吗？”柯亮问她。

“新闻传播吧，也没想好。”她耸耸肩。

柯亮踩在她的影子上，经过一家餐馆，里面还闹哄哄的。

一路踩着风，他们终于回到那条悠悠的巷子。

合上院门的时候，柯小冷不丁地说：“小亮，不管你做什么样的决定，都不要伤害他们两个。”

柯亮停住脚，两个人背对站着。

啪嗒上了锁，她走过他旁边。

“你也不要伤害自己。”

那晚半夜，柯小翻身起床吐了两次，脑袋里浑浑的，睡不着，看了好几眼手机。

最后一觉睡到第二天下午，她拿过手机，心里咚咚直跳。

手机上有四十七通未接来电，都是来自洛明朗。

她没敢拨回去，手机界面一划开，是她昨晚发送出去的短信。

——洛明朗，你是不是喜欢我？

——我喜欢你。

说没喝醉，反倒犯了浑。

害怕再有电话进来，她直接关机，把手机扔进抽屉里，在床上坐了好半天，想着去找陈双朵。

院子门一打开，脚下没留意，她撞在一个人的背上。

洛明朗是连夜赶回来的。

自从签约公司之后，洛明朗跟康一鸣的行程都由同一个经纪人掌管，大家都叫他绿头。他谈了四五个女朋友，因为常年飞来飞去，最后全落得被绿的下场。

康一鸣是绿头带出来的，感情自然深。

当初洛青说让他带洛明朗，他不乐意。明显的，这两人关系肯定不一般。要说是精明人呢，打的金算盘，却独对裙带关系有偏见，看不见啥有利发展，白白浪费他精气神。

那天本来是绿头带着洛明朗去谈新歌作曲的事儿，编曲人在业界是有名的难搞，谈不谈得下来还是个问题。绿头坐了没两分钟，就自己打车去荒郊野外找拍戏的康一鸣。

他跟等在原地的保姆车司机说："老子宁愿被蚊子叮死也不想待在这里，他乐意就跟这儿坐着，看老高搭不搭理他。"

编曲的老师姓高，上过几档综艺节目，走毒舌犀利的风格，收视反响不错，人也就更加傲气了。

老高对只会弹吉他的毛头小子根本不放在心上，任他在放音室里坐着。

白天转到黑夜，等老高陪着一档火热的综艺节目导演吃完饭唱完歌谈好合作签好协议再回放音室时，洛明朗还在。

洛明朗横身躺在一米长的小沙发上，手枕着头闭着眼，双腿曲着，怎么看都觉得拥挤。茶桌上横七竖八摆放了好些纸张，上面写写画画好几页。

老高给自己倒了杯茶，点了根烟，坐在烟雾缭绕中看那些画纸。

纸上是他之前写的曲子，来来回回改了十几次，旋律总不对。

背面是刚刚新添上的笔迹，音符画得并不规整，可是他自己也随意惯了，倒并不介意。

一口烟吸进胃里，像开窍了一样，他起身走到电子钢琴前，照着新编的曲谱弹了一遍，觉得不够，又来一遍，意犹未尽，反反复复弹了二十几遍。

洛明朗等着等着睡着了，做了个梦，梦里柯小拖着行李箱来找他，一脸委屈巴巴的样子，问他："我没家了，你要不要收留我？"

他还没答应，耳边就是渐渐升高的音调。

"嘿，小子，没想到你会的还不止两把刷子。"老高有点儿兴奋，当初理不清的旋律被洛明朗一改，现在在他脑子里转啊转根本不停歇。

洛明朗坐直身子，有些起床气，其实是怪自己没能给柯小答复。

即使是在梦里，他也特在意她的情绪。

他手抓着头发："随便改的。"

老高没听进去，还是啧啧称赞，烟燃到末尾也没发现，最后被烫了手指，还笑得乐呵呵的。

终于心满意足，老高站起来，商量着："这样，你的曲子我给你办了，但是刚刚那首，"他指了指，"编曲人的名字你拿不上。"

爱极了音乐的人，恨不得全世界最动人的曲子都出自自己一人之手，不愿意跟人分享成果。

房间里很暗，洛明朗没作声儿，他抱着吉他站起身。

老高以为他不答应，阻拦他："年轻人别着急嘛，你有什么条件都可以跟我提，咱们好商量是不是？”

手机刚好进来消息，照片里是两个女生坐在店门前的台阶上。

于康乐说：“我看她喝醉了，要不要帮你送回去？”

他看了一眼，手里动作很快：“你让柯亮给她打个电话。”

这样，就显得自然多了。

老高趁他看手机的时候，迅速转身留下自己的联系方式，递给他：“以后要是愿意就常来，你小子是真不错。”多嘴又问，“学过音律吗？我看你弦拿得不准，没受过专业训练吧。”

“没有。”

那把吉他，都还是洛旬的。他小心呵护着，连琴弦都锈透了也不肯换。小时候他就坐洛旬旁边，看他给成衫唱歌，手指灵活地跳动在琴阶，好似情诗。那年他才三四岁，吵着闹着要学，洛旬抓着他的小肉手，长时间摁住琴弦，疼，他又哭，说打死也不学了。

后来，他整天把自己锁在房间里，指尖被琴弦磨了好几层皮，就是丢不下。

就这样背着，一直背到现在。

他身上的血液、触摸的皮肤，都是洛旬和成衫给的。他没想到，他活成了他们的模样，永远跟世界作对，永远学不会妥协。

他说：“曲子的事儿就不麻烦老师了。”

他拒绝得干干脆脆，以至于后来洛青把他骂得狗血淋头。

他走出放音室，夜色里是匆匆来往的脚步声。保姆车早走了，他看见朋友圈里绿头跟剧组的人笑成一团的样子，康一鸣坐在他旁边，尽管掩了半张脸，还是能看见嘴角边上的笑。

从他进公司开始，洛青规划着他的出道之路，影视通告上综艺，走的是康一鸣走过的路；其他的人拿他跟康一鸣做比较，谁输谁赢没有定论；绿头在他跟康一鸣之间，总是毫不犹豫地选择后者……

诸如此类的事情，太多了。

他渐渐变成别人的影子，没有吭声。

他在酒吧里卖唱，被洛青抓到过好几次。每一次的下场都是专辑推迟，一推再推，推到现在，杳无音信。

灯红酒绿里，他的声音像是魔咒一样摇晃着男男女女的身体，他们相拥接吻，互相挑逗，一杯酒下肚，谁也不知道揽着自己腰肢的那个人是谁。

酒吧的老板跟洛青熟，答应了她如果洛明朗来，只让他唱一首。在公司的训练太条条框框了，他受不了，她就替他担一些。

可是没想到的是，一首歌还没唱完，洛明朗就下了台。

昏暗的环境看不清脸，只看得见他跌跌撞撞的身影，他跑得太快，鞋都掉了一只。老板躲在吧台后面偷偷地笑，真想给洛青看看她这个平日里高冷得要死的弟弟。

铃声是专属的，他听见了。

——洛明朗，你是不是喜欢我？

他盯着好半天，确定是柯小的号码没错。

还没回，又进来一条。

——我喜欢你。

可能是疯了。

她和他，都疯了。

柯小本来有脾气，地上的那个人转过脸，她才老实待在原地不敢动。

洛明朗站起身凑近她的脸。她还没洗脸，刚睡醒的脸上泛着点点油光，长出了一两个闭口，就在鼻尖上，还蛮可爱的。

他晃着手机：“你这是什么意思？”

他本来是问为什么不接电话。

柯小压了压神，装作挺云淡风轻的样子："就我说的那个意思啊。"

没想到，她不打自招这毛病，还没改过来。

洛明朗不作声，柯小偷偷瞟他。

平时挺会跟她犟嘴的人，现在安静得有些离谱了。

她伸手想拉他，伸在半空的手被抓住，她吓了一跳，嘴巴却被捂住了，动作来得太快，牙齿磕在嶙峋的骨头上。

疼死了。

洛明朗拉着她站在石狮子后面，挂满院墙的爬山虎恰好挡住两个人。

"柯亮。"他解释。

柯小侧头看，视线里只有伸出墙院的绿叶。

他们第一次见面，是在胡同外的火车轨道上。

现在想想，在一个陌生的男生面前哭哭啼啼的，真的没有好事发生啊。

洛明朗弯腰系着鞋带，白色的鞋面上不知道什么时候沾了灰，看起来挺突兀的。

两个人分坐两头，都没有说话。

市里拿下了地标，准备开发大工程，项目还没定，不过听说这块儿地是个香饽饽，谁都想抢下来。

也许，他们再回来时，长了这么些年的野草也铲出了地里，连根拔起，变成荒土一片。

洛明朗电话响了好几次，柯小回头看他。

"你是不是偷跑回来的？"

洛青是来问罪的，洛明朗关机揣进兜里。

"是啊。"

还挺坦然的，眼睛里戏谑意思明显，忽闪忽闪的，似乎在说：我是因为谁才偷偷跑回来的？

柯小心领神会，自觉理亏，手指头搅动着，不知道该说什么了。

她真不记得短信是什么时候发出去的，一点记忆都没有。

不过，这不是让她最苦恼的，反而是洛明朗不咸不淡的反应，让她觉得有些不能接受。

“你就没有什么想说的吗？”柯小受不住这份安静。

洛明朗转过头：“有。”

柯小盯着他。

他说：“柯小，我喜欢你很久很久了。”

久到如果这辈子不能跟你在一起，就感觉活不下去了。

柯小走到他面前，伸出一只手：“我现在才堪堪赶来，不好意思。”

“今后，请多多指教。”

好好爱自己，这样，才能爱人。

你教会我要自爱，我也不负期望，终于赶来。

柯小人生第二次上电视，是大二结束的那一年。

陈双朵在全国国画比赛的成年组里获得第一名的好成绩。记者蜂拥采访，下飞机后转火车，来到那条悠悠的解巷，挤在那间小小的院子里。

相比起四年前，阵仗大了好几倍。全国媒体来了好几家，却纷纷惊讶于这样的环境里居然出了如此的新秀。

于二婶帮忙倒茶，刘结巴跟在她身后，时不时搭把手。两人没有说话，眼神相撞的时候，岁月沉淀。

两个月前，两人操办了简单的酒席，算是办了婚礼。于家本来不同意，想着二婚还不如那一婚，摆足了脸色给刘结巴。

后来，戈晓露跑回于家闹了一番。

她跪在外公外婆面前，说心疼她妈，刘叔对她妈妈是真好，人善良，不算委屈。

老年人心软，也说不出狠话，只是酒席的那天，谁也没来。

柯小剪短了头发，十足十的男生头。

她拍了张自拍给洛明朗，看了手机好久也没有回信。

刘月香在外面喊她，说记者也想采访采访她，不晓得可不可以。

她欣然答应。

她最好的朋友，如此喜事，特意换上了压箱底的裙子。样式是几年前最流行的，奶奶给她和陈双朵一人做了一条，一粉一白。

白色裙角飘荡在青石板路上，她突然懊恼头发剪短了。

院子门开着，她站在人群最外面，看见隐隐的一抹粉色。

摄像机对着她。

“你们认识多久了？”

“很久很久了，来到这个世界上的时候就认识了。”

陈双朵握着她的手，相视一笑。

“听说小时候巷子里就属你们两个人关系最好，这么多年你们都没有吵过架吗？”

这更像是专访，发掘过往的故事。

柯小耸耸肩：“肯定会吵。但是很奇怪，我们两个都是那种过了就忘的人，也不爱记仇。”

“陈双朵在学校里受欢迎吗？”

说到这里，柯小想起前不久还有高中的男同学向她偷偷打听陈双朵的近况。

她笑：“全校的男生都觉得她是女神，就是她平常不大爱搭理人，样子冷冷的，好多男生只能暗暗在心里欣赏。”

陈双朵掐她，两人笑成一团。

采访结束之后，还有记者特意打听陈双朵的病情。

刘月香招呼着他们，答得不利索，最后说：“我们朵朵运气好，遇见的都是贵人。”

陈双朵拉着柯小回了房间，许久没见面的人有说不完的话。

柯小躺在床上，还有些担心。

“我之前放假回来。听二婶说你要做大手术，时间定了吗？”

陈双朵靠着她的背：“定了，五一的时候，得去北京。”

“那到时候我也去。”

“你去干什么，就是个手术，搞得好像送别一样。”陈双朵不以为然。

柯小坐起身子：“呸，你瞎说什么！”

陈双朵笑：“好啦，就是难得跑，你也别折腾了。等到时候出院了，我去你学校找你。”

柯小伸手翘出小拇指：“那说好了啊。”

陈双朵挂上指头：“一言为定。”

两个人又打闹在一块儿，满头大汗，陈双朵扭过头，问她：“你跟洛明朗怎么样了？”

柯小喘着气：“就那样呗，见不上面摸不着人，十天半个月联系一次。”

陈双朵摸着她剪成小刺猬的头：“累不累？跟明星谈恋爱，是场人生考验了。”

柯小望着天花板，窗外投进一缕光，照在一角。

挺累的。

可是就是因为那么累过后，他在某个夜里突然出现，带着她去没有人的游乐场里走一圈都觉得满足了。

他的时间被排得满满的，有些时候连着三四天都睡不上四五个小时。

他比她，累多了。

“那你呢？于康乐这次去奥地利办画展，肯定迷死一帮小姑娘了，你不把他看紧些啊？”

陈双朵拉着她嘘了一声，窗户外刘月香正在打扫卫生，陈双朵低声说：“他敢。前两天还在跟我闹别扭说要回来，我急了，说他要是敢不管画展跑回来我就再也不见他了。”

柯小捂着嘴偷笑：“于康乐也挺㞞的。”

陈双朵老老实实躺着，过了好久，问她：“小小，柯亮跟你联系过没？”

他们两年没见过面了，都曾经回来过解巷，可是时间总对不上，就没碰见过。

那时候于二婶还可惜：“这几个孩子当初玩得可好了，现在一年聚不了几次，也没一次聚齐过。”

笑容渐渐从柯小脸上消失，她说：“我听我爸说，柯亮准备报军校，体检已经过了，下个月就过去。”

听说是在一个叫却勒库木的地方，荒漠里，难见人烟。

陈双朵转过身，心里阴沉沉的。

柯小抱着她。

“朵朵，没关系，会见面的。”

可是，好难啊。

陈双朵闭着眼：我都不知道，还能不能见着他了。

回学校以后，柯小的头发长了一些。

洛明朗给她打来电话，都是在深夜里。柯小睡得迷迷糊糊的，接通后放在耳边，电话那头的人有时在唱歌，有时安静得没有一丝声响。

可是他清楚地听见她浅浅的呼吸声。

有一次，他回来赶通告，一票难求。

后来校园网里有免费的三张门票，她四处找人开后门，帮人写论文搞定课题。室友见她入魔的样子，纷纷点赞表扬，能做到这样，也算是洛明朗的脑残粉了吧。

柯小摆摆手："理智粉理智粉，就是想见见本人。"

旁边床的女生揶揄她："每天晚上给你打电话的小哥哥知不知道这事儿？肯定吃醋了吧。"

柯小脸红，说："明朗勇敢飞，柯小永相随。"

室友们还想打趣，柯小一看时间，抓着桌上的书就跑。

"我上课时间到了，先走了啊。"

关上门，她的心就要跳出来了。

柯亮走之前，来找过柯小。

剃成板寸头的男生嘲笑男生头的柯小，两个人大眼瞪小眼，在学校外面的 KFC 瞪了一下午。

"去那么远的地方，你说要是坚持不住，连回来的车你都找不着，跑都跑不了。"

柯亮哼哧哼哧地笑："我是个有高度觉悟的人，哪里说跑就跑了？"

柯小怼他："你要是真觉悟高，就不会千百次劝不听，害得爸妈打电话来讨伐我，叫我劝你。"

柯亮挺不好意思的："我也没想到他们会给你打电话，对不起姐。"

"哎，少来这招，不管用了。"柯小打住他。

聊生活，聊学习，聊环境。

他们从天南说到地北，从于康乐的画展聊到洛明朗刚获得的新人奖。

就是谁也没先开口提陈双朵。

那个瓷娃娃一般的女孩，在他们心里各有印记。

一个开始，一个结束。

就是如此了。

为了成录，洛青跟洛家是彻底闹翻了。

她搬出了洛家祖宅，住进了解巷，每天陪着成录画画。闲暇的时候两人计划着旅游，国际航班，一路东飞，绕了地球一整圈。

洛明朗刷着朋友圈里两人情意绵绵的照片，有些等不及了。

他想跟柯小在一起，一直一直在一起，一刻都等不了。

他买了玫瑰花，选好了戒指，在某个晚上，站在柯小面前，深情款款。

他说："也许你觉得太早了，可是我等不及了。柯小，你还记不记得你欠我一样东西。"

那一年生日，咬下的齿印，没还的愿望。

柯小躲进他的怀里。

"那，以身相许好了。"

第十一章 NIXINSHANGDEXUE HUALEMA

心里翻腾几回，爱过的人，就这一个，就在眼前

采访结束后，已是深夜。

柯小坐在休息室里，口干舌燥。

这个故事，太长了。

“咚咚……”

辜可靠在门边：“怎么样，挺累人的吧？当初我劝你好好考虑考虑，没想到你答应得挺顺口的。”

镜子里的柯小妆花了一半，眼线晕开，面有倦容。

“是挺累人的，不过也算是完成了。”

高跟鞋踩在地上声音刺耳，辜可拉开旁边的椅子坐下，懒懒缩着身子。

“你真的有信心能把他找回来？当初那事儿闹得沸沸扬扬的，片子播出去，可能又得轰动一番。”

柯小抿着嘴，好不容易从岁月长河里抽身出来。

“只有这一个办法了，如果没有用，我就死心了。”

辜可手卷着长发：“想好了怎么跟他说吗？这些年，他过得肯定不好。”

“那他就更应该回来，”柯小卸掉另一半妆，“当初他教我的，我也要还给他。”

辜可叹了口气：“待会儿还得剪片子，我就不送你了。”

柯小拿上包：“行，剩下的事情就拜托劳模你了。”

走出门的时候，辜可叫她：“为什么你最后要改口？”

柯小停在原地，新来的实习生一路跌跌撞撞送刚审完的上期片子，年轻的模样像极了那一年脚底发软的她自己。

她说：“我唯一能改变的，就是故事里的结局。”

生来平凡，不能与命运作对。

可是，她也想改变一些什么。

成录打来电话的时候，柯小刚洗漱完。

头发还是湿的，打开的电视里正放着深夜电影，老片子了，当年在戏台子前放映过。

“洛青最近精神不太好，夜里失眠，一坐就是天亮。我想着最近就回来，你看看有没有时间陪陪她。”低低的嗓音里带着厚重。

柯小想也没想：“行，到时候去接你们。”

“那倒不麻烦了，我先陪她回一趟祖宅，洛老爷子念她念得紧，也想看看孩子。”旁边有咿呀学语的婴儿声。

“那好，回来再联系。”

“柯小。”

“嗯。”沉沉的睡意袭来。

“有他的消息吗？”声音干涸。

柯小睁开眼，努力克制：“没有。”

这些年，她最怕的，就是跟当年的熟人提起他。

明明，他们都在一起了，最后，却彼此失散。

洛明朗，是你说卿有所依，生死不负。

为什么你却就此杳无音信了呢？

第二天休息，柯小坐车去市郊边的一处院子。

院子近乡，相邻的几户人家，升着炊烟，宁静安详。

没人在，柯小站在院子里打望，远看一些，是茫茫的绿色，新种下的麦子正窜头，长得很高。天色还浅，青白色的天空里飞过一群燕子，柯小望着那些扑翅而去的影子，心里也渐渐远了。

门打开，里面蹒跚的身影单薄："回来了啊。"

柯小回头，应了一声。

"给你带了些药来，下个周末去医院检查，你别忘了。"

她放下包，扶着人。

经络凸起，皮下见骨。

柯小建议着："要不我另外找套房子，咱娘俩儿一起住好不好？"

没答应。

她叹气："妈，你别犟，不然她铁定会怪我的。"

女人抬眼看她，眼白混浊，双眼失神，问："谁会怪你啊？"

这下，换成柯小没接话了。

一直到离开前，柯小忙前忙后，换洗被子，晾晒衣服，做好后面两天的早中晚餐，给女人剪指甲。事无巨细。

临走前，她特意去后面那户院子，塞了两个红包，说："我妈就拜托你们照看一下，要是有什么事儿你就给我打电话，号码你们还存着吧？"

拿着钱的女人指甲里藏着污垢，脸上两坨红高原。

“存着存着。姑娘你放心，咱拿钱办事，一定好好看着。”

柯小自然不担心，当初选院子的时候，她就找人了解过附近的情况和居民背景。

她做事渐渐老道，对谁也不放心，对谁也没信心，只相信自己一个人。

上车前，女人站在石头堆砌而成的院墙外看她，冲柯小招手。

“朵朵，下次回来的时候我给你煲老鸭汤。”

柯小点点头：“好。”

辜可剪完片子以后，已经是中午十二点了。她打电话给柯小，约在公司楼下的餐厅吃饭。

辜可坐在餐厅里，来来往往的大多是二十一二岁的小情侣。她打开化妆镜，眼角又添了两条细纹。

唉，得给老板申请申请转幕后的事儿了。

这一年辜可二十六岁，在电视台主持访谈节目，正当红。

她当初不顾劝阻报考体育院校，一心想进国家队。没想到被生活打磨过后，已经记不起当年也曾有过这样的梦想了。

餐厅老板跟她是熟识，追了她五年，至今锲而不舍。

“我听说你们台里最近搞什么回忆过去的煽情故事，好多小年轻吃饭的时候还在抱怨，都多少年前的套路了，现在还搬出来，你也不怕你金牌主持人的身价就此跌了啊？”汲志承弯腰想坐，却被她一个眼神瞪了回来。

“等人啊？”汲志承不识趣地问。

辜可冷眼相看，他反而心情不错。换作平常，就是等她看他一眼，都要排队拿号。

他自言自语：“你也是挺不厚道的，来我的地儿，等别的人。有时候想想，都想把这店盘出去，眼不见心不烦的，我自己也开心。”

辜可觉得他说得不错，点头赞同。

可是遂不如意，汲志承说：“可是我贱啊，就爱看着你。”

柯小到的时候快中午一点了：“碰上起车祸，堵车。”

辜可给她倒了杯水：“怎么样，她身体好些没？”

柯小摇头：“神智本来就不清楚了，说话的时候糊里糊涂的，听不进去。”

“毕竟打击太大了。当初手术挺顺利的，哪里晓得后来出现排斥，人就没了，一喜一悲的，她肯定受不住。”辜可了然。

柯小搅动着汤匙，已经好多年了。

大三那年中秋，柯小因为学校校庆的事，已经三天三夜没睡好觉。于康乐突然造访，他们在学校外面吃了顿饭，柯小本来还计划着国庆的时候回解巷，跟他约好了时间。

走之前，于康乐跟她说：“我们结束了。”

她不可思议：“什么？”

“我跟陈双朵，结束了。”于康乐低着头，心有不甘。

他说：“我囚禁她六年，谁也不开心。我说分开的时候，她不同意，可是柯小，我知道，她很开心。”

她有足够的理由去找那个人了。

柯小没说话。用情至深的那个人先放手，大概是因为真的毫无办法了。

于康乐坐在石阶上：“小亮还有一年就回来了吧。”

他前一年跟朋友去新疆旅游的时候，路过阿克苏，他本来想顺路去看看柯亮，后来因为行程有变，也就没去了。

他们两年没见面了，他心里有愧，其实没想好真见面的时候，怎么面对。

“其实是我对不起他们两个人。现在放手，也算是弥补他们了。”

他留下这句话，就上了车。

柯小看着消失在夜色里的车，没有说话。

她给洛明朗打电话，那边占线。

大四这一年，她忙得昏头转向，论文，实习，生活向她不断施压，可是咬咬牙，她一样挺过来了。

而洛明朗，却越来越不好。

跟康一鸣的比较从台后搬上台前，有媒体人说，洛明朗，总差一份运气。

两人的实力不相上下，可是奖项、资源，他永远低康一鸣一截。

他依然做音乐，推掉好几个通告和影视。为此，洛青和他大吵了一架。本来以为他会老实一些，可是他却变本加厉，自降身份去酒吧驻唱，狗仔偷拍了好几回，以高价威胁公司。

领导层大怒，冷藏了他半年的时间。他每天把自己锁在房间里，没有光亮的房间里，他想起洛旬。

终于有一天，他重蹈了他父亲走过的路。

柯小每天来给他打扫房间，后来毕业，直接搬了进来。

那个拿着吉他的少年，整日酗酒。柯小没办法，找来了成录。

两个男人在房间里静坐着，最后打了一架。

成录说：“当初，我就不该让你走这条路。”

对洛明朗来说，成录是不可辜负。

他害怕成录会对他失望，他重新振作，每天编曲，联系音乐人录demo（样本唱片），在录音棚里一待就是一整天，活成了真正的艺术者，不修边幅。

与此同时，陈双朵站上了国际的奖台。

她的画被誉为“一支荷秀”，收到全世界各地画廊的巡展邀请。

手术后的身体渐渐变好，她常年在天上飞来飞去。她给柯小拍莱茵河水，送给她普罗旺斯的红色蒲公英……她走遍了大千世界，却依然不快乐。

跟于康乐和平分手之后，她独自一个人去了却勒库木。

荒漠地里，分不清东南西北，她倒在黄沙之上，被石油队发现。

她在轮台县休息了小半个月，石油队说近期风沙太大，军校的学生被分配去往各地执勤了，那个严肃庄严的学校坐立一方，现在只是空城。

她心灰意冷，因为毫无音信，只能动身离开。

她走的那个下午，一批身穿迷彩服的军校学生在轮台县购买食材。市场旁的男人肥头大耳，讨论着前几天住在宾馆里的女人，长得是真好看，肯定不好接近。

柯亮守着车，旁边的小个子迷彩服是个荤人，听见男人们的对话，问柯亮：“你该不会都没处过对象吧？耳朵都红透了。”

柯亮咳嗽了一声：“没有。”

他没有谈过恋爱，可是他爱过一个女孩。

真真切切，实心实意。

可是，错过了。

汲志承打算跟朋友合资开酒吧，两个服务员凑在一起，说着这件事儿。

柯小笑：“老汲这人真闲不住，餐厅的事儿还不够管，现在又想搞副业。”

辜可嗤之以鼻："有钱公子哥儿呗，仗着家里有钱，怎么花花多少，看的都是心情。"

吃完饭，两人一起回公司。

"还说我是劳模，真正的劳模是休假时候也不忘事业。"辜可按下电梯。

两人一黑一白，是整个台里最合拍的组合。

一个能说会道，没两年就拿下了最受欢迎主持人的奖项；一个头脑精细，制作的节目周周攀上热搜榜第一。

当年两人再遇，是柯小拉了辜可一把。求职四处碰壁的辜可流落街头，行李被后母全扔了出来，她拖着只剩下两个轱辘角的行李箱，在 24 小时便利店碰上正写策划的柯小。

柯小收留了她，给她介绍工作，就这样互相扶持了五年。

两个人从底层走到如今，受过的冷言冷语不少，刻意的刁难也是数之不尽。有时候实在坚持不了了，扛了一箱酒坐在地上一瓶接着一瓶喝。

辜可喝得醉醺醺的，问她："柯小，你怎么还能坚持啊？那帮人都是吃人骨头的魔鬼啊。"

柯小抹掉泪："我要站在更高的地方，等着他回来。告诉他，我疼爱自己，所以，我有足够的能力爱他。"

那时候，她二十三岁。

洛明朗被公司封杀，彻底退出了娱乐圈。此后，他退出了所有人的生活，没有人能找到他。

"那你呢，你又为什么？"柯小问她。

辜可红着脸，眼睛里闪着的光跟十七岁那年追逐在柯亮身后时一模一样。

她说："我想变好一点，去找柯亮。"

下一秒，柯小号啕大哭，扯着衣服，愤懑堵在胸口。

她说："辜可，柯亮坐牢了。"

从前对柯亮闭口不问的女生瞪大了眼睛，从前不问，现在也不问。

她干掉一整瓶酒，胸口被液体浸湿。

辜可回："我等他。"

那段长达十八年的采访里，以身相许，不是最后的结局，却是柯小心里，最美好的结局。

他们的生活像匆匆流水一逝不复返，变故，挫折，生离，死别，一路相随。

那后来，记忆的裂痕在柯小的心里铺满玻璃渣子，碰一下，鲜血直流。

陈双朵从却勒库木回来后不久，身体出现了排斥现象。换肾之后的治疗中，她的身体本来毫无差错，也许是在风沙的环境里待得太长，她的身体有些支撑不住，渐渐地，她又开始依靠药物。

巡展的事谈下来，舟车劳顿，她开始吃不消，透析，换血，接连而来，就在短短半年里。

积蓄花光，刘月香跪在成录面前，求他再帮帮陈双朵。

那时候，成录为了洛明朗被封杀的事，一直跟洛青吵架。再谦虚有礼的男人，也无暇再顾忌别人的事。

他留了一笔钱给刘月香，就北上去找洛明朗了。

可是那个时候，有钱也救不了陈双朵。

她的身体，要的是能起死回生的医术。

刘月香去求于二婶，问她能不能联系上于康乐。那时候，于康乐远在奥地利，他在画廊里接到电话，下午就飞往圣路易斯波托西，去拜访世界上最权威的肾病医生——亚伯·拉丁。

他转飞了好几个大洲，终于在南美的布宜诺斯艾利斯见着了亚伯教授。当时亚伯教授正有一场手术，历时八个小时。

等于康乐终于落地陈双朵住院的城市时，人已经没了。

刘月香哭倒在医院的走廊里，她在病床边守了整整一个多月，一步不敢离开，浑身散发着恶臭的味道。

柯小拉她，最后两个人一起滚在了地上。

刘月香看见于康乐，爬到他的面前，声嘶力竭："你为什么现在才来，你怎么现在才来，朵朵她等了你好久啊……"

于康乐跪在她面前，一米八七的男人哭得脸都变了形。

他说："是我错了，我对不起她。"

不管分没分开，不管爱和不爱，他都应该在她身边的。

柯小趴在地上，她想劝劝刘月香，可是满腹的悲伤根本让她无暇顾及。

那时候，她第一次懂得，自己的力量有多微不足道。

她不能安慰失意的洛明朗，也不能帮助可怜的陈双朵。

好无力啊。

那一年夏天来得很早，三月的时候就有人换上短袖。

柯小北上，站在人潮汹涌的北京火车站，她突然有些害怕了。

联系不上洛明朗，她只能去找洛青。好不容易按着地址寻了过去，人已经搬走了。

她又去了洛明朗的公司，却被人拦在门外。

她恳求："我找洛明朗，就见一面。"

啤酒肚的保安告诉她，洛明朗前几天在录音室跟老板大吵了一架，然后就消失了，没人知道他的消息。

她租了间地下室，在北京待了两个月，每天都在找洛明朗。

他去过的地方，驻唱过的酒吧，均无所获。

后来，成录问她，你有没有他的消息？

她没有。

他抛下他最在乎的两个人，彻底消失了。

柯亮出事的时候，柯小依然在北京。

田美合打电话质问她，为什么不看好弟弟。

她蹲在地上，没有力气。

“我有我自己的人生，我能时时刻刻盯着他吗！”

然后电话那边痛声大哭，田美合第一次跟她求饶，她说：“柯小，你救救柯亮吧。”

柯亮打伤了人，对方家属不依不绕，不肯和解，不要赔偿。

回去的火车上，柯小做了好长一个梦。

她梦见四岁的柯亮，跟在她身后，小手攥着她的手，甜甜地叫她姐姐。那时候田美合还没有把柯亮接走，他们相亲相爱，是彼此的心头肉。

一梦醒来，窗外露出鱼肚白色，微亮的星光太渺小了，不稍时就寻不见踪迹了。

她给洛明朗打电话，那边是冰冷的机械女声。

她点击留言，隔了好久，只说了一句。

洛明朗，我好累啊。

官司难打，柯亮根本不配合，他坐在审讯室里，双眼空洞无神。

柯小陪着田美合去见他，当年的愣头小子冒出了胡楂，躬着背，谁也不看。

田美合喊他，他也不应。

最后，他抬头问旁边的警务人员：“我可以回去了吗？”

田美合绝望地哭倒在监狱门口，她问过律师，柯亮这种情况，最少判六年。

对方现在依然昏迷不醒，家属坚持要上诉，要告到柯亮坐牢。

田美合问柯小：“为什么？”

为什么？

谁也不知道。

没有目击证人，在酒吧的后巷里，鲜血一路淌到垃圾堆旁，打扫卫生的酒吧服务员循着血迹找过来，就看见躺在地上的伤者，和手里还抓着砖头的柯亮。

一审前，最后一次探望时间。

田美合支开柯小，她看着隔着一面玻璃的儿子，心里挣扎，嘴唇颤抖。

“我问过律师了，说是可以翻供。小亮，你跟法官说，人不是你打伤的，就说……就说是你姐姐……”她说得语无伦次，根本不知道在讲什么。

对面那个一直冷漠的人，终于松动。她只要提及柯小，他就知道她在想什么。

铐在一起的双手砸在玻璃窗上，颈间的青筋暴起，他怒吼：“你在胡说八道什么！那是你女儿！”

女儿，儿子……

儿子，女儿……

她心里早就掂量好谁重谁轻，为了柯亮，她可以放弃柯小。

柯亮没有再给她说话的机会，他恶狠狠地盯着她。

“我真的很后悔，当年跟着你离开解巷。”

这样，他跟柯小，就是两棵连根生长在一起的树，谁也离不开谁。

这样，他就能一辈子为陈双朵遮风挡雨，一生不用担惊受怕。

陈双朵，双朵，朵朵……

他连她最后一面都没见上。

田美合还在喊他，整张脸贴在玻璃窗上，泪水打湿玻璃。

没人看见，转身回来的柯小。

那年秋天。

一锤落音，最后的判决，是五年。

节目的剪辑出了分歧，辜可跟上头大吵了一架，最后甩了封辞职信，头也不回地走了。

柯小回家的时候，辜可正在跳肚皮舞，纤细的腰肢裸露在空气中，柯小羡慕得要死。

“姑奶奶，我今天一回公司就听说了你的事，你果真是巾帼英雄啊。”辞职信不过是对公司的施压，公司哪里肯真放她走。

辜可一路晃到冰箱前，拿了两罐可乐。

“反正别的台对我‘虎视眈眈’，我还能真怕了他啊？况且，我可是在帮你哎，少说风凉话。”

柯小拉开易拉罐，一口冰凉下肚，整个人就好像得到新生。

柯小有隐隐的怒意：“这事儿有一半的责任在我身上，节目是我策划的，采访是我答应下来的。只是我没想到，他们把主意打在了我身上。”

她曾经想过很多的办法，可是没能找回洛明朗。

现在，这是唯一的办法了。

辜可没接话，她们住在一起这么长的时间了。她太明白柯小的想法了，所以她坚决不同意为了制造噱头而刻意剪辑采访。

换好衣服，她拉起沙发里的柯小。

“走，汲志承酒吧今天开场，蹭酒去。”

酒吧在城市最繁华的街道上，相邻的几家店铺卖的都是酒。

辜可坐在吧台上，叫了杯伏加特，指着舞池里晃动的男男女女：“你看看，都是些即将腐败的躯体。”

柯小看了一眼：“你说老汲是怎么想的？整条街都是酒吧，连商机都没有，钱多不怕亏啊？”

“钱多人也傻呗，我听餐厅的人说，老汲最近几天到处跑，前几天还跟人去了一趟沿海，找人回来驻唱，也不嫌折腾。”

柯小抿口嘴，劲儿挺大的：“其实他人是真不错，苦心巴巴地追了你五年。当初你还是个黄毛丫头，穿着T恤牛仔裤上班，人家还替你背着你那个三四十块钱的包送你上班，不错了。”

说到这里，辜可就来气。

当初刚进公司，她身后就像跟着个护花使者，电视台本来就是个盛产八卦的地方，同期实习的姑娘凑在一起嘲笑她，说想傍大款也不知道找个肯花钱的。

舞池的灯光暗了下来，渐渐柔和，摇晃在舞池中心的人散了开来，纷纷回到位置上。

辜可凑近柯小，问：“你看我这张脸，像傍大款的吗？”

柯小摇摇头，不像。辜可这人特强势，说不上两三句就爱跟人吵，人家大款们爱的是温柔爱脸红的清纯型，辜可明显不是。

低沉舒缓的音乐响了起来，辜可不满：“老娘还想蹦两下，怎么就走这路子了。”

她看了眼舞池前的电子琴手，穿得跟个非主流似的，头发爆炸，跟刚锅里炸出来的爆米花一样。

背着吉他的男人就不一样了，穿着白色T恤，头发剪成板寸，看着清清爽爽的。

调着琴弦的男人低着头，指间在琴弦上扫过，眼睛淡淡瞥过碰杯相拥的人。

辜可正对着那男人，跟柯小开了两句玩笑，笑得正花枝乱颤。男人抬起头，她就呆了。

“柯小。”她叫旁边的人。

柯小跟洛青发着短信，没看她：“干吗？”

辜可指着男人：“你看那个人。”

柯小转过身子：“哪一个，看上人家了啊？”

她们的视野宽阔，柯小一眼就看见了辜可说的人。

男人调试好了琴弦，他嗓音很低，唱的是好几年前的歌。

梦里的姑娘你见过我吗
我是骑马而来的白衫少年啊
我想带你去看山野里的花
可你偏爱深谷里的荆棘啊
姑娘 我们说说话
姑娘 我们去流浪
姑娘 你跟他走吧
我路过这里
就此别过
就此作罢

当年他第一次站上舞台，她就在台下，卖力地叫好。

这一次，好像是时空的混乱，他们在重复上演那一幕。

柯小走过曲折的舞池，穿过热情深吻的男女，走在舞台下，静静地看着他。

一曲罢，男人自顾自地调动着麦克风。

爆炸头先发现的柯小，她目不转睛地盯着他前面的男人。

他摇摇头，唉，又是个花痴的女人。

他关掉音响，走到男人旁边。

“老师，老板说想再加一首。”

男人抬手看了看手腕上的表，时间还早。

“准备下吧。”

男人抬起头。

新开张的店，装潢高档，酒也是国外货，生意自然不错。

当初汲志承找来的时候，他一口回绝。

在海边待久了，心也静了不少。当年年轻气盛，觉得什么都不顺眼，他逃离那个光怪陆离的世界，丢下那些人，安身在了这里。

曲子铺在谱架上，他了了画了几笔。

卡布扛着一箱泡面回来，指着外面打电话的人问他：“老师，那个人是谁啊？”

“酒吧老板，来谈合作。”

卡布拆开泡面：“那咱们合作吗？”

打开水壶，卡布没收到答复，就猜到了结果。

等水开的时候，卡布收拾着桌上的音谱，突然想到什么，跟拿笔的男人说：“我刚进来的时候，听他说了个名字，”顿了顿，“柯小。”

笔顿住，男人抬头。

“你去叫他进来。”

他回来，就是因为柯小。

辜可本来等着柯小大闹一场，可是柯小只看了一眼，就无声无息地走了回来。

“怎么？不是他啊？”辜可不可置信。

尽管换了发型，但是那张脸还是能一眼就认出来。

人是那个人，反应却出乎了她的意料。

她问：“就这样啊？就算不是搂搂抱抱郎情妾意的结局，你也该抓着他的衣领问问这些年他都去哪儿了啊，然后结结实实打一顿，算抵了这些年他欠你的。”

柯小没吭声，叫了好几瓶酒：“见着了，就觉得比什么都好。”

每晚两首歌，酬劳按月结算。

卡布收拾好自己的器材后，就退到吧台边上等着。

酒保是个跟他年纪差不多的男生，调得一手好酒，颜色诱人。

卡布忍不住想尝尝，问他：“能帮我调一杯吗？记工资上。”

酒保认得他，老板不远千里去请的驻唱歌手的助理，他说：“当然能，老板说了，两位先生的酒水全部免费。”

卡布回头看台上慢条斯理的男人，指给酒保看：“那位先生就不用了。要是他真想喝，就给他多加些薄荷，兑兑酒味。”

老板亲自请的人，小酒保不敢得罪，小声应好。

卡布以前跑过场，各色的酒吧见过不少，对这家有说不出的好感。

“听说你们老板原本是开餐厅的啊？怎么还想着开酒吧，这得花不少钱吧。”

酒保递给他酒：“为了追女孩子呗，听人八卦说，后面还准备开KTV呢，所有的娱乐项目开个遍，以后姑娘想干吗，直接招呼一声，老板也省得担心。”

卡布啧啧：“大手笔，真不心疼钱。”好奇什么样的姑娘值得这样花钱，多嘴问，“长得好看不？”

酒保指了个方向：“喏，就坐那儿，正喝着呢。”

卡布顺着方向看过去，吓得差点儿摔一跤。

他跑上台，盯着那方向看了好几次。

手掌一拍，绝对不会错。

男人听着声响，瞥了他一眼，反而吓得卡布不知道怎么开口。

他跟在男人身后来来回回走了个遍，男人问他：“你老跟着我做什么？”

“那个……”卡布犹豫，心里没个准儿，“老师，你这次回来，是为了柯小吧？”

他心里早就肯定答案了，可就是不敢提这事儿。

男人没说话，直着腰看他，等着后话。

卡布豁出去了，指着酒保指给他的方向，不确定地问：“你看看，那是不是她？”

尽管在今晚之前，他们从未见过面。

可是卡布对她的那张脸，再熟悉不过。

海边租的屋子，面积很小，两个男人住在一块别提多拥挤。可就算是这样，卡布也不敢动最里面那个房间。

每个周末他都提着水桶进去打扫卫生，墙壁上不下百张的照片里，是同一个女孩子。

穿着校服的，坐在长着桂树的院子里的，在画室里的……每一张，都像是偷拍而来的，隐隐地模糊。

他跟着老师有三年了，当初来，是为了学音乐，后来，他变成生活上的管理人，除了平日的打扫，最常做的，就是整理墙壁上的相片。

酒保小跑过来，见卡布两人站着一动不动，小声招呼了一声。

“成老师？”

没人应。

“成老师。”

反应过来的是卡布，他礼貌着说：“是今晚的演出不满意吗？”

酒保连忙摆手：“不是不是，刚刚好几个客人跟我打听成老师的联系方式，我都给回绝了。老板说了，成老师来我们店里只管唱歌，其他事儿一概不能麻烦。”

卡布点点头，聪明应着：“还有事儿吗？”

这种事儿，不用特意来知会一声的。

酒保见对方爽快，也不耽误：“其他客人对成老师唱的歌特喜欢，问以后能不能每天多加一首。老板说这事儿只能成老师做主，如果成老师不答应，我们以后也绝不提此事儿。”

这事儿卡布做不了主，他看着成朗，等成朗亲自开口。

成朗还盯着那个方向，背对着他的女人大概是喝醉了，整个人软绵绵地缩在椅子里，头发被揉得乱糟糟的，还是一杯接一杯。

“那个人，”成朗指着女人的背影，“经常来吗？”

酒保一看，以为问的是辜可：“今天第一次来。”

成朗点点头，没说话了，收拾着东西。

酒保猜，两人可能认识。那这生意，肯定能谈成。

他说：“那是我们老板朋友，以后肯定常来。”

成朗顿了一下，他以为说的是柯小。

“刚刚说的事儿，定了。”

酒保高兴地应了一声。

老板说了，这事儿要能定下来，这个月奖金跑不了。

他咧嘴说：“那成，我现在就给老板回电话。成老师，就辛苦你了。”

成朗没接话，专心收着吉他线。

卡布客气着："不辛苦，拿钱办事，妥心的。"

等酒保走了，成朗还在收线。

卡布坐在旁边的凳子上，看他一点一点的动作，狠下心，说："老师，就这样啊？"

终于收好了，成朗又开始擦琴盒："什么怎么样？"

卡布替他心急："不过去打个招呼吗？"

手里卷着布，他动作慢吞吞的，像等着什么。

"忙你的事去。"

卡布耸耸肩，找酒保去了。

酒吧打烊是凌晨三点。

辜可扶着柯小往外走，怀里的人不老实，动了动，张嘴说："厕所。"

"姑奶奶，你玩什么花样啊？"千杯不倒的人，装醉装得倒是挺像的。

就是可惜了，汲志承那些好酒，被柯小当白水喝了不少。

厕所在后巷里，黑漆漆的，什么都看不见。

辜可打着光，扶不住她，恰巧后面跟着个丢垃圾的小酒保，帮忙扶着。

成朗刚站在门口，看到的就是三个人一拉一扯，柯小弯着身子垂着头，要哭不哭的。

"我身上真没钱，下次我再给你成不成？"

辜可和小酒保傻了，没头没脑的，这是做什么？

柯小的哭声更大了："我什么都没有，这些年我努力过了，当初你教我的，要好好爱自己，我做到了，还是什么都得不到。"她抬头，问小酒保，"怎么办？我真没钱。"

辜可没说话，手一挥，就让小酒保走了。

她懂柯小了。

她盯着门口的影子，问他：“你管不管？不管我丢这儿了。”

影子没动。

还没撒手，柯小先推开了她。

柯小一路摇摇晃晃，晃到门口，昂着头。

“洛明朗，我怎么办？”

那些话，她是故意说给他听的。

她喝醉、装可怜、矫情，都是想告诉他，没有你，我什么都做不好。

我怎么办？

你怎么办？

卡布背着吉他，终于在酒吧后门找着成朗，他身前模糊，隐隐有个影子。

成朗跨出门槛，贴近影子，弯着腰，问她：“柯小，你怎么越来越矫情了？”

卡布摇摇头，真矫情的明明是他，本来一点的收工时间，生生拖到现在。嘴上说着不在意，眼睛却一直追着人家看，现在反倒怪上别人了。

柯小往后退了一步，跟他保持着距离，问辜可：“你怎么还不回去？”

辜可翻了个白眼，踩着高跟鞋哒哒走远了。

两个人在巷子里站着，站了好一会儿，柯小伸手抱着他。

“王八蛋，我找你好久了。”

好久好久好久了。

成朗搂着她：“对不起。”

他本来，没打算照面的。可是一听见她的哭腔，就受不了。

骨子里的疼，恨不得把自己拆碎了，就没感觉了。

可是她哭了，他想抱抱她。

他手上用着力，像要把她揉进身体里一样。

从以前到现在，他只有一把破木吉他，琴弦换过几次，心里翻腾几回，爱过的人，就这一个，就在眼前。

“然后呢？久别重逢，就没有更精彩的故事？”辜可补着妆，眼睛看着镜子里的柯小。

台本一撂，柯小倒在沙发里，轻笑了一声。

辜可恨铁不成钢，靠着她也猫在沙发里，两人穿着单薄，肌肤贴着肌肤，不一会儿就汗津津的。

“没想到老汲倒是做了件好事儿。”

谁也没想到，开了间酒吧，倒是把一躲一找的两个人给聚在了一起。

“今早儿我问了老汲，签的合同是常驻。本来谈不拢，说是给我通电话的时候又给叫了回去，你说怪不怪，那时候你要死要活地找，找不着，现在阴错阳差的，反而给碰上面了。”辜可觉得这事儿是真玄乎。

柯小扭头，眼睛忽闪忽闪：“冥冥之中。”

辜可没听懂：“什么意思？别打官腔啊。”

“就是，该碰上的总能碰上，恰巧时间对了。”柯小抿着嘴，浅浅笑着。

她想起在北京的那半年，打两份工，休息的时间晃荡在北京城里的大街小巷，整个人瘦脱了相。

后来，是成录把她拎了回来。

两个人坐在没有光线的地下室里，柯小浑浑噩噩的。

成录告诉她，洛明朗此前应该是回去过他爸妈安葬的地方，一束一束的百合放在墓台上，枯萎的花朵散落在风里，提示着人总要离去。

她觉得，真不甘心。

他们之间，就这样，让人不甘心。

那份随着时间流逝一点一滴绕在心头的愤懑，支撑着她走了这么些年。

她本来想着，如果遇见了，她想亲口告诉他，你看看，这些年我过得还不错，那你呢？有没有好过一点。

可是真的遇见了，她才觉得，没有他在身边，一点都不好。

只有双手抱着他，双眼看着他，她才终于能停靠在岸头。

晚上，汲志承特意叫了辜可和柯小来酒吧里聚一聚。

摇晃着酒杯的男人穿着一件白色衬衫，第一颗纽扣解开，半隐半藏间露出消瘦的锁骨。

辜可侧着头，凑近柯小耳边："骚包。"

两人捂嘴笑着，汲志承弯腰想碰杯，辜可看都不看他一眼，柯小举起酒杯："老汲，谢了。"

冥冥之中，这个男人成了她跟洛明朗之间的牵引线。

老汲一饮而尽："我也没想到这么巧，不过……"

他像是想起什么："也许成先生这一次，就是因为你回来的。"

一声成先生，反倒把柯小叫回了十七岁的解巷。

这些年，他换了名字，躲在离洛旬成衫安葬地不远的海边村屋里。谁也不认识他，他活得倒是挺自在的。

辜可见有事儿，直起腰："怎么说？"

老汲故意卖关子，喝了一杯酒，见辜可无动于衷，又倒了一杯，突然手腕被抓，他笑："你别急啊，等我喝完这杯酒。"

辜可没耐心，瞪着眼等他饮完一杯，他问她："你还记得有天我给你打电话，说新开的楼盘的事？"

辜可记得，柯小也知道。

新开的楼盘就在解巷胡同外的火车轨道边，当初建楼的消息一传出来，刘结巴就组织了解巷里的男女老少。楼盘一建，连着胡同到解巷，都得拆。

上百年的巷子，就这么没了。

拆迁款赔了不少，刘结巴站在众人之中，难得一次说话利索。

他说：“这巷子，这院子，是我爷爷的爷爷的时候留下来的，瓦翻过了几次新，院墙修了不下五次，”他伸出右手比在半空中，“风雨中摇摇晃晃了这么些年，留不住了。”

年纪最大的老人拄着拐，扯袖擦泪。他出生在这条巷子里，结婚在这里，生孩子在这里，没想到，最后眼看着一条腿要跨进地里了，反而要离开这地方了。

刘结巴说：“咱走了，也还是一家人。我没爹没娘，在这条巷子里吃百家饭长大的，娶了媳妇儿，一儿一女，一生有幸。我刘智忘不了这恩情，以后谁家有难处，别不开口，咱，”他站起身，“一辈子是家人。”

后来，挖土机浩浩荡荡踏平解巷。

柯小拉着神志不清的刘月香，站在院门前看着那棵柚子树连根拔起，她转头擦泪。

老人说，柚子叶驱邪避秽。

不能佑人健康，不能保人平安。

刘月香呆呆看着她，一双手摸着她的脸：“朵朵，不哭，我们不哭。”

柯小抓着她的手，那半个手掌就在她的掌心里，空落落的，就像她的心一样。

她给刘月香找了户院子静养，每周来看她两次，这次带药来，下次带她去医院，反反复复，三年了。

楼盘一开，柯小就先定好了房子，二十七楼，站在阳台边上，一眼望尽曾经悠悠的解巷。

那是她生长的地方，有她的欢笑声和滚滚泪水，有疼爱她的奶奶和最好的朋友。

她爱过的那个人，曾经也来过这里。

“所以，你是说咱俩通电话的时候，他听见了柯小的名字？”辜可不可思议。

汲志承点点头，人、地点，都能对上，不是特意的，又怎么会在毫无可能的答复之后转了口。

辜可摇柯小：“算他有良心，没敢让你一辈子等下去。”

柯小缩在沙发里，脱掉高跟鞋，双腿蜷着。

她早想好了，就是一辈子，她也等。

她甘心等，可如果洛明朗真让她从青丝等到白发，到死她也要找着他，让他不安。

抱着吉他的男人在灯光里或明或暗，他低垂着头，单薄的身子只穿着一件黑色的立领 T 恤，多了些成年男人的诱惑。

他越来越像成录了，改了姓，换了命。她不晓得这些年他经历了什么，当年又发生了什么，她只记得后来洛青坐在她对面，说：“是我对不起他，逼他赶通告接影视。他跟专辑的制作人大吵了一架，然后就无影无踪了。”

他自由的灵魂，一直在世间飘荡。有时候，连她都抓不住。

“求容浪人停在你旁边，停留一亿三千天，再没有任何地方，载着阳光多一点，长年流浪你旁边，流连嘴边、身边、耳边，你在任何地方，这行程不变，共你每日见……”

低沉的嗓音，是整间酒吧的背景声。

柯小有了浅浅的睡意，强撑的眼睛，盯着台上的男人，一眼也不想错失。

汲志承拉着成朗坐下。他曾经听闻他的名字，是合伙人在电话里提过。

临近海边的小镇里，大小事不消半天就能传开。一间面积不过二十平方米，单就两层的清吧屋里，男人的声音吸引了不少游客，一打听，原来也是红极一时的小生。

“我跟你说,这可是个宝,你要是能请过去,赚的肯定不少。”对方说。

汲志承很少拿主意，做事儿倒是快准狠，当天下午就飞了去，一回来，倒是做了件儿好事。

“大家都相熟，我再介绍，反而显得多此一举。”举起杯，他敬在座的几位。

柯小懒洋洋的，看着成朗，一杯见了底。

成朗说：“客气了。”

他手里的杯子向着柯小，一饮而尽，一滴酒水顺着嘴角挂在下巴。

柯小身体有些发热。

辜可喝大了，汲志承送她回去，就剩下柯小和成朗。

他起身坐在她旁边，歪着身子，渐渐下滑，头枕着她的腿，一手盖着眼。

“成朗？”

“成朗……”

“洛明朗。”

她记在心底里的名字。

“嗯。”

柯小拿开他的手，一双漆黑的眼睛正看着她。

她低下头，想亲亲他。

唇印盖上，洛明朗抱着她，深吻着。

酒精的味道交融在一起，柯小低着头不舒服，动了动，洛明朗一个翻身，把她抵在了角落里。

她一点都没变，眼睛、鼻子、嘴，跟梦里出现过千百次的脸一模一样。

手心摩挲着她脸上的肌肤，触碰里能感觉到细细的绒毛。

他说：“我好想你。”

想到每天睁眼闭眼都是你，想到终于鼓起勇气回来见你，想到跟你坦白当年如此懦弱。

“柯小，我怎么那么喜欢你。”

他离开的那一年，是几乎粉身碎骨的一年。

一再推迟的专辑，接二连三的酒局……他坐在录音室里，像一具没有了灵魂的空壳，走来走去，就是走不出心里的困境。

洛青的心力不是只放在他一个人身上，顾及他的时候，两人争吵不断。

他把自己困住了，不想让别人知道他的不安和彷徨。

他躲在录音室里三天三夜，把之前定下来的曲子全给烧了。那不是他的音乐，是别人的，是为了顺势打造四处高价买来的，跟他毫无关系的曲子。

通告的后场，他跟节目制作人大吵了一架，怒气冲冲横眉冷眼，一口烟雾吐在他的脸上，嘲笑侮辱他：“傻子。”

他冲出录制间，下着雨的夜里他一路跑回录音室，抖着身子写的歌，在第二天被无情地打了回来。

他觉得，好像没有意义了。

紧接着，筹备演唱会，他每天在练舞室一待就是二十个小时。洛青来找他时，他手里还拿着笔，镜子上写满了音符。洛青找人把镜子清洗了，两个人面对面仇视着，谁也没说一句话。

直到演唱会前的一天，他躲在酒店里，喝了一箱酒，把自己泡在水里，终于清醒了。

这条路，他不走了。

从此消失，再无痕迹。

柯小靠在他怀里，他的心跳很平静。

那时候，她在医院里陪着陈双朵，这一分别，就是数年。

她抬头，望见的是他冒出的青色胡楂。

“当年你跟我说要好好爱自己，我做到了，你呢？”

洛明朗点头，有。

他去见了洛旬成衫，在墓前跪了整整一天，他问洛旬，我可不可以先退缩。

没有人回答他。

死去的人不能说话，可是掩在地里的白骨却希望活着的人，一定要好好活着。

好好活着，活得开心。

他在墓山脚下的小镇里安身，每天睡到日上三竿，坐在砖砌的院台上谱曲子，后来去清吧唱歌，朴实的海边人，爱听他的歌。

一唱就出了名，不少人来找他做音乐。

刚碰面时，看着他胡须邋遢的脸，对方不确定地问：“你是不是叫洛明朗？”

他伸出手：“你好，成朗。”

从前的那个他，自暴自弃委身于黑暗之中，并不明朗。

他想起十二岁那一年，身有清风的男人站在他面前，他的一生，才如此有幸。

再见，洛明朗。

你好，成朗。

见到成录的时候，成朗有片刻的犹豫。

他一身沾有风霜，站在十米远的地方，看见他的眼睛里，隐隐有水亮。

洛青跟在他身后，抱着个两岁大的孩子，一只手抓扯着她的头发。

洛青惊呼一声，把孩子抱给成录，转头的时候，看见柯小身边的人，怔怔失神。

她走上前，抓着成朗的衣袖，一下一下摇晃："这些年你去哪里了？"

成朗笑，像当年他们第一次见面，一脸天真，叫她："青姐。"

洛青捂着脸哭，她曾经夜夜做噩梦，坠下山崖的尸体，河里打捞起的人，每一张脸，都是洛明朗。

那时候为了公司的利益，她不惜把她的弟弟推给众人，任他们嬉笑，任他们摆弄……

她不是无动于衷，可是他要是想成功，这些都是必须付出的代价。

可是她没有想到，她把洛明朗逼到了绝境里。

她跟来兴师问罪的成录大吵一架，两人彼此针锋相对，冷言恶语，最后抱头痛哭。

他们的亲人，就此失散。

一桌子的菜，都是成录做的。

他站在洗菜池前，袖子往上拢起，系着粉白色的围裙，说不出的好笑。

成朗倚靠在门窗边上："这些年，不会都是你做饭吧？"

成录笑，一直是。

洛青事业心强，特别是他出事以后，她一心扑在工作上，他们两人连面都难见上。赶上哪天回来，他煮好一碗面出来时，她已经倒头呼呼大睡。

成朗不乐意：“以前我上学那会儿，你每天只会给我钱，让我去外面吃地沟油。我那会儿正长身体呢。”

成录停住动作一回忆，好像是。他记得他给成朗就做过一次饭，在他十二岁那一年，被人打得头破血流。

“我那时候是看你被人打得头都破了，心想得赶紧补补，才动的手。”

成朗扭过头：“嘁，谁稀罕。”

客厅里，柯小正帮着洛青给孩子换尿布。两个女人手忙脚乱的样子，看起来倒是动如一幅美卷。

趁着水开的时候，成录支着手等在碗台前，他忍不住关心地问道：“这些年在外面，过得好不好？”

成朗不以为然：“挺好的，就那么过去了。”

“为什么谁也不联系？我当时急疯了，却连你一个影子都找不着。”

成朗想象着，从来不冷不热的男人，急疯的时候是什么样子。

他说：“那时候没准备，不知道该怎么面对。”顿了顿，“成录，我不知道该怎么面对你。”

你给了我太多东西了，曾经有过的，从来没有过的，你都给我了。

我不知道那个时候，一身狼狈的自己该怎么面对你，告诉你我失败了。

成录低着头，习惯性地掏裤兜。

找不着洛明朗的那几年，他又开始抽烟，每次烟燃，他又在裤兜里摸出一颗糖。

曾经有个比他矮半个头的小男生，一副大人模样的教训他：“你还想不想活了？”

其实，抽烟患癌的概率一半一半。他想告诉他。

男生倔强的眼神里，是绝对不可以。

那时候，小男生单纯的想法，只是不允许。

水烧开，往锅里下青菜，成录问：“那现在呢？想明白了？”

两个女人吵吵闹闹的声音吸引了厨房里的注意，两个男人纷纷侧头，看见被摆弄在沙发里的小孩尿了两个女人一身。

成朗说：“想明白了。”

柯小气得在客厅里暴走。

成朗笑：“对她，我不能再失去了。”

他想跟她在一起，生老病死，两只手紧紧握在一起，再也不分开了。

搬家的那天，柯小看着一地的打包袋满脸愁容。

成朗拉开锁链，一件一件拿出来。他发现，柯小一半的东西，都是他的。

他高一时候的数学书，上面干净得除了名字就没有笔迹了。

柯小红着脸：“那时候分班我拿错了的。”

撒谎的本领一点儿也不高级。

锈开了的琴弦。

她扭过头：“我、我不小心装错了。”

成朗摇摇头，从最底下翻出一张光盘，是那时候他参加比赛的录制。

柯小缩在地上，一把抢了回来。

她看了看，终于没忍住。

“我连你一张照片都没有，想你的时候就看，一整夜一整夜地看。”

她昂着头，泪水滑过整张脸。

“那时候我好想抱抱你，亲亲你，可是我身边什么都没有。有时候想起来，我都觉得你太狠心了。

“明明……明明那时候我们已经在一起了，你连一声告别都不给我……”

成朗抱着她，轻轻顺着她的背。她太瘦了，脊骨微微凸起，抱在怀里的时候太害怕一用力就碎了。

他亲吻着她的脸，把泪珠一颗颗吻尽，从眼角到鼻子，直到柔软的双唇。

甜甜的，想一口吃掉。

“朵朵，你看，咱们的家。”

房间里的刘月香打开门，一脸欣喜地奔向地上相拥在一起的两个人。

柯小红着脸推开成朗，起身扶着她。

退掉乡下那间院子时，她特意给刘月香换上了一身干净衣裳，修剪了头发，洗了脸。

奶奶曾经说过，回家的人，不能沾有风尘，不然以后，还会奔波。

房间的小阳台外，侧出一角，不像外面的阳台的视角开阔，可是一眼就能瞧见当年的巷尾陈家。

那里现在是尘土一片，钢筋木材堆在一旁。

感情丰富的人，就算面目全非，也能一眼认出曾经住过的地方。

刘月香指给她看：“那里，是咱们家的院子。”

她手指往后：“那里是你的床，以前你常跟小小一起睡。”

突然往前，她喃喃着：“那个地方，以前种着柚子树。刚种下的时候，就两根手指粗细，你长大的时候它也蹿高，”她在空中比了比，“跟你差不多高。”

柯小点着头，回头看的时候成朗还在收拾着东西。

感受到她的目光，他回过头，温暖笑着。

“可是当年我太浑了，不该信那些人的话，早带着你去医院，”她气息不稳，“也许……也许现在你还活着吧。”

刘月香傻傻的，冷不丁冒出来的话，吓得柯小一身冷汗。

柯小喊：“妈，我在呢。”

刘月香拍着她的手，重复着：“在呢……在呢……”

好久以前，陈双朵问她。

——你为什么怕我妈？

她怕的，从来不是刘月香。跟她掌心断裂的手无关，跟她常年在垃圾堆里染上的臭味无关。

而是刘月香，对陈双朵的疼爱。

她从小被爸妈抛弃在奶奶家，说话做事看人脸色，从来不曾感受过父母的疼爱。

她站在陈双朵面前时，从来没有一丝的底气。

被人丢弃又怎么样？身患重病又怎么样？

在陈双朵的身上，有柯小曾经渴求了十几年的疼惜和宠爱。

年少时候的她，觉得有人爱，是需要踏过漫漫黄沙征途，攻下富饶城池才能换来的东西。所以，刘月香疯狂地、盲目地、不顾一切地对陈双朵的疼爱才是她最最害怕，最不能面对的一面镜子。

镜子里，照出的是卑微可怜的自己，难存于世。

采访被柯小撤了回来。节目取消，台里的领导摔了一桌子的文件，指着她的鼻子痛骂。

柯小抬着头与他直视。

怒骂过后的领导火气难消，冷着脸说要给她放长假，让她先休整休整一段时间。

柯小从包里掏出一个信封，放在桌面上。

“不劳关心了，这份工作，我不要了。”

领导一脸诧异。

话说得再狠，他是真没想过放柯小走，毕竟这些年，她制作出来的节目让台里提升了不少的点击率和话题量，十几家的赞助公司发出了合作的信号。

他劝，没劝住。

柯小拿着手里的 U 盘："采访的原频和备份都在我这里，你想都不要想能用此来炒版面做噱头。"

关上门，她依然能听见里面的破口大骂。

辜可站在玻璃门外，正修剪着指甲，见她出来，冲她抛了个风情万种的眉眼。

"宝贝儿，等着，姐姐再去杀他一杀。"

同样信封的辞职信，在两分钟后又放在了一脸怒气的男人的办公桌上。

搬了新家，柯小买了不少的绿植，放在阳台上，向着阳，长得很快。

"然后呢？你就不怕被封杀？"成朗浇着水。

柯小放下手里的薯片，两步做一步蹦跳到他身后，圈着他的腰。

"不怕啊，别的台早想挖我了，薪水可高了不少。"

成朗点点头，没说话。

柯小见他反应淡漠，有些不满。

她抢过他手里的浇水壶，抬头盯着他。

嘴一撇，她嘟囔着："你就没其他想说的了？"

成朗双手插兜，故意逗她："说什么？"

柯小扯着他的脸："我听卡布说，你偷拍了我很多照片，侵犯肖像权，我可以告你。"

他点头："好啊。"

柯小回笑，商量着："其实还有个办法，你听不听。"

成朗抱着她，她顺势一跳，双腿圈在他的腰上：“你说说看。”

“如果，”她认真道，“如果我们结婚了，那些照片就是我们的共同财产了，我也就没理由计较了。”

成朗抱着她坐在沙发上，思考了一阵：“好像是个办法。”

然后，两两无声。

柯小黑线：“就没有了？”

成朗转过身，不看她。

柯小泄了气，手指搅动着不知道接下来该怎么办。

然后，食指间一片冰凉，银色的戒指套在她的手上，闪着灿烂的白光。

她险些就要哭出来。

成朗单膝跪在她面前，剪短的头发下一张脸严肃认真。

“柯小，以前我是自由飘荡无所顾忌的灵魂，你是山水间的寻爱者，庆得我们曾经相遇，幸而我们没有失散在天南地北之间。“你愿不愿意嫁给我？”

我们彼此相爱，天地崩塌，江海干涸，我也有勇气跨过一切千难万阻，去寻找你，等待你。

因为你曾说过，好好爱自己。所以，我有无限的力量，遇见你。

—全文完—

番外一

NIXINSHANGDEXUE HUALEMA

她最在乎的那个人，彻底消失了

辜可的高考志愿，是体育院校。

她喜欢长跑，夜晚时候的风刮在脸上，冰凉刺骨的，夏日炎炎的，包裹着她年轻的身体，像是一只在辽阔天地间自由展翅的鹰。

只是这样简单的坚持，最后还是中断了。

重组的家庭里，她是温情外的候鸟，等待着，结果还是要迁徙。

没有了生活费，她在同寝室女生的推荐下去酒吧做兼职。

生活从此日夜颠倒，学分修不够，练习总是缺勤。专业老师找到她，语重心长问她："就这样放弃了？"

不是放弃。她想，至少，她要先解决温饱的问题吧。

后妈刚刚生下个男孩，曾经整日窝在油烟厨房里的男人也开始逛商场，买玩具，挑奶粉，哄着软绵绵的婴儿入睡……全然已经忘了他还有个女儿。

灯红酒绿里，她看着扭动身体的男男女女，心里想起的，是当初抓在手心里的温度。

不知道，柯亮过得好不好？

小的时候，她也是爸爸妈妈的公主，穿漂亮的裙子，有喜欢的洋娃娃，她以为自己大概是世界上最幸福的小孩了。

可是这一切结束在妈妈生病之后。

高昂的治疗费，心力交瘁终日抽烟的爸爸，躺在病床上的妈妈连一口粥都喝不下。

她站在病房的门外，怀里抱着妈妈买的公主玩具，觉得好糟糕。

更糟糕的是，妈妈放弃了治疗，拉着她的手说："我们可可，一定要做自己喜欢做的事情。"

爸爸站在一边，背身抹着泪。

她听见妈妈断断续续的声音："好好照顾我们的孩子。"

尽管后来爸爸失约了，可是她想完成跟妈妈的约定。

一定，一定要做自己喜欢的事情。

所以，晚一点也没关系。

然而她没有想到的是，她会再遇见柯亮。

在她兼职的酒吧里，剪着寸头的男生一杯接着一杯，瘫在吧台上，嘴里碎碎念着什么。

她想上去跟他说说话，最后被领班吼了回去。她装作忙碌的样子从他身后来来回回走了不下十次，可是柯亮都没有注意到她。

她想，真让人伤心。

他大概是已经忘记她了。

那天晚上，她做完最后的清洁，去巷子里扔垃圾。

黑暗里，她突然被拉拢进一个充满酒精的怀抱里，躁动的双手在她的身上胡乱摸着，她惊声尖叫，手扒着灰红色的墙壁，指甲被抓烂。

模糊的视线里有个摇摇晃晃的影子，她像荒漠里寻到水源的迷路者，求救着。

影子顿了顿，不确定地问她："辜可？"

那个声音像是从遥远的地方传来，振得她的耳膜发疼。

他还记得她。

男人依然禁锢着她，衣服扒到了胸口，把她抵在墙壁，她听见了解皮带的动静。

她小声抽泣："救救我——救救我——"

关于那个夜晚最后的记忆，是辜可的决心。

她奔跑在无人的街道上，掉落在地上的树枝被她踩得喀喀作响，她跑过大桥，跑过小巷，直到遥遥看见门口亮着灯的警察局，脑子里都是柯亮的声音。

他说，快跑。

她慢慢停下脚步，步步沉重。

不跑了，再也不跑了，跑不动了。

一梦醒来，更深露重。

二十七岁的辜可望着窗子上的自己，突然想哭。

番外二

NIXINSHANGDENI LE JIUALEMA

我们终究会走到彼岸

1.

小琴是家里第一个孩子，在她和弟弟中间，还有一个女孩儿，可是出生的那个晚上就被扔了，后来怎么样，谁也不知道。

小琴从小长在外婆家，高考结束后去了外地，谈了恋爱，生了孩子。

跟外婆通电话时，她说自己过得挺好的。

“那你什么时候回来看看外婆啊？我想你。”外婆的声音很轻。

小琴说：“等孩子大一点，大一点我就带他回来看你。”

从开始到结束，她们都没开口提到小琴的爸爸妈妈。

镜头前，小琴哭着脸。

“扔妹妹的那个晚上，我就跟在后面，他们看见我，打我骂我赶我，说再跟着他们就把我也扔了。”

2.

小植结婚的那一天，丈夫问她，为什么你爸妈不来现场?

补着妆的小植愣了一下，她抬头，眼角刚画好的眼线晕开。

她说："我忘了跟他们说了。"

丈夫叹了口气，抱着她。

那一天，是弟弟的升学宴。婚礼的时候，爸妈正在餐桌上吹嘘着靠关系才能升上高中的弟弟。

采访结束后，小植说："我一点都不恨他们，甚至觉得他们没有到场，是给我最好的礼物了。我不想让我丈夫知道，在他们的眼里，我只是个卖出去的女儿而已。"

3.

小武高三那一年，在家门口看见一个鬼鬼祟祟的女孩。

比他矮半个头，老爱趴在他们家的院墙看，好几次想翻墙进来又翻了出去。

他站在窗户边，觉得有些可爱。

后来，他发现爸妈总是早出晚归，有些时候在家也不拉灯，像是在刻意躲着什么。

直到高考前，那个女孩终于敲响他们家的门，一脸怒意。

他说："后来我才知道，我们是异卵双胞胎，因为她是女孩子，爸妈把她送走了。"

整理完所有的视频资料，天已经亮了。

倒了杯咖啡，柯小站在办公室的窗户边，觉得天地很大，感情很多。

那些艰难行走的男人女人，经历了不多的不公平，脚踩冰渣，头顶烈日，希望他们有一天，能够终于走到彼岸，好好爱自己。

图书在版编目（C I P）数据

你心上的雪化了吗 / 野桐著. -- 贵阳 ：贵州人民出版社，2018.11
ISBN 978-7-221-14894-0

Ⅰ. ①你… Ⅱ. ①野… Ⅲ. ①长篇小说－中国－当代
Ⅳ. ①I247.5

中国版本图书馆CIP数据核字(2018)第257258号

你心上的雪化了吗

野桐 / 著

出 版 人：苏　桦
出版统筹：陈继光
选题策划：大鱼文化
责任编辑：唐　博
特约编辑：娄　薇　雪　人
装帧设计：刘　艳　孙欣瑞
封面绘制：PEIRUYI
出版发行：贵州人民出版社（贵阳市观山湖区会展东路SOHO办公区A座 505081）
印　　刷：长沙鸿发印务实业有限公司
开　　本：880×1230毫米 1/32
字　　数：234千字
印　　张：9.125
版　　次：2018年11月第1版
印　　次：2018年11月第1次印刷
书　　号：ISBN 978-7-221-14894-0
定　　价：35.80元

版权所有 盗版必究。举报电话：策划部0851-86828640
本书如有印装问题，请与印刷厂联系调换。联系电话：0731-82755298